DAS TASCHENBUCH
237

Willy Forner

Dresdner Pitaval

Kriminalfälle
aus vier Jahrhunderten

Militärverlag
der Deutschen Demokratischen
Republik

Die nachfolgende Sammlung von Kriminalfällen stützt sich, soweit die Quellen nicht im Text der Beiträge erkennbar sind, auf Akten, dokumentarisches Material und mündliche Auskünfte, die der Autor von unmittelbar betroffenen Parteiveteranen erhielt. Über einige Fälle konnte der Autor aus eigenem Erleben berichten. Zu großem Dank verpflichtet für die ihm gewährte Hilfe und Unterstützung ist der Autor dem Staatsarchiv Dresden, dem Stadtarchiv Dresden, dem Institut für Stadtgeschichte Dresden, der August-Bebel-Gedenkstätte der Festung Königstein, dem Archiv der SED-Bezirksleitung Dresden, dem Archiv des Verlages Zeit im Bild Dresden, dem Archiv der Sächsischen Zeitung Dresden, der Sächsischen Landesbibliothek Dresden, der Genossin Margarete Lewinsohn, dem Genossen Martin Braunschweig und dem Genossen Karl Kretzschmar, denen er wertvolle Hinweise und Auskünfte verdankt, die es ihm ermöglichten, die Kriminalfälle in der vorliegenden Ausgabe erscheinen zu lassen.

ISBN-Nr. 3-327-00597-4

2. Auflage im Taschenbuch, 1988

Lizenz-Nr. 5
Printed in the German Democratic Republic
Gesamtherstellung: Grafischer Großbetrieb Völkerfreundschaft Dresden
Lektor: Helge Paulus
Umschlaggestaltung: Karl-Georg Hirsch
Typografie: Günter Molinski
LSV: 7004
Bestellnummer: 7470894
00150

Ein Hexenprozeß

Das Volk, das den mit Holzscheiten umschichteten Pfahl in weitem Kreis umstand, fror; denn es war kalt. Aber die »Sünderin«, die, schon jetzt halbtot von ausgestandener Folter und aus Angst vor der Qual des Flammentodes, den Holzstoß hinaufgeführt wurde, hätte sich sicherlich gefreut, wäre ihr Platz unter der frierenden Menge gewesen, die an den Ort gekommen war, an dem sie sterben sollte.

Über das, was hier vor sich ging, Ähnliches war in den Jahren zuvor schon oft geschehen und sollte in den Jahren danach noch öfter vorkommen, schrieb der Chronist des Rates der Stadt Dresden: »Im Jahre 1520, Montag nach Christi Beschneidung, ist zu Dresden Anna Schneiderin verbrannt worden, so etwa zu Friedersdorf gewohnet, hernach zu Pretschendorf, und, wie sie bekennet, seither mit einem Incubo (ein mit einer Hexe buhlender und schlafender ›Teufel‹ – W. F.) eine Zeitlang zugehalten, welchen der hiesige Dr. Eisenberg Sonnabend vorher von ihr getrieben, worauf sie nachher gestorben.«

Dreieinhalb Jahrzehnte zuvor, am 4. Dezember 1484, hatte Papst Innozenz VIII. das Signal zu unzähligen Hexenprozessen und Hexenverbrennungen mit einer Bulle gegeben, in der es hieß: »Gewißlich ist es neuerlich nicht ohne große Beschwerung zu unseren Ohren gekommen, daß in einigen Teilen Deutschlands … sehr viele Personen beiderlei Geschlechts, ihrer eigenen Seligkeit vergessend und von dem katholischen Glauben abfallend, mit Teufeln … Mißbrauch treiben und mit ihren Bezauberungen, Liedern und Beschwörungen und anderen abscheulichen aftergläubigen Handlungen, zauberischen Übertretungen, Lastern und Verbrechen die Geburten der Weiber, die Jungen der Tiere, die Feldfrüchte, das Obst und die Weintrauben, wie auch Männer, Frauen, Tiere und Vieh aller Art, ferner die Weinberge, Obstgärten, Wiesen, Weiden, das Getreide und andere Erzeugnisse des Lebens verderben, ersticken und umkommen machen und selbst die Menschen, Männer und Frauen, und aller Art Vieh mit grausamen, sowohl innerlichen als äußerlichen Plagen und Schmerzen belegen und peinigen und die Männer verhindern, zu zeugen, und die Weiber, zu gebären, und die Männer, daß sie den Weibern, und die Weiber, daß sie den Männern die ehelichen Werke leisten können; außerdem, daß sie den Glauben selbst, den sie beim Empfang der heiligen Taufe angenommen, mit eidbrüchigem Munde verleugnen und andere überaus viele Leichtfertigkeiten, Sünden und Laster durch Anstiftung des Feindes des menschlichen Geschlechts zu begehen und zu vollbringen sich nicht fürchten, zur Gefahr ihrer Seele, zur Beleidigung göttlicher Majestät und zu sehr vieler Leute Ärgernis und schädlichem Exempel.«

»Die ruchlose Acht«, ein Name, mit dem Papst Innozenz VIII. in die Geschichte einging, brachte in das Verfolgen und Ausrotten der Hexen System. In Deutschland bekamen die Professoren Heinrich Institor, Jakob Sprenger sowie Johann Gremper, der den beiden erst später beigeordnet wurde, den Auftrag, eine Art Strafgesetzbuch zu schaffen, in dem genau festgelegt wurde, was Hexerei sei und wie sie bestraft werden müsse. Gemäß dem den drei Dunkelmännern erteilten Auftrag sollte es künftig möglich sein, »wider alle und jede Personen, wessen Standes und Ranges sie sein mögen, das Amt des Inquisitors zu vollziehen und die Personen selbst, die sie der vorbemeldeten Dinge schuldig befinden, in Haft zu bringen und an Leib und Vermögen zu bestrafen«.

Sprenger, Institor und Gremper heckten das in Latein geschriebene MALLEUS MALEFICARUM aus, zu Deutsch: den »Hexenhammer«, der es ermöglichen sollte, die »Hexen zusammenzuhämmern und zu zermalmen«. Der »Hexenhammer« galt als »verordnetes Recht« und war, wie bürgerlich-humanistische Historiker später feststellten, »mit dem Geifer eines vor Fanatismus, Habsucht, Wollust und Henkerslust wahnsinnig Gewordenen geschrieben«.

Die Anna Schneider, die eintausendfünfhundertundzwanzig Jahre nach unserer Zeitrechnung auf dem brennenden Holzstoß verröchelte, wurde wie viele Hunderttausende andere Frauen das Opfer des künstlich erzeugten Hexenwahns. Denn seit dem Jahre 1489, in dem der »Hexenhammer« gedruckt erschien und als »LIBER SANCTISSIMUS«, das heißt als »sehr heiliges Buch«, dem Aufspüren, Verhaften und Verbrennen der Hexen als Anleitung dient, wird auch in Dresden nur zu gern angewandt. Wird doch im dritten – und entsetzlichsten – Teil dieses Buches menschlicher Schande genau vorgeschrieben, »wie das Verfahren von den Richtern beim Hexenprozeß durchzuführen sei«. Die Hexerei wurde als das »ungeheuerlichste, schwerste und abscheulichste und als ein außerordentliches Verbrechen (crimen exeptum) bestimmt«. Deshalb habe sich der Richter bei Verfolgung desselben nicht an den ordentlichen Gang des Kriminalverfahrens zu halten, sondern dürfe und müsse »außerordentliche Mittel« anwenden, um der »Wahrheit auf den Grund zu kommen«.

Dazu gehörte viel. Unter anderem das: Mit dem »Hexenhammer« wurde das Denunziantenunwesen zu Ausmaßen gebracht, die sich spätere Generationen nicht mehr vorzustellen vermochten, bis dreieinhalb Jahrhunderte später der zur Macht gekommene deutsche Faschismus den mittelalterlichen Angeber durch den faschistischen Denunzianten, die Folterkammer durch die Gestapokeller, das Hexengericht durch Sondergerichte und »Volksgerichtshof« und den Scheiterhaufen durch die Verbrennungsöfen der Konzentrationslager ersetzte und in ihrer Wirkung das Mittelalter um das Vielfache überbot. An diese Parallele wird man erinnert, wenn man liest: »Der ›Hexenhammer‹ sagte, man solle den Angebern, um ihnen Mut zu machen, zu verstehen geben, sie hätten nichts zu besorgen, auch wenn sie für ihre Denunziationen nicht den geringsten Beweis beizubringen vermöchten.«

Darauf kam es auch nicht an. Die damaligen Herrscher in Sachsen waren nämlich aus einem sehr einfachen Grunde sehr bald für die barbarische Prozedur der Hexenprozesse gewonnen. Das Vermögen der zum Tode verurteilten Hexen wurde eingezogen und in der Regel so verteilt, daß zwei Drittel dem Grundherrn zufielen, das letzte Drittel den Richtern, Schöffen, Angebern und Scharfrichtern. Jeder passiv und aktiv am Hexenprozeß Beteiligte, vom Richter bis zum Henker, »erbte«.

Die Anna Schneider, die 1520 zu Dresden den Feuertod

starb, war angezeigt worden und hatte unter der Folter »gestanden, mit dem Teufel den Beischlaf ausgeübt zu haben«. Irgendwie hatte sie sich bei einem Nachbarn mißliebig gemacht, der sie aus dem Wege zu räumen beschloß. Auf »legale« Weise, mittels »gesetzlicher« Mittel, als namenlos bleibender Angeber. Eine Frau ins Unglück zu stürzen war leicht; denn in den Verdacht der Hexerei konnte alles bringen: Schönheit und Häßlichkeit, Einfalt und Verstand, Armut und Reichtum, Gesundheit und Krankheit, ein unbedachtes Wort, eine verdächtige Gebärde, Vorzüge und Gebrechen des Körpers, guter Ruf und schlechter Leumund, alles. Ferner Ausbruch einer Seuche, Mißernte, Hagelschlag, Wassernot, Feuersbrunst, eine kranke Kuh, ein krepiertes Schwein, ein impotenter Mann, eine unfruchtbare Frau, eine Mißgeburt, ein Verlust, ein Diebstahl, alles wurde als Folge von »Hexerei« ausgelegt. Danach fand sich bald eine »Konkubine des Teufels«, die man verdächtigen konnte. War die Verdächtige erst einmal vom Angeber angezeigt, dann war die in Verdacht geratene Frau oder Jungfrau auch schon so gut wie verloren. Gestand sie nicht sofort freiwillig, so wurde sie »peinlich befragt«, das heißt gefoltert. Das Protokoll einer solchen Folterung, wie sie zur Zeit des Hexenprozesses gegen die Anna Schneider überall, so auch in Dresden, üblich war, lautete:

»1. Der Scharfrichter hat der Delinquentin die Hände gebunden und auch auf die Leiter gezogen, hierauf angefangen zu schrauben und auf alle Puncta so geschraubt, daß ihr das Herz im Leibe zerbrechen möge, und sey keine Barmherzigkeit da gewesen. 2. Und ob sie gleich bei solcher Marter nichts bekennet, habe man doch ohne rechtliche Erkenntnis die Tortur wiederholet und der Scharfrichter ihr, da sie schwangeren Leibes gewesen, die Hände gebunden, ihr die Haare abgeschnitten, und auf die Leiter gesetzt, Branntwein auf den Kopf gegossen und die Kolbe vollends wollen abbrennen. 3. Ihr Schwefelfedern unter die Arme und an den Hals gebrannt. 4. Sie hinten hinauf mit den Händen an die Decke gezogen. 5. Welches Hinauf- und Hinunterziehen vier ganze Stunden gewähret, bis sie (die Richter – W. F.) zum Morgenbrote gegangen. 6. Als sie wiedergekommen, der Meister (Henker) sie mit den Händen und Füßen auf den

Rücken zusammengebunden. 7. Ihr Branntwein auf den Rücken gegossen und angezündet. 8. Darnach eben viele Gewichts auf den Rücken gelegt und sie in die Höhe gezogen. 9. Nach diesen sie wieder auf die Leiter gelegt. 10. Ihr ein ungehöffelt Brett mit Stacheln unter den Rücken gelegt und (sie) mit den Händen bis an die Decke aufgezogen. 11. Ferner hat der Meister ihr die Füße zusammengebunden, eine Klafterstütze, 50 Pfund schwer, unten an die Füße niederwärts gehangen, daß sie nicht anders gemeinet, sie würde bleiben und das Herz ersticken. 12. Bei diesem ist es nicht geblieben, sondern der Meister (hat) ihr die Füße wieder aufgemacht und die Beine geschraubet, daß ihr das Blut aus den Zehen herausgegangen. 13. Bei diesem ist es auch nicht geblieben, sondern sie ist zum andernmal auf die Punkte geschraubt worden. 14. Der (Henker) hat die dritte Marter mit ihr angefangen, welcher sie erstlich auf die Bank gesetzet. Als sie das Hemde ausgezogen, hat er zu ihr gesaget: Ich nehme dich nicht an auf ein oder zween, nicht auf drei, auch nicht auf acht Tage, auf vier Wochen, auf ein halb oder ganz Jahr, so lange du lebst, so lange du es doch nicht getreiben kannst, und wenn du meinest, daß du nicht bekennen willst, daß du sollst zu Tode gemartert werden, so sollst du doch verbrannt werden. 15. Und der (Henker) (hat) sie mit dem Karbatschen um die Lenden gehauen. 16. Danach ist sie in den Schraubstock gesetzet, darinnen die sechs Stunden gesessen und 17. mit Karbatschen jämmerlich zerhauen worden; bei diesem (ist) es den ersten Tag verblieben. 18. Den andern Tag, als sie wiedergekommen, ist die vierte Marter mit ihr fürgenommen worden und sie auf etliche Punkte geschraubet und sechs Stunden darinnen gesessen.«

Wen nimmt es wunder, daß die Anna Schneider, von den Dresdner Henkern gefoltert, sich lieber ein Ende mit Schrekken statt eines Schreckens ohne Ende wünschte und »ein Geständnis ablegte«. Die an ihr und unzähligen anderen unschuldigen Mädchen und Frauen verübten Greuel waren nur möglich, weil Habsucht, Fanatismus und Dummheit den Henkern immer wieder neue Opfer zutrieben. War es den Gewaltigen am Ausgang des 15. Jahrhunderts doch gelungen, alles Fühlen, Glauben und Denken, auch der Leute, die die »Hexe« Anna Schneider in Dresden verbrennen sahen, so »ganz und gar zu verteufeln, daß das Volk immer und überall nur den Teufel sah, hörte, roch und schmeckte«.

Achtzig Jahre nach dem Feuertode der »Hexe« Anna Schneider macht sich der aus bürgerlichen Kreisen kommende kursächsische Kanzler Dr. Nikolaus Krell unter anderem gerade dadurch verhaßt, daß er die »Teufelsaustreibungen« verbietet, worauf er von den Herrschenden gestürzt wird und nach zehnjähriger Haft auf dem Königstein schließlich in Dresden seinen Kopf durch den Henker verliert.

Vom Ende des 15. Jahrhunderts, das ganze 16. Jahrhundert und die drei ersten Viertel des 17. Jahrhunderts wüteten die Hexenverfolger mit brutalster Grausamkeit. Erst dann setzt sich nach und nach die Vernunft gegen den Aberglauben, die Wissenschaft gegen Glaubensdogmen, die Humanität gegen das Verbrechen durch. Wie der letzte Tropfen Wasser im Sande versickert, so nehmen die Hexenprozesse ein Ende.

Der Abschaffung der Hexenverfolgung, der 1770 in Sachsen die Beseitigung der Folter folgte, geht die Einsicht in ihre barbarische Abscheulichkeit voraus. Einer, der unschuldige Frauen zu Tausenden oft als Beichtvater getröstet hatte, Graf Friedrich von Spee, bekennt im Jahre 1531, elf Jahre nach Anna Schneiders Tod: »Feierlich schwöre ich, daß unter den vielen, die ich wegen angeblicher Hexerei zum Scheiterhaufen begleitete, nicht eine war, von der man, alles genau erwogen, hätte sagen können, sie sei schuldig gewesen, und das nämliche teilten mir zwei andere Personen aus ihrer Praxis mit.«

Viel später, im Jahre 1737, urteilt ein anderer, namens Hauber, über den »Hexenhammer«, mit dem »Die ruchlose Acht« Hunderttausende Verbrechen anstiftete und den Mord als »gesetzliche Strafe« legalisierte: »Alles, was man von einem Inquisitore der Ketzerey und von den damaligen Zeiten, da das Reich der Finsternis und Bosheit auf das höchste gestiegen war, sich nur vorstellen kann, das findet sich in diesem Buch miteinander verbunden; Bosheit, Tumheit, Unbarmherzigkeit, Heucheley, Arglistigkeit, Unreinigkeit, Fabelhaftigkeit, leeres Geschwätze. Der Autor des ›Hexenhammer‹ schreibt mehr als ein Henker ..., ja, wie ein

Kerl, der etliche bordels ausgehuret hat.«

Zu der Zeit war die Anna Schneider, die Anno 1520 als »Hexe« in Dresden verbrannt worden war, längst vergessen.

Ein Adelskomplott

Ein Ränkespiel des sächsischen Adels brachte am Ausgang des 16. Jahrhunderts einen Mann zu Fall, der vom Erzieher des Prinzen Christian nach dessen Regierungsantritt erst zum Geheimrat und danach zum kursächsischen Kanzler aufstieg, »weil er sich im höchsten Grade brauchbar erwies und das unbedingte Vertrauen seines Herrn erwarb«. Indessen sollte die Amtszeit des am 25. Juni 1589 zum Kanzler ernannten Dr. Nikolaus Krell nur zwei Jahre dauern. Der aus bürgerlichen Kreisen stammende Dr. Krell hatte sich während dieser Zeit den Haß der sächsischen Junker zugezogen, die es verstanden, ihren Machenschaften ein religiöses Mäntelchen umzuhängen.

Als Christian I. nach dem Tode seines Vaters, des Kurfürsten August, im Februar 1586 den Thron bestieg, stritt man sich in Sachsen heftig über Religionsfragen. Die Lutheraner gestatteten den Kalvinisten nicht, ihre Religion öffentlich auszuüben. Dr. Krell, ein freisinniger Mann, machte sich unter anderem bei der lutheranischen Geistlichkeit unbeliebt, weil er die Teufelsbeschwörung als Ausdruck des Aberglaubens verbot. »Darüber entstand«, wie die Geschichtsschreibung später berichtete, »im Volk, welches eine Taufe ohne Teufelsbeschwörung für unwirksam hielt, große Unruhe.«

Nicht nur wegen des Verbots der Teufelsaustreibung, sondern wegen einiger anderer ähnlicher Eingriffe in das lutherische Kirchenwesen wurde Dr. Krell von der hohen evangelischen Geistlichkeit als »heimlicher Kalvinist« ins Gerede der Leute gebracht. Der Adel nützte diese von ihm selbst künstlich entfachte Stimmung aus, um Dr. Krell aus Amt und Würden zu treiben. Die Motive für Dr. Krells Sturz macht ein Bericht deutlich: »Aber auch der Adel war ihm feindlich gesinnt, weil er die Jagdrechte beschränkte, die Adelsvorrechte bei Stellenbesetzungen zu schmälern trachtete und die hohen Staatsämter gern Männern aus dem Bürgerstand übertrug, wenn sie dazu tauglich waren.«

Das war nun freilich die größte Schmach, die ein bürgerlich kursächsischer Kanzler den faulen Landjunkern antun konnte, die seit eh und je ihre Söhne bei Hofe untergebracht und vom Einfluß dieser Hofschranzen ihr Gutes hatten. »Trotzdem fühlte sich«, heißt es in einem Bericht, »der Kanzler in seiner Position sehr sicher und regierte nach den von ihm für recht erkannten Prinzipien, ohne Rücksicht darauf zu nehmen, ob die (von Geistlichkeit und Adel geschürte – W. F.) Mißstimmung im Lande wuchs und obgleich die Zahl seiner Gegner immer größer wurde. Er wußte, daß er dem Kurfürsten unentbehrlich war, daß die Gnade seines Fürsten ihn gegen alle Angriffe deckte.«

Aber im Oktober 1591 stirbt Christian I. plötzlich nach fünfjähriger Herrschaft. Bürgerliche Geschichtsschreiber datieren das Zusammenspiel von Geistlichkeit und Adel erst vom Todestage Christians I.: »Der frühe Tod des Kurfürsten führte das Bündnis des sächsischen Adels mit der orthodox-lutherischen Partei zum Sturz Krells herbei.« Tatsächlich aber wurde das bis dahin bestehende heimliche nun zu einem offenen Bündnis, das sich über Recht und Gesetz bedenkenlos hinwegsetzte. Denn der Kurfürst hatte in seinem Testament zwar bestimmt, daß »der Kanzler Dr. Krell an der Spitze der Verwaltung bleiben und Vollstrecker des Testaments sein sollte«, aber noch ehe Christian I. beigesetzt war, wurde Krell am 23. Oktober 1591 auf Forderung eines Ausschusses der sächsischen Ritterschaft gestürzt, verhaftet, zunächst in seinem Haus gefangengehalten, dann aber auf die Festung Königstein gebracht. Wie diese Haft beschaffen war, schreibt Dr. Krell reichlich zwei Jahre nach seiner Verhaftung, am 14. März 1594, dem Administrator Herzog Wilhelm von Sachsen-Altenburg, bei dem er sich bitter beklagt:

»Man hat mich anher gebracht und in ein vom Wetter fast überall offen und zerissen Stüblein ohne Kammer gethan. Darin bin ich Tag und Nacht verschlossen, und kommt an den Ort, da ich schlafen muß, gar keine Luft, sondern muß ich in dem Stanke und Unflath gänzlich verderben. Fällt mir Schwachheit zu, wie ich denn jeder Zeit siech und krank bin, so bin ich ganz verlassen. Denn ob mir wohl auf mein Begehren Arznei bisher gefolgt worden, so habe ich doch nie erhalten können, daß einem Medico zu mir zu kommen gestattet würde. Ich kann auch, allhier verschlossen, keine Arznei gebührlich gebrauchen. Ja, ich bin außerhalb der Mahlzeit keines Messers mächtig, daß ich damit etwas von den Arzeneien nehmen möchte.«

Der regierende Vormund des noch minderjährigen Christian II., Herzog Wilhelm von Sachsen-Altenburg, teilte Krells Beschwerde dem Hofe mit. Dieser aber verhöhnte Krell in seiner Antwort an den Administrator, indem er schrieb, Krell, der »sich wegen des bösen Gefängnisses und des darin zu erleidenden Gestanks beschwere, habe es doch selbst erbaut, gelehrte Leute und Prediger darein gesetzt und zwar zu dem Ende, das göttliche Wort zu vertilgen und zu unterdrükken«, weshalb er nun, »Doktor Krell, darinnen vorlieb nehmen kann«.

Unter dem Wust von angeblichen Verbrechen, die der sächsische Adel über Krell zusammenlog, schält sich für den unbefangenen Betrachter der Akten eine Tatsache als entscheidender Fakt heraus:

»Wann denn nun dieser ›ehrliche Vogel‹ seiner Kurfürstlichen Gnaden, wie ihm seiner Pflicht nach wohl gebühret, zur Erhaltung guten Friedens im Heiligen Reich und diesen Landen, zu Nutz und Besserung seines lieben Vaterlandes hätte treulich dienen und rathen und nicht aufs Rohr führen wollen, so hätte er in solcher schweren hochwichtigen Sachen erfahrene Leute und die es mit dem Rath und Vaterlande treulich meinen, in den Rath nehmen müssen. In seinem Kanzellariat-Amte ist kein ehrlicher vom Adel ...«

Da lag der Hase im Pfeffer! Und die Herren Junker waren nicht verlegen, dem, der sie nicht im althergebrachten und gewohnten Maße an die Ämter und Pfründen gelassen, wo sie ihre Interessen wahrnehmen konnten, nun auch noch anzudichten: »Damit auch sein unkristlich Vorhaben möchte seinen Fortgang gewinnen, so hat er den Kurfürsten zu einem Testament überredet, welches wohl gut gewesen, wenn es bei Zeiten geschehen und auch mit Gedächtnis und Wohlfahrt der Landschaft. Aber weil er es selbst geschmiedet, hat er seiner nicht vergessen, sondern sich selbst zum

Legator eingesetzt und durch seine böse, falsche Politik zum Verderb seines Vaterlandes zum Regiment-Adjuncten sich selbst angegeben. Er hat viele ehrliche Herren vom Adel angegriffen.«

Noch heute weiß man nicht, was größer war, die haßerfüllte Bösartigkeit oder die verlogene Dummheit der Anschuldigungen. Gleichwie, die Anklage gegen Dr. Krell war vom Klassenhaß diktiert. Christian I. hatte sich mit der Berufung des aus bürgerlichen Kreisen stammenden Dr. Krell zum Kanzler über die Interessen des Feudaladels hinweggesetzt, an dessen Spitze er stand und den er repräsentierte. Und erst recht damit, daß er in seinem Testament diesen Dr. Krell, der vom Adel so erbittert gehaßt wurde, seinen Kindern aufs wärmste empfiehlt:

»Diesen sollt Ihr für Euren Vater an meiner Statt achten; dem sollt Ihr folgen. Wie ich ihn bei meinem Leben treu befunden, also, hoff' ich, wird er auch Euch treu sein und Euer sowohl als der ganzen Landschaft Wohlfahrt fördern.«

Die ergrimmten Herren vom Adel fochten das Testament an, nahmen die Sache aber gleich in die eigene Hand und ließen Dr. Krell auf dem Königstein verschwinden. Ihr ganzes erbärmliches Verhalten beweist, wie wahr ein späteres Wort von Karl Marx ist: »Der einzelne kann sich über die Interessen seiner Klasse erheben, die Klasse als Ganzes kann es nicht.« Deshalb mußte Dr. Krell weg. Kein Mittel dazu war zu schlecht.

Aber da war die Tatsache: Nichts Verdächtiges oder Krell Belastendes wurde unter den in seiner Wohnung und in seiner Kanzlei beschlagnahmten Papieren gefunden. Trotzdem blieb Krell in Haft.

Die Kurfürsten-Witwe spielte das Ränkespiel des Adels mit. Vergeblich wandte sich die Frau des auf dem Königstein inhaftierten Kanzlers an sie. Schließlich beschwerte sich Dr. Krells Frau bei dem Reichskammergericht in Speyer »wegen verweigerter und verzögerter Justiz«. Dasselbe erließ ein sogenanntes mandatum poenale sine clausula, in dem »geboten wurde, den Dr. Krell unverzüglich vor Gericht zu stellen oder ihn auf freien Fuß zu setzen«. Man scherte sich nicht daran, Dr. Krell blieb in Haft, ohne daß ein Prozeß gegen ihn eröffnet wurde.

Erst am 21. Januar 1595, nach mehr als dreijähriger Haft (!), erhielt der Gefangene auf dem Königstein eine schriftliche Anklage. Am 26. Januar 1595 erfolgte das erste Verhör. Hiernach diktierte Dr. Krell zwei Tage lang dem Notar seine Entgegnung auf die Anklage, in der er das hinterlistige Verfahren als gesetzwidrig bezeichnete, denn: »Die ganze Klage beruht nur auf Verdacht, weshalb er vor allem freizulassen, ihm aber doch jedenfalls die Berathung mit den Seinen und mit Rechtsgelehrten nicht abzuschneiden sei.«

Aber der Adel, der diesen »bürgerlichen Emporkömmling« unbedingt vernichten will, gibt nicht nach. Krell kommt nicht frei. Auch nicht, als ein Gutachten der Juristenfakultät in Tübingen ein Jahr später, am 21. Mai 1596, warnt, »wenn Krell die Sache an das Kaiserliche Kammergericht gebe, dies sowohl einer löblichen Landschaft zu merklichen Nachteil und Verkleinerung, consequenter auch Seiner Fürstlichen Gnaden halben zu etwas Schimpf gereichen möchte«.

So geht es noch einige Jahre hin und her. Die sächsische Adelsclique bringt es schließlich zustande, daß ein ausländisches katholisches Gericht mit dem Urteil über Krell betraut wird. Das Prager Hofgericht, dem die Untersuchungsakten übergeben werden, fällt das Urteil in Krells Abwesenheit, ohne Zeugen zu hören und ihm gegenüberzustellen, nur auf Grund der schriftlich vorliegenden Zeugenaussagen, die fast ausschließlich von Krells Gegnern beeinflußt sind oder auf Hörensagen und Gerüchten beruhen! Aus 90 »Zeugenaussagen« – so fragwürdig wie die Motive, die zu der Anklage gegen Dr. Krell führten – zieht das Prager Hofgericht am 8. September 1601, zehn Jahre nach der Verhaftung Krells, den Schluß: »Dr. Krell hat die Relegion ändern und den Calvinismus (in Sachsen) einführen wollen. Er hat die Einigkeit des Reiches und der Stände turbiren wollen und also sich gelüsten lassen, das crimen Laesae Majestatis zu begehen.« Schließlich, und hier erkennt man die wahre klassenmäßig bedingte Ursache der Justizfarce, heißt es: »Er hat die rittermäßigen und anderen Unterthanen verachtet und schmählich angegriffen.« Und so wird gegen den Angeklagten erkannt, daß »sein Leib und Leben verwirkt und (er) mit dem Schwerdt, Anderen zur Abscheu, vom Leben zum Tode zu bringen ist«.

Ein Gnadengesuch Dr. Krells an Herzog Wilhelm von Sachsen-Altenburg wird abgelehnt. Kurz danach übernimmt der inzwischen achtzehn Jahre alt gewordene Christian II. die Regierungsmacht. Auch er ändert nichts an diesem seinem ehemaligen Erzieher zugedachten Unrecht.

Krell wurde eilig vom Königstein nach Dresden übergeführt. Eine zehnjährige qualvolle Haft hatte nicht genügt, den Haß seiner adligen Widersacher abzukühlen. Vom 6. bis 9. Oktober saß der zum Tode Verurteilte in der kleinen Gerichtsstube des alten Rathauses am Dresdner Altmarkt. Vielleicht erwartete er einen Gnadenakt statt den Tod durch Henkershand.

Angesichts des Blutgerüstes, das auf dem Dresdner Neumarkt errichtet worden war, dicht neben dem späteren Dinglingerhaus, rief er aus: »Nun wohlan, in Gottes Namen, des Kurfürsten Wille geschehe. Gott erbarme es, ich komme unschuldiger Weise darzu, mir geschieht Gewalt und Unrecht. Ich gestehe nit die geringst Tat, die im Urteil abgelesen. Ich muß zwar bekennen, daß ich vor Gott ein armer Sünder bin, aber daß ich solche Mishandlung begangen habe, das gestehe ich nit, und kann es nimmermehr. Meine Ankläger müssen es am jüngsten Tag verantworten, dahin berufe ich mich, denn ich weiß, daß mir hiermit Gewalt und Unrecht geschieht.«

Zehn Jahre Kerker hatten den zum Tode verurteilten ehemaligen Kanzler des Kurfürsten Christian I. so geschwächt, daß er nicht gehen konnte, sondern von den Bütteln auf einem Stuhl »auf den Judenhof vor das neue Stallgebäude« getragen werden mußte, »wo man ein sonderlich Palatium oder Bühne errichtet hatte, welche auf Befehl der Kurfürstin ihrem Platz näher gerückt worden war, um sehen zu können, wie der Mann sein Ende nehme, der ihren Herrn verführt hatte«. Beim Anblick des Schafotts wurde Dr. Krell ohnmächtig. Als er vom Scharfrichter gefesselt worden war, fragte der ihn: »Bist du bereit zum Tode?«

Dr. Krell antwortete mit einem festen: »Ja!«

Darauf hieb ihm der Scharfrichter mit einem einzigen Schwerthieb das Haupt ab.

»Ich frage, ob ich meines gnädigsten Kurfürsten und

Herrn Befehl genug gethan?« wandte sich der Scharfrichter nach getanem Werk an die Richter.

»Du hast gethan, was dir befohlen wurde«, kam die Antwort. Aber der Scharfrichter, vielleicht guten Glaubens, irrte, als er den toten evangelisch-lutherischen Kanzler Dr. Krell als Feind der evangelisch-lutherischen Religion enthauptete. Nicht dem Recht, sondern der Rache hatte der Schwertstreich des Henkers gedient, der den Neumarkt zu Dresden mit dem Blut eines Unschuldigen färbte, an der Stelle, an der noch bis in das Jahr 1945 ein Stein mit den eingemeißelten Buchstaben KR an ein Justizverbrechen des ausgehenden Mittelalters erinnerte.

Das Ende einer Räuberbande

Vertuscht oder, wenn schon erwähnt, entschuldigt wurde das Treiben einer Räuberbande, die im Oktober 1623 Kaufleute, die von der Leipziger Herbstmesse heimkehrten, überfiel und beraubte. Ungewöhnlich war die Herkunft und ungewöhnlich das Ende dieser Bande, die aus sechs sächsischen Edelleuten und einem Nichtadligen bestand.

In jenem Jahr 1623 lag in Meißen an der Elbe die Reiterkompanie eines kursächsischen Kavallerieregiments unter dem Rittmeister von Kalkstein in Garnision. Am 16. Oktober kamen sechs »Herren aus adligem Geblüth« mit einem »gemeinen Reitersmann« in einer Meißner Weinschänke zu einem Trunk Wein zusammen. Die adligen Militärs dienten »zweispännig«, das heißt, sie verfügten über zwei mitgebrachte Pferde, für die sie »monatlich je 10 Thaler Sold erhielten«, wie der Chronist zu berichten weiß. Ihr gemeiner Trinkkumpan diente als »Einspänniger« und erhielt sein Pferd von der Kompanie gestellt.

An diesem 16. Oktober 1623 waren alle sieben völlig ohne Geld. Würfelspiel und Kartenschlagen, Weiber und Wein hatten die Barschaft längst aufgebraucht. Man brauchte Geld. Unbedingt und ungeachtet aller Umstände, mußte man sich die fehlenden Taler verschaffen. Später sagten alle sechs Edelleute aus, sie »seien von dem einspännigen Reiter Georg Steinfels zu dem verführt und angestachelt worden, was dann ins Werk gesetzt wurde«. Eine andere aus Adelskreisen in Umlauf gesetzte Version wird den Tatbestand als »versuchter Scherz«, als »lustiges Reiterstücklein« umzulügen versuchen. Indessen war der Tatbestand klar: Man verabredete sich, die Kaufleute, die von Leipzig nach Hause unterwegs waren, zu überfallen und sie um die auf der Leipziger Messe erhandelten Waren zu erleichtern.

Nach einigem Hin und Her waren sich alle darüber einig, es sei leicht, »den Feiglingen abzunehmen, was einem gefalle«. Unter den sechs Edelleuten, die sich so zu einem der schwersten Verbrechen verabredeten, befand sich auch Hans von Peves, ein sächsischer Adelssproß, dessen Vater zwei Rittergüter besaß, von denen jedes 10000 Gulden wert war.

Nachdem man das Unternehmen in allen Einzelheiten besprochen hatte, erbat man sich beim stellvertretenden Kompanieführer Urlaub. Man gab an, man wolle »zu seinen Freunden reiten«. Der Urlaub wurde gewährt, man sattelte die Pferde und ritt wohlbewaffnet zum Tore hinaus. Ziel des Rittes war die Niederlausitz. In der Heide, zwischen Lübben und Luckau, legten sich die adligen Herren mit ihrem Helfer in den Hinterhalt.

Am 20. Oktober 1623 war es soweit. Zwei jüdische Kaufleute, auf der Heimreise von Leipzig, wurden »angesprengt«. Man hielt ihnen die Pistole vor und nahm ihnen ein Pferd und Waren, »vornehmlich Samt und Seide«, im Werte von 6000 Talern ab.

Das »Reiterstücklein«, von dem man später in Adelskreisen, verständnisvoll lächelnd, sprach, hatte sich gelohnt. Durch diesen Erfolg fühlten sich die Wegelagerer erst richtig auf den Geschmack gebracht.

War der erste Raubüberfall gelungen, so mußte es mit dem zweiten »Ansprengen« wohl auch gut gehen. Aber man täuschte sich. Die zweite Attacke schlug fehl. Die Kaufleute des überfallenen Wagenzugs, die nach Luckau unterwegs waren, zahlenmäßig in der Überzahl und wohlbewaffnet, weigerten sich, die von der adligen Räuberbande geforderte »Ritterzehrung« herauszurücken. Sie sprangen vielmehr von ihren Wagen, griffen zu den Waffen und jagten die Bande davon. Ohne daß ein einziger Schuß fiel, zogen die adligen

Wegelagerer ab.

Aber Hans von Peves und seine Kumpane gaben nicht auf. Am Nachmittag desselben Tages »wurden einige andere Luckauer Kaufleute überfallen und eines Pferdes und ihrer Waren an Leinwand und Barchent beraubt«. Die Beute war gering, ihr Wert betrug, wie sich beim Öffnen der umfangreichen Packen herausstellte, »etwa der Thaler Zweihundert und Fünfzig«. Aber es wurde Zeit, heimzureiten, denn man fühlte sich nicht mehr so sicher wie bei Beginn des Raubzuges. Vorerst beschloß man aber, die Beute zu teilen. Dazu suchte man ein Dickicht in der Heide auf.

Aber man sollte seines Raubes nicht froh werden. Inzwischen hatten sich nämlich die Beraubten an andere heimreisende Kaufleute gewandt, ihnen von dem frechen Raubüberfall erzählt und sie gebeten, bei der Verfolgung der Bande zu helfen. Die erbetene Hilfe wurde gewährt. »Dreißig Mann stiegen zu Pferde und durchstreiften den Wald. Der Zufluchtsort der Räuber war bald entdeckt. Sie wurden vollständig überrascht. Alle, mit Ausnahme des Hans von Peves und Steinfels, wurden nach lebhafter Gegenwehr gefangen.«

Zwei Polen verfolgten Steinfels. Er wurde angeschossen und stürzte zu Boden. Einer der aufs äußerste erbitterten Polen stieg vom Pferd, um den Räuber zu erschießen. Aber die Steinfels auf den Leib gesetzte Pistole versagte, Steinfels benutzte den Moment, in dem der Pistolenhahn vergeblich klickte, versetzte dem Polen einen Schlag auf den Kopf, schwang sich auf dessen Pferd und entkam. Hans von Peves, nicht verwundet, war schon vorher im Walddickicht untergetaucht. Fünf Herren vom Adel, deren Namen die spätere Geschichtsschreibung verschweigt, wurden von den überfallenen Kaufleuten »beim Rumormeister Wilhelm von Krahe zu Luckau abgeliefert, angezeigt und in den Turm gesetzt«. Meldung über das Geschehen ging an den kurfürstlichen Hof nach Dresden.

Nicht nach Dresden wurden die räuberischen Edelleute geführt, sondern am 29. Oktober 1623, von 15 Reitern eskortiert, nach Radeburg gebracht. Ihr Aufzug glich eher der Heimkehr adliger Jäger von vergeblicher Sauenhatz, nicht aber einem Gefangenentransport. Am 30. Oktober ging es weiter nach Hohnstein, in das ehemalige Sandsteinfelsenräubernest der Berken von der Duba. Am 31. Oktober 1623 gesellte sich dort Steinfels zu ihnen, der in Großenhain arretiert, und Hans von Peves, der im Bereich des Amtes Schlieben aufgegriffen worden war. Damit war das siebenblättrige Kleeblatt wieder beisammen.

Der Schösser zu Hohnstein wunderte sich sehr, daß man den eingebrachten Straßenräubern nicht einmal die Waffen abgenommen hatte. Vier der adligen Herren waren in einem heizbaren Raum untergebracht, drei aber saßen »in einem Gemach, daß die Heizung entbehrte«. Auf ihre Klagen über die Kälte, unter der sie litten, schrieb der Schösser am 3. November 1623 an den Kurfürsten Johann Georg I., »es möchte ein Offen von schlechten Kacheln hineingesetzt werden«, sonst würden die Arrestanten »sich schwerlich in die Länge erhalten«. Die adligen Herren durften natürlich nicht im Kerker an Kälte und Hunger zugrunde gehen, so wie es oft den Bauern und Handwerkern erging, die auf Burg Hohnstein wegen geringer Vergehen hinter Schloß und Riegel kamen. Am 12. November 1623 ordnete der kurfürstliche Landesherr denn an, die drei adligen Schnapphähne sollten, »in Krebel's altes Losament gesetzt und ihnen nach nothdurfft eingeheitzt, sie zugleich gespeist werden«. Diese völlig außergewöhnliche Milde gegen die auf frischer Tat ertappten Straßenräuber, die nach geltendem Recht eigentlich zu Rad und Galgen verurteilt werden mußten, hatte ihre Ursache. Die Adelssippe der Gefangenen, der das Geschehene mitgeteilt wurde, war nicht untätig geblieben. Sie redete dem Kurfürsten ein, »die ganze Sache sei ein unüberlegter Jugendstreich, zu dem sie in der Trunkenheit angestiftet worden seien«. Eine »schimpfliche Strafe in der gewöhnlichen Art falle doch auch auf die Adelsgeschlechter«, die die gefangenen »sechs Edelleute hervorgebracht habe«. Und wirklich, »der Churfürst ließ hinsichtlich der Sechs, welche Steinfels gefolgt waren, Gnade vor Recht ergehen«. Und das, bevor ihnen überhaupt der Prozeß gemacht worden war. Der »einspännige Reitersmann« Georg Steinfels wurde zum »Verführer und Sündenbock« gemacht, das adlige Gelichter wurde freigelassen.

Der kurfürstlich verfügten Haftentlassung war »ein vorläufiges Verhör des Hans von Peves vorausgegangen, das in seiner Fassung«, wie einem späteren Historiker auffällt, »sehr wesentlich abweicht von so andern uns aus jener Zeit vorliegenden, und deutlich an die Hand gibt, daß man dem Gefangenen den Weg zeigen wollte, auf dem er sich der Strenge des Gesetzes entziehen könne«.

In der Tat! Der Edelmann Hans von Peves durfte auf keinen Fall als gemeiner Räuber und Wegelagerer durch das Rad vom Leben zum Tode gebracht werden, wie das ansonsten jedem widerfuhr, der bei ähnlicher Tat ertappt wurde.

Wie ihm und seinen anderen adligen Kumpanen der Weg zur Freiheit geebnet wurde, darüber gibt das Vernehmungsprotokoll, in Hohnstein niedergeschrieben, aufschlußreichen Bericht.

Schösser: »Ob er, Hans von Peves, nicht wisse und so weit in den zehn Geboten und Gottes Wort unterrichtet sei, daß Straßenraub eine großmächtige Sünde, Misshandlung und Verbrechung sey, und diejenigen, die solche verübt, eine hohe Todesstrafe, nämlich das Rad, erwartet?«

Hans von Peves: »Ja, ich habe es oft gehöret, lasse es aber den verantworten, welcher mich dazu verführet hat.«

Schösser (nach diesem Hinweis auf den »Verführer« Steinfels): »Ob er nicht glaube, daß solche Schmach und Pein einem Menschen zu erdulden fast unmöglich und doch gleichwohl dieselbe zur Erlangung der löblichen Justiz ausstehen muß?«

Hans von Peves: »Das glaube ich wol.«

Schösser: »Ob er nicht wisse, daß solcher Straßenraub keinem ehrlichen Mann oder Gesellen, viel weniger einem redlichen rittermäßigen Adel, sonderlich in der Freunde Lande, zustehe?«

Hans von Peves: »Davor hätte ich mich freilich hüthen sollen.«

Schösser: »Ob er nicht wisse, wenn einer von Adel oder andere Standespersonen Straßenraub verübet, solches seinen Aeltern ein unüberwindlicher betrübenter Herzensschmerz, auch dadurch ihnen und dem ganzen Geschlecht auch ein ewiger unvergeßlicher Schimpf zugezogen werde, auch die Aeltern und nahen Verwandten durch solchen großen hochbekümmerlichen Schimpf, Schande und Spott oftmals vor Zeiten sterben und zu Bette gehen müssen?«

Hans von Peves: »Das ist freilich wahr.«

Schösser: »Ob er auch über seinen verübten Straßenraub herzliche christliche Reue trage und es ihm leid sein lasse?«

Hans von Peves: »Ja, das habe ich wohl, Gott erbarm es!«

Schösser: »Ob er auch die dadurch verwirkte leibliche Strafe williglich und mit Geduld ausstehen wolle, oder wo ihm von der chur- und landesfürstlichen frommen löblichen Herrschaft Gnade widerfahren möchte, hinführo von dergleichen Straßenraub abstehen und frömmer werden wolle?«

Hans von Peves: »Wie Gott will, so will auch ich, und wenn mir Gnade widerfahren könnte, will ich fürderhin von dergleichen Sachen gern abstehen.«

Man spürt in den Fragen des Schössers und in den reumütigen Antworten Hans von Peves', der den verführten und zerknirschten Sünder spielt, die Hand der Adelssippe, die sich am Hof Johann Georgs I. breitmacht. Die Regie klappt, die sechs Edelleute werden freigelassen, nur der einspännige Reitersmann Georg Steinfels bleibt – vorerst, wie sich noch zeigen wird – in Haft.

Am 28. Dezember 1623 geht an den militärischen Vorgesetzten der sechs adligen Straßenräuber, den Rittmeister von Kalkstein in Meißen, ein Schreiben, in dem der Kurfürst befiehlt:

»Ob nun wol Ihro Churfürstliche Gnaden befugt, auch Willens gewesen, dieselben für das Kriegsrecht zu stellen und ihnen dasjenige widerfahren zu lassen, so die begangenen Unthaten verdienet, so haben doch die für die Gefangenen eingekommenen unterschiedlichen und ansehnlichen Intercessiones (Eingaben und Bittschriften – W. F.) Sie dahin bewogen, daß Dieselbe beschlossen, diesmal Gnade für Recht gehn und die Gefangenen wieder auf freien Fuß stellen zu lassen, auch dannenhero Dero Hofprofoßen befohlen, die Gefangenen, bis auf Georg Holsteinern, genannt Steinfels, vom Hohnstein wieder abzuholen und ihrem Rittmeister zuzubringen.«

Damit nun der Rittmeister von Kalkstein genau Bescheid weiß, wie er es mit den freigelassenen Straßenräubern zu halten hat, die wieder in seine Reiterkompanie zurückkehren, erhält er zugleich einen kurfürstlichen Entwurf der den begnadigten Verbrechern zu haltenden Strafpredigt, womit die »Ehre« der »adligen Reiter« wieder hergestellt wurde. Nur einer schien ausgenommen von der den Straßenräubern erwiesenen Gnade, der »einspännige Reiter« Georg Steinfels, der noch auf Hohnstein im Verlies saß, während seine Kumpane längst wieder Dienst in der Kompanie machten. Indes sollte sich auch sein Schicksal wenden, denn ihn auf dem Altmarkt zu Dresden durch Rad oder Schwert hinzurichten, hätte dem Volk wohl zuviel Anlaß gegeben, über den Fall »sich das Maul zu zerreißen«. Der Häftling auf dem Hohnstein wußte wohl auch, wie die Fäden zu dem Seil zu drehen seien, an dem er der Haft und dem verdienten Tod entrinnen sollte. Er hatte eine Braut. Ihr, der »in Ehren ehrbaren und viel tugendsamen Jungfrau Dorothea, des ehrbaren und namhaften Sylvester Kohlhorn zu Dresden, churfürstlich bestellten Drommelschlegels in der Gewardie (Garde – W. F.) eheleibliche Tochter, jetzo aber eine Dienerin bei der jungen Frau Kottwitzin zu Lindenau, meiner hertzallerliebsten verdrauten Braut zu ihren eigenen Händen«, klagt er brieflich sein Leid und seine Ängste und beschwört sie, sich seiner »mit allem möglichen Fleiß anzunehmen«.

Offenbar findet der Fleiß der Jungfer des kurfürstlichen Trommelschlägers, der bei der Garde des Landesherrn dient, Gehör bei Hofe. Am 25. Mai 1624, über die Sache ist halbwegs Gras gewachsen, ordnet Kurfürst Johann Georg I. an, der letzte der Bande solle nun auch freigelassen werden. Bedingung: »Er hat urphede zu schwören und sich darnach aus dem Lande zu begeben.« Am 28. Mai 1624 ist Steinfels frei. Seine Spur verliert sich im Dunkel der Geschichte.

August der Starke schiebt seine Mätresse ab

Als die sechzehnjährige Anna Constanze von Brockdorf in Braunschweig zum ersten Mal höfisches Parkett betritt, ahnt sie nicht, was das Schicksal an Enttäuschungen für sie bereithält.

Das hochgewachsene, außergewöhnlich schöne Mädchen

wird bald von den adligen Kavalieren eifrig umworben. Auch ein Freiherr Adolph Magnus von Hoym aus dem Sächsischen ist unter ihren Verehrern. Anna Constanze ist neunzehn Jahre alt, als sie sich mit ihm im Jahre 1699 vermählt und ihm nach Dresden folgt. Dort wirkt von Hoym am Hofe Augusts des Starken als Finanzberater, ewig auf der Suche nach neuen Geldquellen, um die Verschwendungssucht seines kurfürstlichen Herrn zu befriedigen.

Man schreibt das Jahr 1705. Noch ist der Nordische Krieg, der das sächsische Volk 35 Millionen Taler kosten wird, nicht beendet. Not und Elend im Lande sind groß. Das Volk hungert. Aber am sächsischen Hof wird gepraßt. Die Karnevalszeit veranlaßt den Kurfürsten, eines seiner langen und wüsten Trinkgelage zu veranstalten. Dabei prahlt der bald betrunkene Freiherr von Hoym mit der »Schönheit und Anmut seiner Frau, die von keiner Hofdame erreicht wird«. Er hat nicht zuviel behauptet.

Die fünfundzwanzigjährige Freifrau von Hoym wird, »da August der Starke gern schöne Frauen um sich hatte, bald an den Hof geladen; auf einem Hofball lernen sich August und die Frau des Finanzberaters kennen«. So der als harmlos geschilderte Beginn des gesellschaftlichen Aufstiegs der Ehefrau des Freiherrn von Hoym. Der Höfling muß sich, auf Befehl seines »gnädigsten Landesherrn«, von seiner Gattin scheiden lassen, damit diese zur Mätresse Augusts des Starken avancieren kann. Natürlich wird – wie alle hofbeflissenen Chronisten berichten – »die Ehe auf Ansuchen ihres Gatten geschieden«. Das klingt so, als wäre der Freiherr von Hoym seiner Frau überdrüssig und unbedingt darauf aus gewesen, sie loszuwerden, die er eben noch als die Schönste und Anmutigste unter den Damen des Hofes gepriesen hat.

Als Anna Constanze von Hoym der Werbung Augusts des Starken nachgegeben hat, verlangt sie, das Schicksal in Ungnade gefallener Mätressen am sächsischen Hof und an anderen Höfen vor Augen, Sicherheiten. Sie erhält sie. Ein Vertrag wird zwischen dem Kurfürsten und ihr geschlossen. Darin wird ihr zugesichert, daß sie dem Landesherrn beim Ableben der Kurfürstin Eberhardine nach schicklicher Frist ehelich angetraut wird und daß die dem Verhältnis mit dem

Kurfürsten entstammenden Kinder dann als legitime Prinzen und Prinzessinnen anerkannt werden. August der Starke unterschreibt die Urkunde, die als »le contrat«, »ce papier« und »le dokument« in die Geschichte kurfürstlich sächsischer Vertragsbrüche eingehen wird. Später wird vom Hofe bestritten, daß ein solcher Vertrag abgeschlossen worden sei.

Noch im Jahr dieses Vertragsabschlusses wird die nunmehrige »erste Dame des sächsischen Hofes« – Kurfürstin Eberhardine lebt von ihrem Mann getrennt auf dem Schloß Pretzsch an der Elbe – auf Betreiben Augusts von Kaiser Joseph in Wien zur Reichsgräfin von Cosel erhoben. Sie erhält ein jährliches Salär von 100000 Talern und wird von ihrem Geliebten mit aufwendigen Gunstbezeigungen und kostbaren Geschenken überhäuft. Die von vielen Höflingen Beneidete schenkt dem Kurfürsten drei Kinder, 1708 die Tochter Augusta Constantine, 1709 eine zweite Tochter, Friderike Alexandria, und 1712 einen Sohn, Friedrich August.

Sieben Jahre steht die Reichsgräfin von Cosel im Mittelpunkt des höfischen Lebens. Auf 20 Millionen Taler wird der Wert der Geschenke geschätzt, die sie von ihrem Liebhaber erhält: Grundstücke, Ländereien, Privilegien, Juwelen, Gold- und Silberschmuck, die vom sächsischen Volk durch Steuern und Abgaben erpreßt wurden. Allmählich machen sich die Anstrengungen des Hoflebens und der Geburten bei der Mätresse des Kurfürsten bemerkbar, steht doch die Frau, die langsam altert, ständig im Mittelpunkt der Feste und Feiern, die bei jedem Anlaß veranstaltet werden. Nach der Geburt des dritten Kindes wird Augusts Verhältnis zu der Geliebten, deren Schönheit zu verblühen beginnt, kühler. Die intriganten Höflinge helfen der merklichen Abkühlung des Kurfürsten dezent, aber wirksam nach.

Im Jahr 1712 erlischt der so strahlend aufgegangene Stern der Cosel, denn in Warschau, wohin August ohne sie reist, machen ihn seine Ratgeber auf eine junge Schönheit, die Gräfin Dönhoff, aufmerksam, die Augusts Gunst gewinnt. Die Reichsgräfin von Cosel versucht, ihm nach Warschau nachzureisen. Sie erreicht Warschau nie. Auf Befehl Augusts muß sie umkehren und wird nach Pillnitz gebracht. Vergeblich bemüht sie sich von dort aus in leidenschaftlichen Briefen, den ihrer überdrüssig gewordenen Kurfürsten zu bewegen, zu ihr zurückzufinden. Vergeblich bleibt auch ihr Versuch, von Berlin aus, wohin sie sich enttäuscht und verbittert wendet, ihre gesellschaftliche Stellung am sächsischen Hofe wiederzuerlangen, einen Anspruch, den sie unter Hinweis auf das im Kontrakt von 1706 enthaltene Eheversprechen des Kurfürsten geltend macht. Auf Betreiben des sächsischen Hofes wird die Cosel in Halle verhaftet und nach der Burg Stolpen eskortiert.

Weihnachten 1716 betritt sie das jahrhundertealte Gemäuer. Man weist ihr die Fürstengemächer im Zeughaus als Domizil an. Sie soll die kurfürstliche Besitzung bis zu ihrem Tode nicht mehr verlassen. Zweimal versucht sie die Flucht, Unternehmungen, die entdeckt und vereitelt werden. Noch verwahrt sie an einem dem Kurfürsten unbekannten Ort den Kontrakt, in dem ihr zehn Jahre zuvor Ehe und Aufstieg zur Kurfürstin zugesichert wurden. August der Starke bemüht sich, die nach Stolpen abgeschobene Mätresse zu bewegen, »le contrat« herauszugeben, weiß er doch, daß er beim Ableben seiner angetrauten Ehefrau Eberhardine von der Cosel beim Wort genommen werden kann und als kontraktbrüchig in die Geschichte eingehen wird, wenn der Kontrakt bis dahin nicht zurückgegeben, nicht vernichtet und daher – wie von der Hofkamarilla behauptet wird – »nie geschrieben, nie unterzeichnet und nie gesiegelt« worden ist. Da die Cosel nicht willfährig ist, sondern auf ihrem Recht besteht und »le dokument« nicht herausgibt, wird sie von August zur Staatsgefangenen erklärt.

Um 40 Mann wird die Besatzung der Burg deswegen verstärkt. Eine von August eigenhändig geschriebene »Instruction« befiehlt dem Festungskommandanten, die Gefangene bei Tag und Nacht in strengem Gewahrsam und unter ständiger Bewachung zu halten. Die Briefe der Gefangenen, die ihn erreichen und in denen sie ihn bittet, ihr die Freiheit wiederzugeben und sie zu ihren Kindern zu lassen, läßt August unbeantwortet. Er kann diese Frau, die ihm drei Kinder geboren hat, nicht als lebendige Anklage gegen sein Verhalten in seiner nächsten Umgebung, in dem ihr errichteten Palais, dulden.

Geschichtsklitternde Hofchronisten werden später nicht

die absolutistische Willkür, die Herzlosigkeit und den Treubruch dieses skrupellosen Potentaten aus dem Hause Wettin verurteilen. Sie werden vielmehr der Gefangenen auf Burg Stolpen eine Tatsache vorrechnen, nämlich »daß ihr fünf Bediente während ihrer Haftzeit zur Verfügung standen« und daß sie »noch im Jahre 1725« laut einer Vermögensaufstellung die Summe von 479190 Talern 19 Groschen und 6 Pfennig »besaß«, an der sich freilich das »zur Verwaltung dieses Vermögens bestellte Kuratorium« mit 66558 Talern 1 Groschen und 3 Pfennigen bereicherte, während die »Eigentümerin« über ihr »Vermögen« nicht frei verfügen durfte. Acht Jahre nach der Niederschrift dieser »Vermögensaufstellung«, 1733, stirbt der kurfürstliche »Kerkermeister« August der Starke. Elf Jahre nach seinem Tod, immer noch ist sie, angeblich auf eigenen Wunsch – wie es später heißen wird – Staatsgefangene, wird ihr der Johannisturm, den der Volksmund von da an bis heute Coselturm nennen wird, als Wohnung zugewiesen, da die alte Unterkunft baufällig geworden ist. Hier verlebt sie den Rest ihrer Tage. Eine lange Zeit. Erst neunundvierzig Jahre nach Beginn ihrer Gefangenschaft stirbt sie und wird in der Schloßkapelle beigesetzt.

Der »Narr« und der »Gerechte«

Viele Besucher Dresdens bewundern den »Fürstenzug« an der Mauer des königlichen Stallhofes in der Altstädter Augustusstraße. In langer Reihe sind da die sächsischen Potentaten abgebildet, gemalt und eingebrannt auf Meißner Porzellankacheln. Unter ihnen, hoch zu Roß, auch der Kurfürst Friedrich August »der Gerechte«. Selten ist ein Monarch aus dem Hause der Wettiner bereits zu Lebzeiten, mehr noch nach seinem Tode so glorifiziert worden wie dieser »Landesvater«, der es 1806 vom Kurfürsten zum König von Napoleons Gnaden brachte und bis ans Ende seiner Tage die Revolution haßte wie die Pest. Waren es während seiner Regierungszeit rückgratlose Hofschranzen, die ihm schmeichelten, so übten sich nach seinem Tode bürgerliche Geschichtsschreiber, vergessen zu machen, welches Willkürregime mit dem Namen Friedrich Augusts des »Gerechten«

verknüpft war. »Das Volk«, so faselte ein sächsischer Historiker knapp hundert Jahre nach dem Tode des reaktionären Monarchen, »ertrug es ohne Murren, daß unter seiner Herrschaft, gemäß den Ideen der sogenannten ›Heiligen Allianz‹, die ersehnte Verfassung ausblieb.« Aber dieser Kurfürst und spätere König hätte ein Ausbund milder Tugenden und die Zustände im Sachsenland hätten paradiesisch gewesen sein müssen, um dieses Loblied zu rechtfertigen. Es war jedoch ganz anders.

Im Jahre 1791, Friedrich August der »Gerechte« ist 28 Jahre alt, erläßt er ein »Mandat wider Tumult und Aufruhr«, in dem er voll landesväterlicher »Güte« verfügt: »Ein Jeder soll sich aller unrechtmäßigen Selbsthülfe, aller eigenmächtigen Verweigerung hergebrachter Schuldigkeiten und aller gewaltsamen Verhinderung anderer in Ausübung ihrer Rechte und Befugnisse gänzlich enthalten, hingegen Recht und Hülfe nach Vorschrift der Gesetze an gehörigem Orte, in rechtlicher Ordnung suchen und bey dem, was durch Güte oder Recht ausgemacht wird, sich beruhigen.«

Da reitet er, der »Gerechte«, inmitten seiner Vor- und Nachfahren aus dem Hause der Wettiner, und man fragt sich: Wie kam es nur, daß er seiner Aufforderung zum unbedingten Gehorsam noch den nachdrücklichen Hinweis beifügen mußte: »Anstifter und Rädelsführer eines Tumults und Aufruhrs sind, wenn derselbe zum Ausbruch gekommen ist, mit dem Schwerd, und, wenn die Umstände das Verbrechen erschweren, mit dem Rad am Leben zu strafen.« Aber »gnädig« ist der »Gerechte« doch, denn, so setzt er weiter hinzu: »Wir sind jedoch in Gnaden gemeinet, denen, so bevorstehende Zusammenrottirungen und aufrührerische Unternehmungen entdecken, besondere Gnadenbezeigungen, auch nach Befinden Belohnungen in Geld zu Ein- und Mehrern Hundert Thalern angedeihen zu lassen.« Das Spitzelunwesen in Sachsen gedieh nach diesem Mandat aufs beste.

Man fragt sich: Wieso dieses »Mandat wider Tumult und Aufruhr«, das Verrätern einen Judaslohn »in Gnaden angedeihen zu lassen« verspricht? Die Geschichte gibt Antwort: Anlaß für dieses Mandat war der sächsische Bauernaufstand von 1790, den ein Mann mit seinen mühselig und mit schwerer Hand geschriebenen Aufrufen mit vorbereitet hatte: Benjamin Christian Geißler, Seilermeister zu Liebstadt im Seidewitztal zwischen Pirna und Zinnwald.

1765 war der wandernde Seilergeselle Geißler, zweiundzwanzigjährig, in Liebstadt seßhaft geworden. 1769 rückte er zu den kurfürstlichen Grenadieren ein. Drei Jahre später, vom Militär entlassen und nach Liebstadt zurückgekehrt, heiratete er die Tochter des Schloßvogts. Zwei Töchter starben ihm im zartesten Kindesalter. Darauf nahm er die unmündige Tochter eines preußischen Soldaten, der in Liebstadt gestorben war, an Kindes Statt an.

Der Seilermeister Geißler, Sohn eines schlesischen Dorfschullehrers, hatte kurze Zeit am Herrnhuter Lehrerseminar studiert, es aber verlassen müssen, weil er mit zu hellen Augen und mit zu wachem Verstand das Leben der zu Ende gehenden Feudalzeit betrachtete. Er las eine Zeitung, »Der teutsche Merkur«, aus der ihn ein leiser Hauch jener bürgerlichen Freiheit anwehte, die der Kurfürst auf den Tod haßte. Geißlers Seilerwerkstatt und sein Wohnhaus lagen ein paar Dutzend Meter unterhalb von Schloß Kuckuckstein, das auf steilem Fels über der ins enge Seidewitztal gepreßten kleinsten Stadt des Kurfürstentums Sachsen thronte. Schloß und die dazugehörigen umfangreichen Wälder und Felder gehörten der Familie von Carlowitz. Die Bauern der umliegenden Dörfer waren dem Feudalherrn fron- und spanndienstpflichtig und was der unangenehmen Pflichten mehr waren. Und immer drückender wurden von Jahr zu Jahr die Lasten. Verschwendungssucht und Übermut der Junker kannten keine Grenzen. In Hunderten von Streitigkeiten hatten die Bauern bei Gericht Recht und Hilfe gesucht. Vergeblich. Die Gerichtsherren standen den Feudalherren bei.

Der Kurfürst wußte wohl um die Not der Bauern, denn waren sie schon nicht Gegenstand seiner Fürsorge, so waren sie doch Gegenstand des Spottes seiner Hofschranzen. Jedenfalls tat er nichts, die Not der Bauern zu lindern und den Übergriffen des sächsischen Feudaladels zu wehren. Großgrundbesitzer wie sie, gehörte er zu denen, die das Volk am meisten auspreßten. Landauf und landab standen Galgen und Pfähle; die Leichen gehängter und geräderter Bauern sprachen deutlich, wie brutal das »gemeine Volk« eingeschüchtert wurde. Von den Bauern, die aus den Dörfern um

Liebstadt zu dem Seilermeister Geißler kamen, hörte er immer wieder, wie schwer sie das feudale Joch drückte.

Um die Bauern maßlos ausbeuten zu können, hatten es die Feudalherren verstanden, in das »Erbregister«, dem vom Kurfürsten bestätigten Lokalgesetzbuch der Feudalgerichtsbarkeit, nachdrücklich einen nicht genau bestimmbaren Anspruch auf Zwangsdienste der Bauern einzufügen. Danach hatte der Feudalherr Anspruch auf »alle Dienste, wozu man sie (die Fronbauern – W. F.) bedarff«. Und dazu übten die Rittergutsherren noch die Gerichtsbarkeit in ihrem Rittergutsbezirk aus.

Der sächsische Feudalherr hatte auf alles ein »Recht«. Und er machte unbarmherzig Gebrauch davon. Er befahl das für seine Wirtschaft benötigte Gesinde aus den bäuerlichen Familien auf seinen Hof, selbst die Kinder. Er allein hatte das Schafhütungsrecht, denn unter Friedrich August dem »Gerechten« wurde den Bauern die Schafhaltung verboten. Die Schafe des Rittergutsbesitzers aber wurden nicht etwa in dessen Stall gefüttert, sondern fast das ganze Jahr auf dem Brachland der Bauern gehütet. Der Rittergutsbesitzer allein durfte das Wild jagen. Dem Bauern war alles verboten, was den Wildschäden auf seinen Feldern entgegenwirken konnte. Der Rittergutsherr durfte die Bauern jederzeit mit Hand- und Spanndiensten zum Bau neuer Rittergutsgebäude pressen. Er erhob Gerichtsgebühren bei Zu- und Abgang von Arbeitskräften. Und er machte nicht nur daraus ein Geschäft, sondern bereicherte sich auch an den Geldstrafen, die er willkürlich verhängte, nur um seine eigene Kasse zu füllen. Harte Steuerlasten und die juristischen Spitzfindigkeiten des Gutsherrn veranlaßten die Bauern des Ritterguts Liebstadt im Jahre 1674 zu einer Klage an das Appellationsgericht zu Leipzig, in der es am Schluß bezeichnenderweise hieß, den Bauern bliebe (wenn ihnen angesichts der Ungerechtigkeiten, die ihnen widerführen, kein Recht werde – W. F.) »nur, zu Gott zu bethen und säufzen zu müssen, aus diesem Jammerthal erlöst zu werden«.

Willkür und Unrecht blieben nicht auf Liebstadt und auf das siebzehnte Jahrhundert beschränkt. Sie wurden schließlich überall im Lande gesetzlich sanktioniert, und zwar durch die »kursächsische Gesindeordnung«, die 1769 eingeführt worden war. Dieses Musterbeispiel einer reaktionären Gesindeordnung verbot den Bauern, sich ohne Zustimmung des Feudalherrn zu verdingen. Es war ihnen auch verboten, sich durch Spinnen, Strumpfwirken, Strohflechten oder andere Heimarbeit aus der größten Not herauszuarbeiten. 1770/1771 herrschte im Lande Hungersnot. Und die von verlogenen Historikern gepriesene »wirtschaftliche Hebung des Landes« durch Kurfürst Friedrich August den »Gerechten« sah so aus, daß in diesen zwei Jahren, in denen nur das »gemeine Volk« Not litt, 60000 »Landeskinder« Hungers starben. Der Scheffel Korn wurde während der im Gefolge der Hungersnot einhergehenden Teuerung um den zehnfachen Preis gehandelt.

Es fehlte nicht an sozialem Zündstoff. Es fehlte nur der Funke, der ihn aufflammen ließ. Da erreichte die Nachricht vom Sturm auf die Bastille auch die Seilerwerkstatt in Liebstadt. Aber es dauerte noch ein Jahr, bis in Sachsen die Bauern an ihren Ketten rüttelten. Im Juli 1790 tauchten in den Dörfern um Liebstadt die von Benjamin Christian Geißler verfaßten und mühselig handschriftlich vervielfältigten Aufrufe auf, in denen die Bauern und Häusler aufgefordert wurden, die, »die das Sachsenland unglücklich gemacht haben, gänzlich ihrer Würden und Ämter zu entsätzen, ihre Güter zu confiszieren« und »das unerträgliche Joch der Edelleute abzuschütteln«. Am 8. Juli 1790 ritt Geißler morgens von Liebstadt nach Dittersbach bei Glashütte. Hier veranlaßte er den Dorfrichter, seine Aufrufe vor einer Bauernversammlung vorzulesen. Dasselbe ereignete sich in Börnchen.

Acht Artikel hatte Geißler aufgestellt, acht Artikel, in denen gesagt wurde, wie es mit den Bauern nach der Beseitigung der Feudalherrschaft weitergehen sollte. Die acht Artikel enthielten die Forderungen nach Abschaffung des stehenden Heeres und nach Aufstellung einer Nationalgarde. Weiter wurden die Reform des Gerichtswesens durch Einführung von Schwurgerichten, die Beschränkung der Macht der Geistlichkeit, die Herabsetzung der Fleisch- und Tranksteuer sowie ein neues, den Bauern und sein Land schützendes Jagd- und Hegerecht gefordert.

18000 sächsische Bauern sollten sich vor dem kurfürstlichen Schloß Pillnitz versammeln und für diese acht Artikel einstehen, wie es in Geißlers »Pro memoria« angekündigt wurde.

Auch der Gerichtsherr von Lauenstein, von Bünau, erhielt Kunde von Geißlers Schriften. Durch einen reitenden Boten ließ er der Staatskanzlei in Dresden Meldung erstatten. Das »Geheime Konzilium« handelte rasch, denn es erkannte die Gefahr, die da heraufzog. Geißler, als »Anstifter« erkannt und verraten, wurde am 10. Juli 1790 verhaftet, in Ketten gelegt und in die Fronfeste Dresden geworfen. Während er dort auf Verhör, Gerichtsverhandlung und Urteil wartete, nahmen die Ereignisse draußen ihren Lauf. Denn Geißlers Aufrufe hatten gezündet. Die Bauern begannen ihre Peiniger, die Rittergutsherren, zu verjagen oder ihnen Verzichterklärungen auf junkerliche Privilegien abzutrotzen. Der Aufstand breitete sich mit dem Bekanntwerden von Geißlers »Pro memoria« aus, zunächst in der nächsten Nachbarschaft Liebstadts, in Bärenstein, Glashütte und Dippoldiswalde (17. Juli 1790). Von da gelangte die »Pro memoria« nach Dresden und Wilsdruff. Von Freiberg griff die Bewegung Ende August 1790 nach Chemnitz, Augustusburg, Neukirchen, Ernstthal und Wolkenstein über. Von Meißen strahlte der Aufstand in die Oberlausitz aus.

Kerngebiet des Aufstandes wurde die Lommatzscher Pflege. Der Häusler Böhme aus Krepta und der Dorfrichter Lommatzsch aus Niederstößwitz riefen Anfang August, Geißler saß inzwischen schon einen Monat in der Dresdner Fronfeste gefangen, dazu auf, alle Frondienste zu verweigern. Am 22. August 1790 entwaffneten 500 Bauern in Schleinitz ein von Dresden ausgesandtes Strafkommando und zwangen dem Junker von Zehmen eine Verzichterklärung auf alle Frondienste ab. Durch einen gut organisierten Meldedienst, bei dem reitende Boten eingesetzt wurden, konnten 8000 aufständische Bauern bei Deutschenbora unweit von Nossen zusammengerufen werden. 2000 von ihnen, notdürftig bewaffnet, erzwangen am 23. August 1790 in Meißen die Freilassung der inzwischen verhafteten örtlichen Bauernführer. Auch der in Schloß Nossen festgesetzte Böhme wurde befreit. Auf 5000 Quadratkilometer wurde die Feudalgewalt gebrochen. 5000 kursächsische Soldaten (fünf Eskadronen Kavallerie und fünf Bataillone Infanterie) wurden eingesetzt, um das Kerngebiet des Bauernaufstandes, das sich von Deutschenbora bis Riesa erstreckte, zu »befrieden«. Die Aktion dauerte vom 26. August bis 7. September 1790, erst da war man Herr der Lage. Aber noch bis 16. September 1790 kämpften die Bauern bei Wechselburg und Rochsburg weiter, stürmten die Junkerburgen und töteten ihre Peiniger. Als letzter Rebell wurde der Peniger Bauernadvokat Herrmann Anfang Oktober 1790 verhaftet, der mit einem Trupp geschlagener Bauern in die Wälder des Erzgebirges geflüchtet war.

Geißler wurde vom Gerichtsarzt zum »Narren«, der »mit einer fixen Idee behaftet sey«, erklärt. Der Leipziger Schöppenstuhl erhob zwar Einspruch gegen dieses Gutachten, aber der Kurfürst lehnte ihn ab. Er hütete sich, Geißler durch Verurteilung zum Tode durch das Rad zu einem Märtyrer zu machen und die bei einer öffentlichen Hinrichtung zu erwartenden Tumulte zu riskieren. So wurde Geißler als »irrsinniger Narr« in das Zucht- und Irrenhaus der Festung Torgau gebracht.

Fünfzehn Jahre saß der Rebell von Liebstadt, wie ihn das Volk, heimlich sympathisierend, nannte, als »Narr« in Torgau, dann gelang ihm die Flucht. Ein Steckbrief wurde gegen ihn erlassen. Aber er schlug sich über Brandenburg, Schlesien, Böhmen nach Wien durch. Dort arbeitete er als Seilergeselle. 1807, als Friedrich August der »Gerechte« nach der preußischen Niederlage von Jena und Auerstädt, an der auch sächsische Truppen teilhatten, Verbündeter Napoleons geworden war, glaubte Geißler, in Sachsen müsse nun ein fortschrittlicher Geist eingezogen sein. Der vierundsechzigjährige Bettler, der auf dem Wege zu seiner Pflegetochter war, wurde in Döbra bei Liebstadt als der steckbrieflich gesuchte Geißler erkannt, verhaftet und unter Polizeiaufsicht gestellt. Alt und von fünfzehnjährigem Aufenthalt in Torgau körperlich gebrochen, war er keine Gefahr mehr für das Regime Friedrich Augusts des »Gerechten«. 1809 wurde die Polizeiaufsicht aufgehoben.

Geißlers Spur verliert sich dann im geschichtlichen Dunkel, weder ein Eintrag im Kirchenbuch zu Liebstadt noch ein sonstiges Dokument meldet seinen Todestag. Das Andenken an diesen Vorkämpfer der Bauernbefreiung sollte aus dem

Gedächtnis der Zeitgenossen und ihrer Söhne und Enkel ausgelöscht werden. Während der wirkliche Held des Jahres 1790, Benjamin Christian Geißler, der Seilermeister aus Liebstadt, der Vergessenheit anheimfiel, wurde der Mann, der die Spitze der Feudalgesellschaft in Sachsen repräsentierte, mit falschem Ruhm und Glanz behängt.

Um die Vorgänge des ereignisreichen Jahres 1790 wurde, damit ja nichts Nachteiliges das hehre Bild des »gerechten« Landesvaters trübe, eine Mauer des Schweigens errichtet. Alle Geschichtsschreiber, die es mit den sächsischen Monarchen und ihrem Hofklüngel nicht verderben wollten, schwiegen, was da geschehen war, tot. Das ging über mehr als hundert Jahre hinweg. Nur das sächsische Staatsarchiv hielt das, was geschah, in seinen Aktenbeständen fest.

Mordsache von Kügelgen

Man schreibt den 29. Dezember 1819, da »findet ein Fuhrmann, abends 6 Uhr, in einer mondhellen Nacht, auf der von Dresden nach Großenhayn führenden Kunststraße, ungefähr 900 Schritte von dem Gasthofe zum Wilden Mann, den Tischlergesellen Gottlob Leberecht Winter ermordet und beraubt«. So meldet ein zeitgenössischer Bericht. »Der Erschlagene war noch mit Stiefeln, Strümpfen, Beinkleidern und dem Hemde bekleidet; die Handschuhe lagen neben ihm.«

Der tote Tischlergeselle ist dem Augenschein nach mindestens seines Überrocks und seiner Barschaft beraubt und im Frost liegengelassen worden. Ein paar Tage später wird die Leiche beerdigt. Auf die Ergreifung des unbekannten Mörders werden 100 Taler Belohnung ausgesetzt. Vergeblich. Niemand meldet sich. Keine Anzeige geht ein. Es scheint, als werde der Mörder nie gefunden werden.

Der Winter vergeht. Im Frühjahr 1820 macht der Mörder wieder von sich reden. In Dresden lebt zu der Zeit der angesehene Porträtmaler und Professor an der königlichen Kunstakademie Gerhard von Kügelgen. Er bewohnt eine Etage im Gottessegen-Haus in der Neustadt. »An Gottes Segen ist alles gelegen« heißt es noch heute in goldenen Buchstaben unterhalb des Dachfirstes. Professor Gerhard von Kügelgen besitzt einen Weinberg bei Loschwitz, mit einem weiten Blick über das Land bis hin zu den Höhen des östlichen Erzgebirges. Kügelgen ist dabei, das alte Winzerhaus umbauen zu lassen. Er will sich darin auch ein großes, helles Atelier einrichten. Am 27. März 1820 geht er an einem späten Nachmittag nach Loschwitz hinaus, um nach dem Rechten zu sehen und den Handwerkern den Lohn auszuzahlen. Der Biograph des Künstlers, Hasse, schildert die Ereignisse des verhängnisvollen Tages in der im Jahre 1824 veröffentlichten Lebensbeschreibung so:

»Er kam gegen fünf Uhr an, ordnete und besorgte, was nötig war, bezahlte die Arbeiter, bestellte junge Birken für den Weinberg und begab sich nach halb sieben Uhr auf den Rückweg. Als er jetzt, ungefähr ein Viertel nach sieben Uhr, bei Mondlicht, auf der fast nie menschenleeren Landstraße, die von Dresden nach Bautzen führt, mitten in einer freien, überall leicht zu übersehenden Gegend, 180 Schritte vor dem gräflichen Marcolinischen Vorwerke, der Vorstadt des schwarzen Thores und dem Linckeschen Bade schon bis auf einige hundert Schritte sich genähert hatte, beschlich ihn meuchlings im Rücken ein Raubmörder und zerschmetterte ihm den Schädel mit einem Beile. Darauf schleppte er den Bewußtlosen seitwärts von der Straße, über einen schmalen Sturzacker, etwa hundert Schritte weit hinab nach der Elbe zu, die eben ausgetreten war und den Fußsteig am Ufer ungangbar gemacht hatte. Dort legte er ihn hinter einem dekkenden Feldraine in eine Vertiefung des daselbst befindlichen Röhrenlagers, wo er ihn beraubte und bis aufs Untergewand entkleidete, ohne von einem der auf der Straße vorübergehenden Menschen bemerkt zu werden.«

Der Sohn des Ermordeten, Wilhelm von Kügelgen, befindet sich, als der Vater unter dem Beilhieb des Mörders zusammenbricht, in einem Konzert im »Alten Posthaus« in der Pirnaischen Gasse und hört Joseph Haydns »Die sieben Worte«. »Als ich nach Hause kam und den Vater nicht vorfand« – so erzählte er später –, »ergriff mich die lebhafteste Sorge. Ich machte mich sogleich auf den Weg und lief durch die helle Mondnacht ihm entgegen bis auf den Weinberg. Hier schlief schon alles, und ich mußte den Winzer aus dem

Bette holen. Von ihm erfuhr ich, daß mein Vater freilich dagewesen sei, mehrere Anordnungen getroffen, aber schon vor sieben Uhr den Rückweg angetreten habe. Spornstreichs rannte ich jetzt zurück und klopfte die Wirtsleute auf Findlaters (ein Kaffeehaus auf dem Grundstück, auf dem seit 1850 das Albrechtsschloß steht, ursprünglich Privatbesitz eines Engländers Findlater – W. F.) und dem Linckeschen Bade heraus, ob er vielleicht plötzlichen Unwohlseins halber dort eingetroffen sei; aber niemand wollte ihn gesehen haben. Möglich, dachte ich, daß er in der Stadt noch einen Besuch gemacht und nun längst zu Hause ist – aber das war er nicht, und wir brachten die Nacht in namenloser Angst hin. Am andern Morgen in aller Frühe meldete ich den Fall auf der Polizei an. Man gab mir Polizeidiener und Hunde mit, die Gegend abzusuchen. Am Linckeschen Bade verteilten wir uns zu beiden Seiten der Chaussee; die Hunde revierten vor und zwischen uns. Auf halbem Wege zum Waldschlößchen stand plötzlich der mir zunächst laufende Hund. Ich sprang herzu – da lag mein Vater mit dem Gesicht auf nackter Erde, erschlagen und entkleidet, in einer Ackerfurche.«

Die Suche nach dem Mörder setzt ein. Die Umstände des Verbrechens und seine Ausführung deuten auf denselben Täter hin, dem auch der Tischlergeselle Winter zum Opfer gefallen ist. Hasse schildert, überraschenderweise nur verhältnismäßig knapp, das merkwürdige Resultat der fragwürdigen polizeilichen Fahndungsarbeit: »Anfangs war jede Nachforschung vergeblich. Zwar wurden einige Personen, die in der Nähe des Ortes oder auf der Straße gesehen worden waren und verdächtig zu seyn schienen, verhaftet; aber es zeigte sich keine nähere Spur. Die Regierung setzte daher schon am 29. März 1820, nach dem Vorschlage des Justizamtes, einen Preis von tausend Thalern auf die Entdeckung des Mörders. An demselben Tag fand man den Mantel des Erschlagenen. Kinder, die bei dem aufgefahrenen Schutte hinter dem Accishause vor dem schwarzen Thore spielten, zogen ihn unter Steinen hervor. Noch befand sich in demselben das kleine Gebetbuch, welches Kügelgen bei sich gehabt hatte. Nach dieser Spur mußte der Raubmörder innerhalb der Mauern der Stadt sich aufhalten. Er hatte nicht gewagt, das große Kleidungsstück durch das Thor in seine Wohnung zu bringen; darum verbarg er den Mantel an jenem Orte, um ihn ein anderes Mal unbemerkt auf die Seite zu schaffen. Am 4. April 1820 (Inzwischen war im »Dresdner Anzeiger« ein Verzeichnis der dem Ermordeten geraubten Sachen veröffentlicht worden. – W. F.) brachten einige jüdische Handelsleute dem untersuchenden Richter die Uhr des Ermordeten und veranlaßten die Verhaftung eines Untercanoniers (Fischer), von dem sie dieselbe gekauft haben wollten. Jedoch bei näherer Betrachtung erkannten sie ihn nicht als den Verkäufer. Gleichwohl gestand dieser am 19. April, den doppelten Raubmord verübt zu haben, und zwar allein; indeß widersprach seine Aussage den schon erforschten Umständen der Tat. Endlich führte am 24. April die Anzeige eines andern jüdischen Handelsmannes in Dresden, welcher von einem Untercanonier (Kaltofen) den Oberrock des Ermordeten gekauft hatte, auf die Entdeckung des Täters.«

Wie kam es, daß anfangs, im ersten Stadium der beginnenden Untersuchung des Mordfalls Kügelgen, gleich zwei Kanoniere des sächsischen Artilleriekorps den Raubmord an Kügelgen und Winter zugaben und Geständnisse ablegten? Kügelgens Biograph hat diese Frage, die jeder Unbefangene sofort stellt, nicht direkt beantwortet, wohl aber indirekt dem Leser das Urteil überlassen, indem er als Anhang zur Lebensbeschreibung Kügelgens einige aufschlußreiche Auszüge aus dem amtlichen Protokoll des Untersuchungsverfahrens gegen Fischer und Kaltofen veröffentlichte. Daraus geht für den, der diese unter den Bedingungen der feudalen Verhältnisse veröffentlichten dokumentarischen Fragmente zu lesen versteht, klar und eindeutig hervor, daß dem unschuldigen Kanonier Fischer Selbstbezichtigung und Geständnis seitens des untersuchenden Amtsfrons durch Einflüsterung, Einschüchterung und Folterung abgenötigt und erpreßt wurden. Zwar war die Folter bereits fünfzig Jahre zuvor, 1770, in Sachsen offiziell abgeschafft worden, lebte aber in dieser und jener Form weiter, begünstigt durch die feudalen Verhältnisse im Königreich Sachsen.

1789 hatte die bürgerliche Revolution in Frankreich die mündliche Verhandlung vor den neugeschaffenen Schwurgerichten eingeführt. Seither waren dreißig Jahre vergangen. Aber im Königreich Sachsen hielt man am Althergebrachten auch im Bereich der Justiz zäh fest. Man fällte die Urteile im Falle von Kapitalverbrechen auf Grund des sogenannten schriftlichen Verfahrens, so auch in der Mordsache Kügelgen. War das einem Verdächtigen abgepreßte »Geständnis« erst einmal in die für den Schöppenstuhl zu Leipzig bestimmten Akten eingegangen, so war der »Geständige« schon halb verurteilt. Der Willkür der untersuchenden Beamten war bei dieser Methode der »Beweisermittlung« Tür und Tor geöffnet. Auch im Fall Fischer. Die spätere bürgerliche Geschichtsschreibung hat sich daher wohlweislich kurz und knapp darauf beschränkt, den Kanonier Kaltofen als den überführten Mörder Kügelgens zu bezeichnen. Es wurde nicht erwähnt, daß und weshalb der unschuldige Kanonier Fischer um Haaresbreite Opfer eines Justizmordes geworden wäre. Fischer wäre trotz seiner Unschuld verurteilt worden, hätte er nicht in dem seit 1798 in Dresden tätigen, damals knapp fünfzigjährigen Dr. Eisenstuck einen Verteidiger gefunden, der die mittelalterlichen Vernehmungsmethoden des Amtsfrons als Ursache der »Geständnisse« seines Mandanten Fischer aufdeckte, damit als Grundlage für einen Schuldspruch aus den Angeln hob und ihn wertlos machte.

Eisenstuck gelang der Nachweis, daß Fischer den Mord an Kügelgen gar nicht begangen haben konnte, denn er besaß ein einwandfreies Alibi. Am 27. März nämlich, »an welchem Tage abends gegen 8 Uhr Herr von Kügelgen erschlagen worden war, war Fischer auf seiner Stube in den Casernen«.

Am 24. April 1820 bahnte sich die Wende des Falles an. Da erstattet der Handelsmann Graf Anzeige. »Am 3. Februar 1820 habe er von dem Unterkanonier Kaltofen einen stahlgrünen Oberrock und am 4. April einen dunkelblauen Oberrock nebst ein paar langen Beinkleidern gekauft, weil er nun die von den Kleidungsstücken der beiden Ermordeten öffentlich angezeigten Merkmale an den erkauften Röcken wahrgenommen, so habe er den Verkäufer deshalb zur Rede gestellt, dieser habe vorgegeben, daß er beide Röcke von dem verhafteten Kanonier Fischer gekauft habe.«

Kaltofen wird verhaftet. Er ist Offiziersbursche und nicht kaserniert, sondern lebt in der Stadt in einer Bodenkammer im Hause seines Vorgesetzten. Eine erste Haussuchung fördert die dem ermordeten Kügelgen gehörenden Schlüssel zutage. Kaltofen versucht, sich damit herauszureden, die Schlüssel hätten in dem »von Fischer gekauften blauen Rock gesteckt«. Fischer, zunächst allein vernommen, später Kaltofen gegenübergestellt, bestritt energisch, irgend etwas an Kaltofen verkauft zu haben, und fügte hinzu: »Ich werde nun nichts mehr sagen. Mein Verstand steht mir still.« Offenbar hatte er eine solche Schurkerei, wie sie Kaltofen an ihm beging, nicht für möglich gehalten. Fischer blieb auch bei der am 24. April 1820 abgegebenen Erklärung seiner Unschuld, »indem er bei jeder späteren Vorhaltung, namentlich in dem Verhör am 2. Mai, aufs Bestimmteste sein früheres, wie sich aus den Umständen ergab, aus Furcht vor schwerem Arrest abgelegtes Geständnis des an Winter und an Kügelgen verübten Raubmordes nochmals widerrief und jede Art der Theilnahme ableugnete«.

Bei einer zweiten Haussuchung »fand man in Kaltofens Kammer auf dem Boden den größten Theil der Winter und dem Herrn von Kügelgen geraubten Gegenstände«. Nun gestand Kaltofen ein, Winter und Kügelgen ermordet und beraubt zu haben, und »sprach Fischer von aller und jeder Theilnahme an beiden Mordthaten gänzlich frei«. Am 26. April fanden sich bei einer dritten Haussuchung in Kaltofens Quartier »in einem verschlagenen und mit Schutt gefüllten Winkel unter dem Dachstuhl noch die den beiden Ermordeten geraubten Halstücher nebst einigen anderen Gegenständen. Endlich räumte Kaltofen auch den Verkauf der Uhr des Herrn von K. an die Händler ein, welche ihn als den Verkäufer derselben anerkannten und dieß eidlich bekräftigten.«

Nun wurde auch bekannt, welch Geistes Kind Kaltofen war. Es wurde ermittelt, »daß er oft gespielt und daß es ihm, ungeachtet seines Calfactor-Geschäfts (als Offiziersbursche) immer an Geld gefehlt habe. Jene Spielsucht war die nächste Ursache seines Verderbens.« Kaltofen sagte in der Vernehmung, über die Motive seiner Verbrechen befragt, aus: »Ich habe zwar böse Beispiele vor mir gesehen, dennoch aber anders denken sollen.« Böse Beispiele? Wo? Bei wem? Die Antwort ist nicht schwer zu finden, obwohl sie nirgends in den Untersuchungsakten ausgesprochen wird: Das stumpfsinnige, nur durch Spiel und Ausschweifungen unterbrochene Komißleben des königlich-sächsischen Offizierskorps war das böse Beispiel, das der auf seine paar Groschen Löhnung und gelegentliche Trinkgelder angewiesene Offiziersbursche Kaltofen um den Preis von Mord und Raub nachzuahmen versucht hatte.

Es schien, als könne Fischer nach dem Geständnis Kaltofens aufatmen. Dr. Eisenstuck sorgte zunächst einmal dafür, daß Fischer aus der Amts-Fronfeste in das Raths-Stockhaus verlegt wurde, weil, wie Eisenstuck feststellte, Fischers »Geständnisse aus der Behandlung erklärt werden müssen, die er im Gefängnisse erfahren habe«.

Kaltofen blieb im Gewahrsam des Amtsfrons zurück. Die Sache schien zum Urteil reif zu sein. Am 12. September 1820 gingen die Akten an den Königlich Sächsischen Schöppenstuhl in Leipzig »zur Abfassung eines Endurtheils«. Da meldete sich am 5. Oktober 1820 noch einmal der bereits unrühmlich bekannte Amtsfron. Er zeigte an, »Kaltofen habe ihm eröffnet, daß Fischer an beiden Mordthaten theilgenommen, was hierauf Kaltofen, der darüber am 6. Oktober vernommen wurde, bestätigte, und zugleich vorgab, er habe dieses bisher nur deswillen verschwiegen, weil er und Fischer sich gegenseitig verschworen hätten, einander nicht zu verrathen«.

Fischer bestritt diese neue Beschuldigung, die dem Kaltofen vom Amtsfron eingegeben worden war, ganz entschieden. Aber die Akten wurden aus Leipzig nach Dresden zurückgefordert. Die Untersuchung begann aufs neue. Sie ergab nichts, was Fischer hätte belasten können. Alle von Kaltofen gemachten Angaben, mit denen er Fischer zu belasten suchte, »wurden als unwahr befunden«.

Dr. Eisenstuck durchschaute das erbärmliche Spiel, das einen Unschuldigen ums Leben bringen sollte. In einem Nachtrag zu den früher eingereichten Verteidigungsschriften »ging er auch jetzt von der Behauptung aus, daß der Amtsfron, welcher früher in der Überzeugung, den Thäter vor sich zu haben, dem ängstlichen und einfältigen Fischer das furchtbare Geständnis des doppelten Raubmordes entlockt habe, auch jetzt nach einer ähnlichen Voraussetzung, durch die Äußerung seiner Privatmeinung, daß beide Mitschuldige sich verschworen haben müßten, einander nicht zu verrathen, den Inquisiten Kaltofen auf die Zurücknahme seiner wiederholten, selbst im Gefängnisse noch gegebenen Versicherung von Fischers Unschuld, hingeleitet haben möchte«.

Offenbar konnte der Amtsfron nicht verwinden, daß sich das dem Fischer abgepreßte Geständnis der Alleintäterschaft als falsch erwiesen hatte. Das Prestige des Amtsfrons verlangte danach, Fischer wenigstens zum Mittäter zu stempeln. Die ganze Haltung dieses Justizbeamten deutet darauf hin, daß er dem Kaltofen einen königlichen Gnadenerweis versprach, etwa dahin, daß der Mörder mit der Begnadigung zu lebenslangem Kerker rechnen könne, wenn er dabei bliebe, daß Fischer bei dem Doppelmord mitgemacht habe. Diese Illusion – wenigstens sein Leben zu retten – hatte Kaltofen noch, als ihm das Urteil vom 4. Januar 1821 eröffnet wurde. Danach war gegen ihn »wegen des von ihm begangenen und eingestandenen Raubmords an G. L. Winter und an Gerhard von Kügelgen auf die Strafe des Rades erkannt worden, wonach sein Körper auf ein besonderes Rad zu legen und zu flechten sei«. Kaltofen richtete ein Gnadengesuch an den König. Er bat um Milderung des Urteils, worunter er insgeheim Begnadigung zu lebenslangem Zuchthaus verstand. Als Grund für die königliche Milde, die er erwartete, gab er ausdrücklich und vor allem – wer denkt hier nicht an den Amtsfron! – »hauptsächlich den Umstand an, daß er zugegeben habe, nicht der alleinige Thäter gewesen zu sein«.

Der König wandelte das Urteil auf dem Gnadenwege um, jedoch nur vom Tod durch das Rad zum Tod durch das Schwert des Henkers.

Fischer wurde freigesprochen und erhielt am 26. August 1822 seinen Abschied aus der Armee, ein Kanonier, dem bestätigt wurde, »daß er sich während seiner 16jährigen Dienstzeit … sowohl im Lande als im Felde (den Feldzügen 1813, 1814 und 1815) jederzeit gut und zur Zufriedenheit betragen hat«.

Der andere Kanonier stieg am 11. Juli 1821 auf dem Altmarkt zu Dresden auf das Blutgerüst. Immer noch erwartete er – eingedenk dessen, was ihm der Amtsfron in Aussicht gestellt hatte – jeden Augenblick einen königlichen Boten, der die Gnadenorder des Landesherrn bringen würde. Schon nahten die letzten Minuten seines Lebens. Eben hatte er gebeichtet, stotternd und, wie die ihm am nächsten Stehenden glaubten, voller Todesangst. Viel wahrscheinlicher jedoch aufgeregt, weil der inbrünstig erhoffte Gnadenerweis ausblieb. Nach der Beichte stand er auf und sprach mühsam noch einmal die Lüge, mit der er noch immer glaubte, sein Leben retten zu können: »Meine Herrschaften, Fischer hat dieselbe Strafe verdient, die ich jetzt erleide.« Er sah sich noch einmal um. Suchend. Aber der Bote, den er erwartete, kam nicht. Da setzte er sich nieder, »strich die Haare aus dem Nacken und empfing den Schwertstreich«, der sein Leben auslöschte.

Der Doppelmord auf der Festung Königstein

Am 2. September 1831 wurde in der königlichen Haupt- und Residenzstadt Dresden öffentlich bekanntgemacht: »Seine Majestät König Anton von Sachsen haben geruht, nach eingehenden Beratungen mit den Ministern des Königreichs zu beschließen, seinem getreuen Sachsenvolk eine Staatsverfassung zu gewähren, die Er am 4. September 1831 verkünden wird, worauf sie in Kraft tritt.«

Der 2. September 1831 war mild gewesen, aber der Abend wurde frisch. Die Militärposten, die den Wachdienst auf der Festung Königstein versahen, hatten sich in ihre warmen Mäntel gehüllt, denn hier oben wehte ein frischer Wind. Es war schon dunkel, da rollte ein geschlossener Wagen die steile Auffahrt zum Festungstor hinauf. Dort sprang die Reitereskorte von den Pferden. Der Wagenschlag wurde geöffnet. Zwei Männer, die Hände gefesselt, stiegen aus. Im Schein einer blakenden Öllampe schritten die zwei Gefangenen, von ihren Begleitern am Arm festgehalten, durch das Tor und verschwanden im Innern der Festung, die sie nicht lebend verlassen sollten. Es waren der Rechtsanwalt Moosdorf und der Teigwarenfabrikant Bertoldi, zwei der zahlreichen Opfer des Karlsbader Ministerkongresses von 1819, auf dem sich die reaktionären Monarchen geeinigt hatten, die den Völkern während der Jahre der napoleonis[…] herrschaft gegebenen Verfassungsversprechen »im […] schen Sinne« auszulegen. Dementsprechend sah auch […] dem »getreuen Sachsenvolk huldreich gewährte Verfassung« aus.

König Anton gewährte dem Lande einen »Landtag«, der aus zwei Kammern bestand. Es war festgelegt: »Der König beruft alle zwei Jahre (!) einen ordentlichen Landtag ein.« Die erste Kammer dieses Spottbildes eines Landtags, in der sich König und Feudaladel ihren unbedingten Einfluß sicherten, »bestand aus den volljährigen Prinzen des Hauses Wettin, einem Deputierten des Hochstiftes Meißen, dem Besitzer der Herrschaft Wildenfels, einem Vertreter der Schönburgschen Herrschaften, dem Rektor der Universität Leipzig, dem Besitzer der Standesherrschaft Reibersdorf, dem Besitzer der Standesherrschaft Königsbrück, dem evangelisch-lutherischen Oberhofprediger, dem Dekan des katholischen Domstiftes zu Bautzen, dem Superintendanten zu Leipzig, einem Abgeordneten des Kollegialsstiftes zu Wurzen, einem der Besitzer der Schönburgschen Lehnsherrschaften, zwölf auf Lebenszeit gewählten Abgeordneten der Besitzer von Landgütern, die mindestens 4000 Steuereinheiten hatten, zehn vom König auf Lebenszeit ernannten Rittergutsbesitzern, die 4000 Steuereinheiten hatten, der ersten Magistratsperson der Städte Dresden und Leipzig, sechs ersten Magistratspersonen aus vom König bestimmten anderen Städten, fünf vom König nach freier Wahl auf Lebenszeit ernannten Mitgliedern«. Die zweite Kammer bestand aus 80 Mitgliedern, von denen 35 von Städten gestellt und 45 vom Lande kamen, wobei die Rittergutsbesitzer unter 4 000 Steuereinheiten das gewichtigste Wort der Abgeordneten vom Lande sprachen.

Der König hatte für sich und die Seinen gesorgt, denn die »Verfassung« bestimmte: »Der König wird mit zurückgelegtem 18. Lebensjahr volljährig. Er bezieht eine Zivilliste von 2900000 Mark, wozu noch 392036 Mark Apanage des königlichen Hauses kommen.« Die Hofpartei, bemüht, dem Volk etwas vorzumachen, hatte verkündet: »Bei der Beratung der Verfassung sind die alten Feudalstände, da wo es galt, alte historische Rechte und Privilegien aufzugeben, mit Opfer-

… issen und Lehren der Zeit gerecht ge- … egenkommen« der sächsischen Feudal- … gegenüber bestand darin, auf die »seit … erkommenen Fron- und Spanndienste der … das Recht, diese Dienste weiter zu beanspru- … r Gutsherrschaft zukommt«, zu »verzichten«, s… Verzicht« aber mit blanken Talern bezahlen zu lassen. … die meisten Bauern nichts besaßen, erhielten sie auf Antrag von einer eigens dafür geschaffenen Landesrentenbank Geld gegen hohe Zinsen geborgt oder sie mußten dem Junker Bauernland abtreten.

Moosdorf und Bertoldi hatten sich die Verfassung anders vorgestellt. Sie hatten im Dresdner Bürgerverein diskutiert und eine demokratische Verfassung gefordert. Beide Männer waren Liberale und auf den Ausgleich ihrer Interessen mit denen der feudalen Clique am Königshof bedacht gewesen, aber die Justiz machte sie zu »Rädelsführern« und »verhinderten Königsmördern«, deren Rolle im Bürgerverein »direkt zu Aufruhr und Tumult im April 1831 geführt habe«. Zwar hatte es am 15. März 1831 Demonstrationen der am Weißeritzuferbau schuftenden und schlecht bezahlten Arbeiter für höheren Lohn gegeben, aber Moosdorf und Bertoldi hatten damit nichts zu tun. Zwar soll »in der Nacht vom 17. bis 18. März 1831 ein Überfall subversiver Elemente auf das Pulvermagazin vor dem Briesnitzer Schlage abgewehrt« worden sein, aber Moosdorf und Bertoldi wußten davon nichts. Ihr »Verbrechen« bestand lediglich darin, im Bürgerverein nicht nur »die Geselligkeit, Unterhaltung und Belehrung gepflegt zu haben«, sondern, so heißt es, »die Schranken einer Privatgesellschaft überschritten und eine unmittelbare Einwirkung auf die öffentlichen Angelegenheiten beansprucht und, als diese verweigert wurde, in zahlreichen Versammlungen durch aufrührerische Reden sowie durch Verbreitung von allerlei aufreizenden, aus einer Winkeldruckerei hervorgegangenen Schriften ihre Anhänger aufgereizt zu haben«.

Am 6. April 1831 wird der Bürgerverein verboten. Am 16. April wird von den Mitgliedern des Bürgervereins der Entwurf einer Verfassung verteilt, »wie sie das sächsische Volk wünscht«. Das war »Hochverrat«. Haussuchungen und

Verhaftungen begannen. Am 17. April begaben sich Tausende zum Rathaus am Altmarkt. Dort bewachten 15 Mann Kommunalgarde die Gefangenen. Diese »konnten die Befreiung der Gefangenen jedoch nicht verhindern, da sich der eigentlich angreifende Teil der Masse schnell nach der auf der Scheffelgasse liegenden und unmittelbar zur Wohnung des Rathswachtmeisters führenden Hinterthüre wendete, aus welcher man bald nachher, von lautem Jubelgeschrei begrüßt, mit den befreiten Gefangenen hervorbrach«.

Moosdorf und Bertoldi wurden auch dafür verantwortlich gemacht, obwohl sie an den Vorgängen nicht beteiligt waren. Der König, seine Minister und noch mehr die Militärs waren entschlossen, »der Kanaille eine Lehre zu erteilen«. Das Volk wurde provoziert. Militär rückte ein. Kanonen wurden aufgefahren. Die Forderung nach einer Verfassung wurde – zunächst in der Badergasse – mit dem Befehl beantwortet: »Auseinandergehen oder es wird scharf geschossen!« Bald folgte der Befehl, der die Drohung wahrmachte, »und im nächsten Augenblicke mischte sich in das Geschrei der Menge der Weheruf derjenigen, die sich von tödlichen Kugeln getroffen fühlten. Erst jetzt stoben die Massen auseinander, eine Anzahl Toter und Schwerverletzter zurücklassend ...« Später wird festgestellt, daß im April 1831 fast 12000 Menschen in Dresden in »äußerster Armut und in Elend lebten«, was die Ursache »vor allem der Tumulte« war.

Moosdorf und Bertoldi sollten als »Rädelsführer« an allem schuld sein. Auch an »dem Kampf, der sich, als es dunkler geworden war, vor dem Wilsdruffer Thor erneuerte, wo sich die aus den Straßen verdrängten Haufen zum großen Theil wieder gesammelt und namentlich hinter dem Verschlage des Bauplatzes zum neuen Postgebäude verschanzt und mit den daselbst vorgefundenen Radehacken und anderen Werkzeugen bewaffnet hatten. Auch hier konnte der ziemlich hartnäckige Widerstand erst durch scharfe Ladung und Säbelhiebe gebrochen werden.«

Nun begann die Justiz mit ihrer Arbeit. Schon am 21. April 1831 wurden die ersten Zuchthausurteile gefällt. 25 Personen wurden in wenigen Tagen zu langen Zuchthausstrafen, 18 Angeklagte zu Gefängnisstrafen und Moosdorf und Bertoldi zu je 15 Jahren Festungshaft verurteilt. Heuchlerisch versprach der König in einer »Botschaft an sein Volk«: »Die Euch gegebenen Verheißungen werden gewissenhaft erfüllt; keines Eurer Rechte wird Euch entzogen werden; alle jetzt und weiterhin zu treffenden Veränderungen werden mit sorgfältiger Beibehaltung alles bestehenden Guten lediglich auf Euer und des ganzen Landes Beßtes berechnet sein.«

Ein zeitgenössischer Chronist berichtet einige Jahre nach dieser »Botschaft an das Volk« in einem Rückblick auf das Jahr der hier geschilderten Ereignisse kurz und lakonisch: »Die Kriminaluntersuchung gegen Moosdorf und Bertoldi dauerte am längsten; sie wurden erst am 2. September 1831 nach dem Königstein abgeführt, wo sie beide im Jahre 1833 ihrem Leben freiwillig ein Ende machten.«

Der Fall Röckel

Moosdorf und Bertoldi, Opfer der königlich-sächsischen Justizwillkür, waren schon anderthalb Jahrzehnte tot, da stellte das Revolutionsjahr 1848 erneut die Forderungen auf die Tagesordnung, die der sächsische Hof mit den Zuchthaus- und Festungshafturteilen des Jahres 1831 für immer und ewig beiseite geschoben zu haben glaubte.

Aber die Forderungen der bürgerlichen Revolutionäre von 1848 gingen weit über die der Liberalen des Jahres 1831 hinaus. Weggeräumt werden sollte nun all das, was die sich entwickelnde kapitalistische Produktionsweise hinderte, hemmte und ihr im Wege stand. Das war die Zersplitterung Deutschlands in Dutzende von Kleinstaaten mit ihren Zollgrenzen und Schlagbäumen, ihren verschiedenen Währungen, Maßen und Gewichten. Das war die bürokratisch verknöcherte Zivil- und Strafgesetzgebung, die allerorts dynastischer Willkür, aber nicht den Interessen des aufstrebenden Bürgertums entsprach und als Fessel der Produktion wirkte.

Der königliche Hof in Dresden, voran König Friedrich August II., der seit dem Jahre 1836 regierte, und dessen Bruder, Prinz Johann von Sachsen, ein ultrareaktionärer und daher dem Volk besonders verhaßter Sproß des Hauses Wettin, sperrte sich gegen die bürgerlichen Forderungen.

Der königliche Kapellmeister August Röckel, der wegen seiner Teilnahme an der »Mai-Insurrection in Dresden« von 1849 nach einem martervollen Weg durch die Dresdner Gefangenenlager schließlich auf die Festung Königstein gebracht wird, ist den Hofschranzen aus doppeltem und dreifachem Grund verhaßt.

Er hat sich gegen das reaktionäre Zwei-Kammer-System gewandt, das die sächsischen Grundbesitzer, die Herren vom Adel, maßlos begünstigt. Er hat das betrügerische Verfahren der indirekten Wahl als undemokratisch entlarvt. Er ist dafür eingetreten, daß auch der unverheiratete Arbeiter, Handwerksgeselle und Dienstbote wahlberechtigt ist.

Mehr noch! Als die Konterrevolution in Preußen 1848 ihr Haupt immer dreister erhebt, ruft Röckel die preußischen Soldaten auf, »eher den Diensteid zu brechen, als sich von reaktionären Offizieren gegen das Volk mißbrauchen zu lassen«. Röckel beteiligt sich aktiv an dem Vorhaben, in Dresden eine bewaffnete Freischar aufzustellen, die dem aufständischen Wien im Oktober 1848 zu Hilfe eilen soll. Doch diese Aufgabe kann nicht erfüllt werden, weil Wien inzwischen eingeschlossen ist. Den Aufruf »An die preußischen Soldaten« und die geplante Freischar für das kämpfende Wien vergißt ihm die Reaktion nicht!

Und dann kommen die Maitage des Jahres 1849 in Dresden. Nicht nur die Dresdner, sondern das ganze Land fordert, daß die von der Frankfurter Nationalversammlung beschlossene Reichsverfassung anerkannt und in Sachsen eingeführt wird. Als Antwort erklärt der König am 3. Mai 1849: »Es sind am heutigen Morgen in hiesiger Residenzstadt Exzesse ausgebrochen, welche die Anwendung der Schußwaffe mehrfach notwendig gemacht haben.« Durch seinen Außenminister, Graf von Beust, fordert er militärische Hilfe von Preußen an und begibt sich unterdessen, umgeben von seinen Ministern, auf die Festung Königstein.

Nach der Flucht des Königs und seiner Minister wird am 4. Mai 1849 in Dresden eine provisorische Regierung gebildet. Ihr gehören Tzschirner, Heubner und Todt an.

Röckel ist während der ersten drei Tage, in denen die provisorische Regierung amtiert, nicht in Dresden. Er trifft erst am 6. Mai, aus Prag kommend, spät nachmittags ein, stellt sich aber sofort der provisorischen Regierung zur Verfügung.

Über seine Eindrücke und die Aussichten der provisorischen Regierung berichtet er reichlich anderthalb Jahrzehnte später: »Die Schwierigkeiten, mit denen jene Männer (Heubner, Todt, Tzschirner – W. F.) zu kämpfen hatten, lassen sich in unseren ruhigen Tagen ermessen. Sie bildeten eine Regierung ohne irgendwelche Vollziehungswerkzeuge; es fehlte ihnen gänzlich an Unterbeamten, die ihre Beschlüsse vollstreckt hätten. Höchst mangelhaft nur über die Vorgänge in der Stadt und im Lande unterrichtet, mußten sie in jedem einzelnen Fall sich erst Leute suchen, die ihre Befehle weitertrugen, und konnten niemals sicher sein, daß diese ausgerichtet oder befolgt wurden. Eine Presse zur Vervielfältigung ihrer Ansprachen existierte nicht, und so drangen die Beschlüsse und Befehle der provisorischen Regierung zuweilen kaum über das Rathaus hinaus, in dem sie gefaßt worden waren.«

Die mangelnde Organisation hat Röckel als tiefere Ursache des Scheiterns der Mai-Erhebung erkannt. Ein einziger Tag, der 7. Mai 1849, in nächster Umgebung der führenden Männer verbracht, genügte, um diese Erkenntnis bei ihm reifen zu lassen. In der Nacht vom 7. zum 8. Mai gerät Röckel in Gefangenschaft. Er hat einen Freund begleitet, der einen für die Aufständischen eingetroffenen Zuzug in die Stadt führen will. Man verirrt sich aber in der Dunkelheit, fragt in einer Dorfschenke nach dem Weg, geht weiter und wird von einer Reiterpatrouille gestellt. Röckels Begleiter kann entkommen, er selbst wird ergriffen. Er berichtet darüber: »Obwohl unbewaffnet, von keinem erkannt und somit noch gar nicht einmal als Feind, sondern nur als schlichter Wanderer zu betrachten, wurde ich doch im Beisein der Offiziere nach dem Pulvermagazin gebracht, gedrosselt und ins Gesicht geschlagen, von den anderen mit zahlreichen Kolbenstößen bedacht.«

Das war die erste Station des langen Leidensweges, den Röckel ging, bis er schließlich in der Dresdner Frauenkirche landete, die von der Reaktion als Gefangenenlager benutzt und entweiht wurde.

»Man verstand es, uns diesen vierundzwanzigstündigen Aufenthalt in der Kirche zu einer Hölle zu machen.«

Hat Röckel in den ersten Tagen nach dem Scheitern des Maiaufstandes die Brutalitäten der aufgehetzten Soldateska mutig ertragen, weil er auf ein ordentliches Verfahren vor einem der 1848 »gnädigst gewährten« Schwurgerichte hoffte, muß er bald erkennen, daß er sich auch in dieser Hinsicht einer Illusion hingegeben hat, denn: »Durchdrungen von der heiligen Berechtigung der Volkstat, der ich mich angeschlossen hatte, zweifelte ich nicht an meiner baldigen Freilassung. Erst ganz allmählich faßte ich den Gedanken, daß ich mich in den Händen erbitterter Feinde befand, denen gerade diese Berechtigung nur ein weiteres Motiv zur schonungslosesten Verfolgung sein mußte.«

Später wird Röckel mit einigen anderen »Haupträdelsführern« in die Reiterkaserne nach Dresden-Neustadt gebracht, in der »die Untersuchung ihren schleppenden Gang weiterging«, wie es bei ihm heißt. »Zahllose Male wurde ich verhört, ohne bis zu Ende begriffen zu haben, weshalb. Über meine Beteiligung an den Mai-Ereignissen hatte ich gleich im ersten Verhör alles zu Protokoll gegeben, wie denn gewiß keiner unter uns war, der seine Überzeugung geleugnet hätte. Wir hegten sämtlich den brünstigen Willen, das Recht zur Geltung zu bringen.«

Die Vernehmung Röckels, von einem Herrn von Hock durchgeführt, diente nur dem Zweck, Material für das bereits feststehende Urteil zu beschaffen. Das erkannte Röckel bald und bezeichnete als »Sinn« der Prozesse gegen die Maikämpfer die Absicht des Hofes, »Rache zu nehmen für die überstandene Angst«. Dem entspricht auch die Eile, mit der bereits am 19. Mai 1849, also zehn Tage nach dem Ende des Aufstandes, vom königlich-sächsischen Justizministerium »verlautete, auf die Mai-Ereignisse werde das Schwurgerichtsverfahren nicht angewendet«. Ein glatter Rechtsbruch; denn durch das Gesetz vom 18. November 1848 waren in Sachsen die Schwurgerichte eingeführt worden. Und die am 2. März 1849 in Frankfurt am Main verkündeten Grundrechte des deutschen Volkes bestimmten, daß »in schweren Strafsachen und bei allen politischen Vergehen Schwurgerichte urteilen sollen und daß Kabinetts- und Ministerialjustiz unstatthaft ist«.

Im Rechtsbruch firm, setzte man sich am Dresdner Hof darüber hinweg. Ein geheimes Gericht, in einem Verfahren, bei dem der Richter nicht den Angeklagten und der Angeklagte nicht den Richter sieht, verurteilte Röckel wegen Hochverrats zum Tode. Am 14. Januar 1850 wurde dem Verurteilten der Spruch des wiederaufgelebten Inquisitionsgerichts bekanntgegeben. Dies geschah auf der Festung Königstein, auf die Röckel mit Heubner und Bakunin gebracht worden war. Aber das Todesurteil wurde nicht vollstreckt. Der König wandelte es »auf dem Gnadenwege« in lebenslängliche Zuchthausstrafe um, die Röckel in Waldheim verbüßen sollte. Im Frühjahr 1850 wurden Heubner und Todt dorthin abtransportiert. »Etwa eine Woche später«, berichtete Röckel in seinen Erinnerungen, »wurde auch ich abgeführt. Der Festungsgouverneur, begleitet von dem Kommandanten, machte mir einen zeremoniösen Abschiedsbesuch. Nach ihm trat der Gerichtsbote ein, der mit meinem Transport betraut war, legte mir eine zierliche Vorrichtung an, durch welche die eine Hand an den Leib geschlossen wurde; und so verließ ich, ziemlich spät abends, die Festung, an deren Fuß ein Wagen unserer harrte. Wie bei meiner Hinschaffung setzten sich zwei Unteroffiziere mit Pistolen mir gegenüber und der Gerichtsdiener zur Seite.«

Mehr noch als die Verurteilung der Maikämpfer erschütterte die Öffentlichkeit Röckels Bericht über die Behandlung der Gefangenen im Zuchthaus zu Waldheim, den er nach seiner vorzeitigen Entlassung 1865 unter dem Titel »Sachsens Erhebung und das Zuchthaus zu Waldheim« veröffentlichte. Röckel berichtete unter anderem:

»Die Zahl meiner Schicksalsgenossen in Waldheim allein belief sich im ganzen auf 250, unter denen etwa 50 Soldaten oder Reservisten gewesen sein mochten. Zum Tode verurteilt waren 25 von uns gewesen, und nicht weniger als 24 fanden sämtlich noch in den ersten Jahren ihr Grab auf dem dortigen Friedhof.«

Wie die in Waldheim einsitzenden Verurteilten gequält wurden, hat Röckel auf Grund seiner elfjährigen Erlebnisse und Beobachtungen so drastisch geschildert, daß das darüber im Lande aufkommende empörte Entsetzen gegenüber der königlich sächsischen Regierung anwuchs.

Röckel: »Welchen maßlosen Gebrauch man von den körperlichen Züchtigungen machte, möge daraus entnommen werden, daß – während zum Beispiel im Jahre 1857 in sämtlichen englischen Strafanstalten bei einem Bestand von 19100 Gefangenen nur 237 Männer mit Hieben bestraft wurden, es aber seit Menschengedenken niemand beigekommen war, ein Weib schlagen zu lassen – in dieser einen Strafanstalt Sachsens bei einem durchschnittlichen Bestand von 800 bis 1000 Gefangenen, die Zahl der jährlich ausgeteilten Ruten- und Stockhiebe zwischen 20000 und 25000 zu betragen pflegte und von 100 bis 150 Frauen in der Regel 60 bis 70 diese Strafart teilten. Es gab Zeiten während meines Dortseins, wo der sogenannte Schimmel, auf den die zu Hieben Verurteilten geschnallt wurden, den ganzen Tag über nicht leerstand und die mit den Exekutionen beauftragten Aufseher, wozu man stets die kräftigsten nahm, des Abends klagten, daß sie sich wie gerädert fühlten. Ein guter Teil dieser Brutalität kam indessen auf Rechnung des unter König Johann noch verschärften Strafgesetzes, nach welchem jeder Rückfällige bei seiner Einlieferung zum ›Willkommen‹ 60 Stock- oder – wenn es ein Weib war – Rutenhiebe erhielt. Ja, es kam vor, daß ein Mann, der bereits bei seiner Ankunft mit diesen 60 Hieben bewillkommnet worden war, einige Zeit später, als eine weitere über ihm noch schwebende Untersuchung entschieden wurde, auch für diese zweite Verurteilung weitere 60 Hiebe zu erdulden hatte. Zu so schweren Exekutionen wurden in der Regel drei der stärksten Aufseher beordert, und so erschöpften denn der Reihe nach jedesmal drei Männer ihre Kraft in der Peinigung eines einzelnen.«

Genug. Friedrich Engels, der August Röckels Bericht im Frühjahr 1866 las, schrieb darüber in einem Brief vom 1. Mai 1866 an Karl Marx: »Ich habe dieser Tage, um meinen alten Ingrimm etwas aufzustacheln, das Buch von dem 1849er Dresdner Gefangenen Röckel über seine Behandlung im Zuchthaus gelesen. Diese Infamien der Sachsen übersteigen alles, was mir je vorgekommen. Es wird über sehr viele Canaillen ein strenges Gericht zu halten sein.«

August Bebel auf dem Königstein

Drei Männer, die im Laufe der Jahrhunderte als Gefangene der sächsischen Krone die steile Auffahrt zur Festung Königstein heraufgebracht wurden, kennt die Welt noch heute: Böttger, Bakunin und Bebel.

Johann Friedrich Böttger, von dem der abergläubische und geldgierige sächsische »Landesvater« wähnte, er müsse Adept, das heißt »in die geheime Kunst der Goldmacherei eingeweiht« sein, mühte sich hier von 1705 bis 1707 als Gefangener eifrig, Gold »auf künstlichem Weg herzustellen« und damit den Schlüssel zur Freiheit zu finden. Aber was Böttger fand, war nicht das gelbe Gold, sondern das weiße Porzellan, dessen Herstellungsverfahren bis dahin in Europa unbekannt, weil es sorgsam gehütetes Geheimnis der Chinesen war. Die Räume innerhalb der dickwandigen Festungsmauern, in denen Böttger seine Mixturen braute und schließlich das Geheimnis des Porzellans lüftete, sind von Jahr zu Jahr attraktiveres Besucherziel.

Ganz anders sieht es mit dem Kerker Michail Alexandrowitsch Bakunins aus. Es ist nicht bekannt, wo Bakunin innerhalb der Festung, in Ketten geschmiedet, gehalten wurde. Man weiß nur, daß er – einer der Führer des Dresdner Maiaufstandes von 1849 – hier oben, hoch über dem Elbtal, einsaß. Aber nicht die unbekannte Gefängniszelle ließ hier wie in der ganzen Welt den Glanz des Namens Bakunin verblassen. Etwas anderes war es: Bakunin, der 1851 von der sächsischen an die zaristische Justiz ausgeliefert und grausam bestraft wurde, entkam seinen Peinigern zwar durch abenteuerliche Flucht, fand aber nicht den Weg zum Verständnis der Kräfte, die die gesellschaftliche Entwicklung seines Jahrhunderts bestimmten. Durch und durch Anarchist, negierte er die Rolle der Arbeiterklasse, erblickte in den Bauern und im Lumpenproletariat die bewegenden Kräfte seiner Zeit und verstand nie die Rolle des Klassenstaates. Von Marx und Engels zunächst theoretisch widerlegt, wurden Bakunins Vorstellungen dann auch durch die Praxis der sich formierenden modernen Arbeiterbewegung ad absurdum geführt.

Damit sind wir bei dem dritten prominenten Staatsgefangenen der sächsischen Krone: August Bebel. 1872, in dem

Jahr, in dem der unbelehrbare und starrsinnige Anarchist Bakunin aus der I. Internationale ausgeschlossen wurde, überstrahlte August Bebels Name schon den des anarchistischen Träumers. In ebendiesem Jahr verurteilte ein Leipziger Geschworenengericht, dem sechs Kaufleute, ein Rittergutsbesitzer, ein Oberförster und ein paar Gutsbesitzer angehörten, August Bebel »wegen Vorbereitung zum Hochverrat« ebenso wie seinen Freund und Genossen Wilhelm Liebknecht zu zwei Jahren Festungshaft. Die Anklage war konstruiert.

»Das Anklagematerial«, schreibt August Bebel später in seinen Lebenserinnerungen, »bildete unsere gesamte agitatorische Tätigkeit in Vereinen, Versammlungen, Artikeln und Broschüren ... Außerdem wurde aber auch fast die ganze bis dahin in deutscher Sprache erschienene sozialistische Broschürenliteratur als belastend herbeigeschleppt, auch wenn wir an deren Verfasserschaft und Verbreitung gar nicht beteiligt waren ...«

In Wirklichkeit ging es in dem Leipziger Hochverratsprozeß um etwas ganz anderes. August Bebel und Wilhelm Liebknecht hatten den marxistischen Standpunkt zum Deutsch-Französischen Krieg 1870/71 vertreten und waren innerhalb und außerhalb des Parlaments gegen die Annexion Elsaß-Lothringens aufgetreten.

Es gehörte außerordentlicher Mut dazu, der nationalistischen Meute in die Parade zu fahren, die sich in widerlichen Haßgesängen gefiel. So geiferte bereits im Juli 1870 ein Professor Biedermann vor Leipziger Studenten: »Wir werden die französische Nation darniederwerfen, daß sie in einem Menschenalter nicht mehr an Krieg denken kann. Wir werden das tun, indem wir dafür Sorge tragen, daß der Leib Frankreichs etwas schmäler wird.«

»Hier wurde auf eine Annexion angespielt, noch ehe eine Schlacht geschlagen war«, schreibt August Bebel später. Dieser Professor Biedermann, der seinen Namen ganz und gar zu Unrecht trug, sprach aber nur aus, was der militaristische Klüngel in Berlin und am sächsischen Hofe insgeheim dachte und später mit der Einverleibung Elsaß-Lothringens ins »Deutsche Reich« offen und unverschämt praktizierte. Nun hatten August Bebel und Wilhelm Liebknecht aber noch etwas viel Schlimmeres »verbrochen«. Sie hatten die Helden der Pariser Kommune gegen die nationalistischen Schreihälse und bornierten Arbeiterfeinde verteidigt, die im Parlament und in den bürgerlichen Zeitungen die Kommunekämpfer mit Schmutz bewarfen.

Schwarzweißroter Siegestaumel und Furcht vor der Arbeiterklasse hatten zum Hochverratsprozeß gegen Bebel und Liebknecht geführt. Der Präsident des Schwurgerichts, Bezirksgerichtsdirektor von Mücke aus Bautzen, war ein Schwachkopf, dem »der Sozialismus ein mit sieben Siegeln verschlossenes Buch war«, ein Jurist, der »Sinn und Tragweite unserer Ausführungen nicht verstehen konnte und dann in die Rolle fiel, uns widerlegen zu wollen, wozu er ganz und gar unfähig war ...«.

Für ihn war die Verurteilung der Angeklagten ein Auftrag der herrschenden Klassen, und vom selben Kaliber waren fast alle Geschworenen, von denen sich einer dem Rechtsanwalt der Angeklagten gegenüber äußerte: »Offen gesagt, wenn ich nicht zeitweilig eine Prise nähm, schlief ich ein.« Und einer der Beisitzer, ein Appellationsgerichtsrat Müller, erzählte bei einem Kneipabend mit den Geschworenen: »Denken Sie sich, meine Herren, mir träumte verflossene Nacht, Bebel sei freigesprochen worden, da habe ich mich aber geärgert.« Schließlich meinte der Staatsanwalt – wider besseres Wissen, weil genau darüber im Bilde, daß der Hochverratsvorwurf nicht stichhaltig und völlig unbegründet war – in seinem Plädoyer: »Meine Herren Geschworenen, wenn Sie die beiden Angeklagten nicht verurteilen, dann sanktionieren Sie für immer den Hochverrat!«

Und so kam es, wie es nach dem Willen der herrschenden Oberschicht kommen sollte, Bebel und Liebknecht wurden zu je zwei Jahren Festungshaft verurteilt. Die deutsche Arbeiterklasse sollte eine Zeitlang ihrer führenden Köpfe beraubt werden. Dazu war jedes Mittel recht. Der Prozeß war wie ein Wetterleuchten, er kündigte das sechs Jahre später verhängte Ausnahmegesetz Bismarcks gegen die deutsche Arbeiterbewegung an.

Es ist, als hätten Bebel und Liebknecht mit ihrer Erklärung, die sie nach dem Urteil im »Volksstaat« veröffentlichten, auch schon dem Sozialistengesetz Bismarcks das Urteil gesprochen: »Der Wahrspruch der Herren Geschworenen ist nicht wahr. Was wir gewollt und getan, haben wir ohne Hehl bekannt. Ein hochverräterisches Unternehmen im Sinne des Strafgesetzbuches haben wir nicht vorbereitet. Wenn wir schuldig sind, ist jede Partei schuldig, die nicht gerade am Ruder ist. Indem man uns verurteilt, ächtet man die freie Meinungsäußerung. Durch Ihren Wahrspruch, meine Herren Geschworenen, haben Sie im Namen der besitzenden Klasse ... der Reaktion einen Freibrief in blanco ausgestellt. Uns persönlich ist das Resultat gleichgültig. Dieser Prozeß hat so unendlich viel für die Verbreitung unserer Prinzipien gewirkt, daß wir gern die paar Jahre Gefängnis hinnehmen ... Die Sozialdemokratie steht über dem Bereich eines Schwurgerichts. Unsere Partei wird leben, wachsen und siegen!«

Als August Bebel im Juli 1872 seine Festungshaft, zunächst in Hubertusburg, antritt, verabschiedet er sich von seinen Genossen und Wählern mit jenem berühmten Aufruf, der danach zum Credo der revolutionären Arbeiterbewegung aller Länder geworden ist: »Seid versichert, die erhaltenen ›Strafen‹ machen mich nicht mürbe. Festung und Gefängnis sind nicht die Mittel, mir bessere Begriffe über unsere faulen Gesellschaftszustände beizubringen. Die Gesellschaft, die zu solchen Mitteln der ›Belehrung‹ greifen muß, verdient, daß sie aufhört zu existieren.«

Den längsten Teil seiner Festungshaft hat August Bebel in Hubertusburg verbracht. »Es fiel uns auf«, berichtet er, »daß wir unsere Haft auf Hubertusburg statt auf der sächsischen Festung Königstein zu verbüßen hatten. Der Grund war, daß auf Königstein sich keine Räume für Zivilgefangene befanden; diese mußten erst erstellt werden.« Das hat lange gedauert, bis kurz vor Beendigung von Bebels Strafzeit. Während sich Bebel in Hubertusburg mit den Arbeiten an seinem Buch »Die Frau und der Sozialismus« beschäftigt und Wilhelm Liebknecht sein »Volksfremdwörterbuch« zusammenstellt, stirbt der König von Sachsen, und Kronprinz Albert besteigt den Thron. Es ist jener Albert aus dem Hause Wettin, von dem es später in »Meyers Lexikon« lakonisch heißt: »Die sächsischen Truppen nahmen unter Kronprinz Albert rühmlich am Feldzug 1870/71 teil. Im Innern (Sachsens) machte die Umgestaltung des Staatswesens im liberalen

Geist Fortschritte.«

Eine historische Lüge – auf die kürzeste Formel gebracht! Denn dieser Albert ist während des Deutsch-Französischen Krieges Befehlshaber der Belagerungstruppen vor Paris. Er ist einer der Väter der »Idee«, die es den Versaillern ermöglicht, mit den von Bismarck freigelassenen Kriegsgefangenen die Pariser Kommune zu erwürgen. Was ist daran rühmlich oder rühmenswert! Er regiert von 1873 bis 1902. In seine Regierungszeit fällt die Schmach der Ausweisungen von Arbeiterfunktionären aus den Städten, in denen sie – meist Facharbeiter – Lohn und Brot finden, fällt die Verfolgung der Partei der Arbeiterklasse mit Zuchthaus- und Gefängnisurteilen und der Versuch, jeden freien Gedanken zu ersticken. Das ist der »liberale Geist«, in dem Albert und seine Diener des Staatswesens gegen die Partei August Bebels während der Zeit des Sozialistengesetzes zu Felde zogen.

Noch ist es nicht soweit. Als August Bebel am 23. April 1874 auf den Königstein transportiert wurde, hatte er den größten Teil seiner Festungshaft hinter sich. In seinen Lebenserinnerungen ist darüber zu lesen: »Als Aufenthalt wurde mir ein altes, nach früheren Begriffen bombenfestes Gebäude angewiesen, das vordem Zeughaus war. Auf dem Korridor standen zur Stütze des Daches Balken von einer Dicke, wie man sie nur noch auf den Böden alter Kirchendächer sieht. Die Stube war geräumig und hatte zwei schießschartenartige Fenster, die mit dicken Eisenstäben versehen waren, als gelte es, Mörder und Mordbrenner in Gewahrsam zu halten.«

Das Verlies, später durch eine eingezogene Wand in zwei Räume getrennt, beherbergt heute eine kleine Bebel-Gedächtnisstätte. Die Tür, durch die der Besucher eintritt, ist mit schweren Eisenbändern beschlagen, ausbruchsicher gemacht, so wie zu Bebels Zeiten. In dem holzgedielten Zimmer, das nach der Abendseite liegt, stehen zwei Vitrinen, in einer davon Bebels Brief vom 12. Mai 1874 – durch einen mit Bebel sympathisierenden Soldaten der Wachkompanie als Kassiber hinausbefördert –, der ankündigt, daß ihn die Tochter in »Leipzig am Donnerstag an der Bahn abholen kann«. Gemeint war Donnerstag, der 14. Mai 1874, an dem Bebel aus der Haft entlassen wurde und vom Bahnhof Königstein die Reise nach Leipzig antrat, um wieder an den Klassenkämpfen seiner Zeit teilzunehmen.

Jener Wettiner namens Albert, der den Würgern der Pariser Kommune seine Hand lieh, während Bebel die Ehre der Kommunekämpfer verteidigte, wurde nun auch in der Periode nach 1871 zu einem Gegenspieler Bebels. Einer der übelsten reaktionären Schurkenstreiche fällt in seine Regierungszeit. In die 2. sächsische Kammer waren im Jahre 1885 fünf SPD-Abgeordnete gewählt worden. Das mochte noch hingehen, wird man sich bei Hofe gesagt haben. Anders 1892, in dem Jahr, in dem das Bismarcksche Ausnahmegesetz gegen die Sozialdemokratie fällt. In diesem Jahr ziehen 11 sozialdemokratische Abgeordnete in die 2. sächsische Kammer ein. 1895 sind es bereits 44 Abgeordnete, die das werktätige Volk Sachsens in die 2. Kammer entsendet. Unter Albert von Sachsen wird dem weiteren Vordringen der Partei August Bebels vorgebeugt: mit dem Dreiklassenwahlrecht, einem schändlichen, betrügerischen Wahlverfahren, bei dem die Wähler nach der Höhe ihrer Steuer in drei sogenannte Klassen eingeteilt werden und die Masse der arbeitenden Bevölkerung nicht mehr Abgeordnete wählen kann als einige wenige Reiche. Noch Jahrzehnte später kann man in »Meyers Lexikon« nachlesen, was der Sinn dieses unter König Albert beschlossenen Knebelungsgesetzes war, das mit »Fortschritten des Staatswesens im liberalen Geist« soviel zu tun hatte wie die Schrotsäge mit dem Geigenbogen: »Um einem Übergewicht (der Sozialdemokraten – W. F.) vorzubeugen, wurde 1896 ein neues Wahlsystem geschaffen, unter dessen Herrschaft die Konservativen die absolute Mehrheit behaupteten.«

Wenige Wochen nach seiner Haftentlassung, Pfingsten 1874, machte August Bebel »mit Frau und Tochter und einigen Freunden einen Ausflug nach der Sächsischen Schweiz und dem Königstein«, lesen wir in seinen Lebenserinnerungen. Und: »Hier machte es mir großes Vergnügen, daß die Zelle, in der ich drei Wochen kampiert hatte, mittlerweile zu den Sehenswürdigkeiten der Festung avanciert war. Der Fremdenführer machte auf die Fenster der Zelle, die mich damals beherbergte, aufmerksam. Später ist ihm das verboten worden.«

Aber das Verbot nützte nichts. Die Wahrheit brach sich Bahn, die August Bebel seinen Anklägern ins Gesicht geschleudert hatte: »Der Kapitalist fragt nicht, ob die Arbeiter, die er ausbeutet, deutsch oder schwedisch, englisch oder französisch sprechen, weiße oder schwarze oder gelbe Hautfarbe besitzen. Gegen diese internationale Ausbeutung der Arbeiter gibt es nur ein Mittel: die internationale Verbrüderung der Ausgebeuteten.« Hier oben, hoch über dem Elbtal, mit dem Blick durch das Fenster der einstigen Bebel-Zelle auf die westwärts liegenden Türme der ehemaligen Residenz der Wettiner, empfindet man die historische Wahrheit dieses Bebelwortes, das durch Wilhelm Liebknecht vor dem Tribunal ergänzt und vertieft wurde: »Das internationale Prinzip ist unsterblich wie die Menschheit, und, verleumdet, eingekerkert, gestandrechtelt wird es aus jeder Feuerprobe geläutert und gestärkt hervorgehen und die Runde um die Welt machen.«

Die Revolutionäre in allen Ländern der Erde beweisen diese Wahrheit.

Die Attacken des Rittmeisters von Tümpling

Knapp anderthalb Jahrzehnte nach dem von Bismarck provozierten Deutsch-Französischen Krieg von 1870/71 fühlte sich der Rittmeister a. D. Wolf von Tümpling versucht, Heldentaten nachzuholen, die er offensichtlich fünfzehn Jahre zuvor aus irgendwelchen Gründen versäumt hatte. Deshalb stand, nein, saß er im Dezember 1885 vor Gericht. Der Gerichtsberichterstatter einer in Dresden erscheinenden Zeitung schrieb über den Prozeßbeginn sarkastisch:

»Wegen vorsätzlicher Körperverletzung war der Rittmeister a. D. und Landwirth Georg Adolf Wolf von Tümpling auf die Anklagebank verwiesen. Derselbe betrat dieselbe jedoch nicht. Schließlich beschloß der Gerichtshof auf Antrag des Vertheidigers des Angeklagten, welcher betonte, daß wegen gefährlicher Körperverletzung das Strafgesetzbuch Ehrverlust nicht eintreten lasse, vor Eintritt in die Hauptverhandlung, dem Angeklagten neben dem Vertheidiger einen

Stuhl anzuweisen.«

Dieses außergewöhnliche Entgegenkommen des Gerichtshofes kommentierte der Gerichtsberichterstatter:

»Im Hinblick auf dieses Vorkommniß gestatten wir uns, gestützt auf den Grundsatz ›Gleiches Recht für Alle‹, alle diejenigen, welche jemals wegen Körperverletzung angeklagt werden, anzurathen, nicht die Anklagebank zu betreten, bevor sie nicht einen Beschluß des Gerichtshofes deshalb provociert haben. Es dürfte bei dieser Praxis dann vielleicht auch nicht mehr vorkommen, daß man im Schöffengericht, wie jüngst geschehen, einem Restaurateur, welcher gegen ein polizeiliches Strafmandat in Höhe von 3 Mark die richterliche Entscheidung anrief, in die Anklagebank verweist.«

Nun wird die zuvorkommende Behandlung, die der Rittmeister, wie er sich zu Hause nennen ließ, vor Gericht erfuhr, verständlich, wenn man bedenkt, daß seine Frau Besitzerin der Rittergüter Sacka und Kleinnaundorf bei Radeburg war. Der ohne Pensionsanspruch verabschiedete Rittmeister hatte in eine fette Pfründe eingeheiratet und war Nutznießer des Vermögens seiner Frau. Als er vor Gericht saß, war er 43 Jahre alt und Vater von drei Kindern.

Die Anklage warf ihm vor, »am Spätabend des 6. August 1885 dem Bauer Carl Heinrich Grafe in Stölpchen bei Großenhain auf der Straße von Stölpchen nach Sacka mit einem Knüppel mehrere Schläge über Kopf und Brust versetzt und kurze Zeit darauf auf einem Felde auf Grafe einen Schrotschuß abgefeuert und ihm dadurch unterm rechten Schenkel eine gefährliche Verwundung beigebracht zu haben«. Es war dem Rittmeister im Frühjahr 1885 einmal zugeflüstert und später wiederholt worden, daß verschiedene Bauern Stölpchens ab und zu ihr Vieh auf eine Kleebrache zur Weide trieben, die zwar unmittelbar beim Dorfe lag, jedoch zum Rittergut Sacka gehörte.

Offenbar muß Herr von Tümpling das Gefühl gehabt haben, er werde deswegen von Gesinnungsgenossen der französischen Franktireurs um Hab und Gut gebracht. Jedenfalls reagierte er entsprechend, »nahm sich deshalb am Abend des 6. August vor, sich eigens zu dem Zwecke aufs Feld hinauszubegeben, um zu sehen, ob daselbst geweidet werde und für diesen Fall eine Pfändung zu bewirken«, das heißt fremdes

Vieh zu beschlagnahmen. »Zu diesem Behufe ließ er sich vom Rittergutsstellmacher ein paar Knüttel von cirka 1 Meter Länge zurechtmachen, legte einige Stricke in den Jagdwagen, hing seine mit Hasenschroten Nr. 5 geladene Jagdflinte um und fuhr, so ausgerüstet, nach 9 Uhr abends in Gesellschaft des Stellmachers sowie seines Kutschers Weiß von Sacka aus in der Richtung nach Stölpchen zu. Auf der Hälfte des Weges ließ er halten und begab sich nun mit dem Kutscher zu Fuß, ein jeder mit dem Knüttel in der Hand, zunächst nach dem ersten Feld, den Stellmacher beim Wagen zurücklassend. Sie fanden weidendes Vieh nicht vor und gingen nunmehr auf ein zweites Feld, welches näher an dem Dorfe Stölpchen liegt und in einer Ecke mit der Besitzung Grafes zusammentrifft. Hier fanden sie, ungefähr 200 Schritte von Grafes Haus entfernt, zwei Ochsen Grafes grasend vor, welche sofort von dem Rittmeister in seiner Eigenschaft als Beauftragter seiner Frau gepfändet und in der Richtung nach Sacka zu weggeführt wurden. Der Kutscher Weiß hatte die mitgebrachten Stricke um die Hörner der beiden Tiere geschlungen und führte dieselben, während der Rittmeister dieselben von hinten antrieb. Mittlerweile war es bald 10 Uhr abends geworden. Es war ziemlich dunkel, da der Neumond nahe war. Nachdem sie eine Strecke von ungefähr 600 Schritten zurückgelegt hatten, hörten der Herr Rittmeister und sein Knecht einen Mann im raschen Lauf hinter sich und den Ochsen herkommen.«

Es war der Bauer Grafe, der bemerkt hatte, daß die beiden Ochsen, die er am nächsten Tage auf den Markt nach Ponikau bringen wollte, verschwunden waren. In der Gerichtsverhandlung wurde dazu festgestellt: »Grafe war am Spätabend mit einer Fuhre Holz nach Hause gekommen, hatte seinem Knecht Riedl die Weisung erteilt, die Ochsen auf die dem Hof anliegende eigene Kleebrache zu treiben, und sich dann mit seinen Leuten zum Nachttisch gesetzt. Als das Abendbrot vorüber war, befahl er dem Knechte, die Stallaterne anzubrennen, er werde inzwischen die Ochsen hereinholen. Als Grafe hinaustrat, fand er dieselben aber nicht vor, muthmaßte sofort, daß diese jedenfalls weiter nach der anliegenden Rittergutsbrache gegangen seien und daselbst weideten. Als Grafe weiter hinaustrat, wurde er gewahr, wie die Ochsen von ein paar Leuten auf dem Wege nach Sacka zu getrieben wurden, und er setzte sich nun in Trab, um die Ochsentransporteure einzuholen und ihnen sein Vieh abzunehmen. Es mußte ihm wohl klargeworden sein, daß eine Pfändung der Ochsen erfolgt sei, weil diese es nicht verstanden hatten, das Gras Grafes von solchem des Rittergutes zu unterscheiden, letzteres vielleicht auch etwas fetter gefunden hatten. Grafe rief daher, als er dem Transporte ganz nahe gekommen und den Rittmeister erkannt hatte, diesem zu, ihm doch die Ochsen herauszugeben, hätten diese Schaden verursacht, so werde er dafür schon aufkommen.«

Der Rittmeister aber weigerte sich. Grafe solle sie anderntags in Sacka abholen. Nach langem Hin und Her stellte sich Grafe schließlich vor sein Vieh und sagte, er lasse die Ochsen nicht weiter forttreiben. Damit kam er aber bei dem Rittmeister schlecht an. Denn Herr von Tümpling und dessen Kutscher Weiß »versetzten dem Grafe einige Hiebe über Kopf und Oberarm, und zwar mit den vom Rittergutsstellmacher zurechtgemachten Knütteln, worauf Grafe laut um Hilfe rief, von den Ochsen abließ und nach Stölpchen zulief. Mittlerweile war es einem der Ochsen gelungen, sich von seinem Gefährten zu trennen, er machte, seine Heimath kennend, rechtum kehrt und trabte nach Hause.«

Mit der Frau und dem Knecht, die durch Grafes Hilferuf alarmiert worden waren, nahm Grafe die Verfolgung des Rittmeisters wieder auf. »Grafe nahm seine Pantoffeln in die Hand, um rascher vorwärts zu kommen, kam sehr bald wieder an den Transport heran, während der Knecht und Grafes Frau weiter zurückblieben. Grafe forderte kategorisch seinen zweiten Ochsen, erhielt statt dessen aber erneut Schläge.« Als Grafe nun mit der Hand, in der er immer noch seine Pantoffeln hielt, die brutal geführten Stockschläge des Rittmeisters abzuwehren suchte, schoß dieser einen Lauf seiner Jagdflinte auf Grafe ab. Grafe brach zusammen. Er konnte noch dem flüchtenden Rittmeister und dessen Kutscher, die nun ihre Beute im Stich ließen, nachrufen: »Das wird Ihnen nicht gut bekommen, Herr Rittmeister!« Aber Grafe sollte sich geirrt haben, denn schließlich geschah diese Attacke auf einen unbewaffneten arbeitenden Menschen in der Zeit des Sozialistengesetzes, in der das vom Junker Bismarck stammende Ausnahmegesetz seinen Standesgenossen eine Menge Eigenmächtigkeiten gestattete, die anderen Staatsbürgern verübelt wurden. So empfand es Rittmeister von Tümpling auch absolut nicht als ehrenrührig, auf einen unbewaffneten Zivilisten zu schießen, wie er es ebensowenig als ehrenrührig empfand, sich nicht um den blutenden, stöhnenden Mann zu kümmern. Doktor Böhme, der aus Ortrand herangeholt wurde, stellte bei Grafe einige Verletzungen an Kopf und Oberarm, verursacht durch die erhaltenen Knüppelschläge, fest, dazu eine schwere Verwundung am rechten Oberschenkel und an den Extremitäten, »infolgedessen starker Blutverlust eintrat und sich heftige Schmerzen einstellten«. Als Zeuge bekundete Doktor Böhme, daß er »gegen 2 Uhr morgens bei Grafe eingetroffen sei und in dessen rechter Unterschenkelbeuge eine teilweise bis auf den Knochen gehende 15 bis 20 Zentimeter lange Wunde vorgefunden habe. Mindestens 20 Schrote habe er nach und nach herausgeholt, erst vor 3 Wochen die letzten, überdies hätten sich auch Zeugstücke in der Wunde befunden. Die rechte Hode ist geschwunden, indes sei dadurch die Zeugungsfähigkeit nicht beeinträchtigt.«

Natürlich unternahm von Tümpling alles, um aus sich, dem Angreifer, den Angegriffenen zu machen. Dabei war er als Rohling und Grobian unrühmlich bekannt. Grafes Knecht, Riedl, der vorher auf dem Rittergut Sacka gedient hatte, gab als Zeuge an, der Rittmeister habe ihm wegen einer geringen Sache einst mit der Peitsche gedroht, gesehen habe er mehrere Male, wie von Tümpling bei ihm beschäftigte Leute geschlagen habe. Ein Knecht namens Kühnel sei von dem Angeklagten brutal geohrfeigt worden. Der Rittmeister leugnete zunächst, gab dann aber zu seiner »Entschuldigung« an, mit dem Knecht sei »überhaupt nicht anders zu verkehren gewesen«. Der Verwalter auf Sacka, Wächtler, 23 Jahre alt, sagte als Zeuge aus, »des Nachts gegen 12 Uhr sei er von seinem Herrn geweckt worden und habe er diesen in seine Kammer eingelassen. Derselbe habe sich aufgeregt und erschöpft auf einen Stuhl niedergelassen, den Kopf in beide Hände gestützt, und ihn gefragt, warum er ihn nicht begleitet habe, und dann das Recontre erzählt.«

Das war verständlich. Offensichtlich hatte den Rittmeister, der noch nicht genau wußte, was er angerichtet hatte, die Courage verlassen, und er befürchtete einen schlimmen Ausgang der Sache für sich. Deshalb wohl erhielt Wächtler frühmorgens den Auftrag, mit dem Kutscher Weiß den Tatort aufzusuchen und dort die Spuren der nächtlichen Attacke zu beseitigen. »Man fand daselbst die Mütze des Angeklagten, einen größeren Stock mit Rinde und Spitze, der vom Kutscher Weiß als ein abgebrochenes Stück seines Knüttels bezeichnet wurde«, mit dem er den Bauern Grafe mißhandelt hatte, »und was machte der Verwalter Wächtler mit diesem Corpus delicti: Er warf es in den Teich, damit es niemand in die Hand bekomme.«

Der als Zeuge vernommene Kutscher Weiß, dessen Stock beim Zuschlagen zerbrochen war, erklärte, er hätte den Bauern Grafe überhaupt nicht geschlagen, »befand sich aber mit seinen früheren Aussagen derart im Widerspruch, daß man von seiner Beeidigung absah«.

Inzwischen hatten die Beziehungen, über die Herr von Tümpling verfügte, gewirkt, denn: »Nach den Ergebnissen der Beweisaufnahme sah die Staatsanwaltschaft die Behauptung des Angeklagten, er habe im Zustand der Nothwehr gehandelt und sei durch den (von Grafe angeblich erhaltenen – W. F.) Schlag in Furcht und Schrecken versetzt worden, für nicht ausreichend widerlegt und enthielt sich der Stellung eines Antrags auf Bestrafung, worauf die Freisprechung des Angeklagten erfolgte.«

Der Freiberger Sozialistenprozeß

Es gab nach dem Deutsch-Französischen Krieg von 1870/71 zwei Probleme, die wie ein Alpdruck auf Bismarcks politischem Denken und Handeln lagen: die Furcht vor einem Revanchekrieg Frankreichs, dem Elsaß-Lothringen geraubt worden war, und die Tage der Pariser Kommune. Der Anlaß für Bismarcks erste Befürchtung lag auf der Hand, Anlaß für die zweite Besorgnis hatte August Bebel gegeben. Bebel hatte erklärt: »Der Kampf in Paris ist nur ein kleines Vorpostengefecht, und ehe wenige Jahrzehnte ins Land gegangen sein werden, wird der Schlachtruf des Pariser Proletariats, ›Krieg den Palästen, Friede den Hütten, Tod der Not und dem Müßiggang!‹, der Schlachtruf des europäischen Proletariats sein!« Mit dieser Rede habe Bebel ihm »die Gefährlichkeit des Sozialismus vor Augen geführt«, äußerte sich Bismarck, als das schändliche »Gesetz gegen die gemeingefährlichen Bestrebungen der Sozialdemokratie« im Herbst 1878 beraten wurde.

Indessen scheint dabei nicht alles nach den Wünschen Bismarcks gegangen zu sein. Am 15. August 1878 richtete er an seinen »Beistand für vertrauliche Geschäfte, Geheim-Rath Tiedemann«, wie Bismarck in seinen »Gedanken und Erinnerungen« berichtet, einen Brief, in dem er seine graue Eminenz beauftragte, dem seit dem 31. März 1878 amtierenden Minister des Innern, Graf Eulenberg, sein »Bedauern darüber auszusprechen, daß der Entwurf des Sozialistengesetzes in der ›Provincial-Correspondenz‹ amtlich publiziert worden ist, bevor er im Bundesrath vorgelegt war«. Diesen Brief erhielt Tiedemann aus Bad Kissingen, wo Bismarck zur Kur weilte. Er läßt erkennen, daß der veröffentlichte Entwurf dem ostelbischen Junker nicht wirksam genug erschien. Der Reichskanzler hatte geglaubt, nach Rückkehr von der Kur die Bestimmungen des Schandgesetzes noch erheblich verschärfen zu können. In dem Brief an Geheimrat Tiedemann macht er seinem Unmut Luft und erklärt, was nach seiner Meinung unbedingt in den Gesetzestext hätte aufgenommen werden müssen: »Ferner bedarf das Gesetz meines Erachtens eines Zusatzes in Betreff der Beamten dahingehend, daß Betheiligung an socialistischer Politik die Entlassung ohne Pension nach sich zieht. Die Mehrzahl der schlecht bezahlten Subalternbeamten in Berlin, und dann Bahnwärter, Weichensteller und ähnlicher Kategorien sind Socialisten, eine Thatsache, deren Gefährlichkeit bei Aufständen und Truppentransporten einleuchtet.«

Hier macht sich die Furcht vor kommenden außenpolitischen Ereignissen geltend. Nicht anders da, wo der »treue Diener seines Königs und Kaisers«, wie sich Bismarck in seinen Briefen an »seinen Herrn« bezeichnet, auf die Männer um Bebel zu sprechen kommt. Da schreibt er: »Ich halte ferner, wenn das Gesetz wirken soll, für die Dauer nicht möglich, den gesetzlich als Socialisten erweislichen Staatsbürgern das Wahlrecht und die Wählbarkeit und den Genuß der Privilegien der Reichstagsmitglieder zu lassen.« Hier finden wir das gefordert, was Hitler ein reichliches halbes Jahrhundert später verwirklichte.

Am 21. Oktober 1878 trat das Sozialistengesetz in Kraft. Sein § 1 lautete: »Vereine, welche durch sozialdemokratische, sozialistische oder kommunistische Bestrebungen den Umsturz der bestehenden Staats- oder Gesellschaftsordnung bezwecken, sind zu verbieten.

Dasselbe gilt von Vereinen, in welchen sozialdemokratische, sozialistische oder kommunistische auf den Umsturz der bestehenden Staats- oder Gesellschaftsordnung gerichtete Bestrebungen in einer den öffentlichen Frieden, insbesondere die Eintracht der Bevölkerungsklassen, gefährdenden Weise zutage treten. Den Vereinen stehen gleich Verbindungen jeder Art.«

Polizei und Justiz gaben sich größte Mühe, mit Verboten, Geld- und Gefängnisstrafen die Bestimmungen des Sozialistengesetzes durchzusetzen. Besonders hatte man es auf die führenden Funktionäre der verbotenen Partei abgesehen. August Bebel berichtet in seinen Erinnerungen: »Während der zwölfjährigen Dauer des Sozialistengesetzes war ich – ich darf das ohne Übertreibung sagen – der in Deutschland polizeilich am meisten verfolgte Mensch. Die Polizei hatte die vorgefaßte Meinung, ich sei ein gefährlicher Mensch, den man nicht aus den Augen lassen dürfe.« Entsprechend sahen die strafrechtlichen Verfolgungen August Bebels und seiner engsten politischen Mitarbeiter durch die Klassenjustiz jener Zeit aus. Unter den vielen Prozessen, die gegen Mitglieder der sozialdemokratischen Partei geführt wurden, ist ein Prozeß besonders interessant, weil er deutlich zeigt, welchen Einfluß Bismarck dabei ausgeübt hat. Ein Dresdner Blatt, das sich »Dresdner Gerichtszeitung« nannte, berichtete am 30. September 1885:

»In Chemnitz (dem heutigen Karl-Marx-Stadt – W. F.) begann am Montag (dem 28. 9. 1885 – W. F.) ein Prozeß gegen eine Anzahl Führer der Socialdemokratie, wider welche die Anklage gerichtet ist, daß sie an einer staatsgefährlichen Verbindung Theil genommen haben. Angeklagt sind 1.) der Schriftsteller und Reichstagsabgeordnete Georg Joseph Carl

Heinrich von Vollmar, 35 Jahre alt; 2.) der Reichstags- und sächsische Landtagsabgeordnete Drechslermeister Ferdinand August Bebel, 44 Jahre alt; 3.) der Buchdruckereibesitzer und Reichstagsabgeordnete Johann Heinrich Wilhelm Dietz, 44 Jahre alt; 4.) der Möbelhändler und Reichstagsabgeordnete Ignaz Auer, 38 Jahre alt; 5.) der Schriftsteller und Reichstagsabgeordnete Carl Franz Eugen Frohme, 35 Jahre alt; 6.) der Buchdrucker Carl Theodor Johann Ulrich (Offenbach), 32 Jahre alt; 7.) der Bildhauer und Gastwirth Philipp Heinrich Müller (Darmstadt), 35 Jahre alt; und 8.) der Schneidermeister Stephan Heinzel (Kiel), 43 Jahre alt. Der neunte Angeklagte, der Journalist und Reichstagsabgeordnete Franz Georg Louis Viereck, kann krankheitshalber nicht erscheinen. Der Gerichtshof hat deshalb beschlossen, gegen diesen die Verhandlung auszusetzen.

Im August 1880 fand im Schloß Wyden in der Schweiz und vom 29. März bis 2. April 1883 in Kopenhagen ein Congreß der Socialdemokraten Deutschlands statt, bei der Rückkehr von letzterem wurden die Angeklagten zum Theil auf dem Bahnhof zu Neu-Münster, zum Theil in Kiel verhaftet. Die Anklage folgert auf Grund der Protokolle jener Congresse und verschiedener im ›Socialdemokrat‹ erschienener Artikel, daß gegenwärtig eine geheime socialdemokratische Verbindung bestehe, welche sich als eine strafbare auf Grund der §§ 128 und 129 des Strafgesetzbuches darstelle. Es ist für uns nicht tunlich und würde auch für unsere Leser viel zu ermüdend sein, den Prozeß in seinen einzelnen Phasen zu verfolgen, wir werden aber auf einzelne interessante Details nach Beendigung des Prozeßes eingehen.«

Die angekündigten Details blieb das Blatt indessen seinen Lesern schuldig, obwohl seine Redakteure damit gerechnet hatten, einen Schuldspruch und entsprechende Gefängnisstrafen veröffentlichen zu können. Am 10. Oktober 1885 stand nämlich in der wöchentlich zweimal erscheinenden Zeitung zu lesen: »Die vor dem Chemnitzer Landgericht der Unterhaltung einer staatsgefährlichen geheimen Verbindung angeklagten socialdemokratischen Reichstagsabgeordneten wurden sämmtlich mangels genügender Beweise kostenlos freigesprochen. Die Verlesung der sehr eingehenden Entscheidungsgründe nahm mehr als eine halbe Stunde in Anspruch. Die Freisprechung gründet sich darauf, daß keines der vier zur Verurtheilung gemäß der Anklage unumgänglich nothwendigen Thatbestandsmerkmale als durch die Ergebnisse der Beweisaufnahme erbracht anzusehen sei, das 1. innerhalb der socialdemokratischen Partei eine Verbindung existiere, daß 2. deren Dasein, Verfassung oder Zweck vor der Staatsführung geheim gehalten werden soll, daß 3. zu den Zwecken oder Beschäftigungen dieser Verbindung gehöre, Maßregeln der Verwaltung oder Vollziehung von Gesetzen durch ungesetzliche Mittel zu verhindern oder zu entkräften, und daß 4. die Angeklagten an einer solchen Verbindung theilgenommen haben. Die Anklage habe in allen Fällen directe Beweise nicht erbracht, sondern stütze sich auf Indicien, auf Grund deren eine Verurteilung nicht erfolgen könne.«

Der Freispruch war absolut nicht nach dem Geschmack des Junkers von Bismarck. Deshalb veranlaßte er Maßnahmen, durch die die Freigesprochenen doch hinter Gefängnisgitter gebracht werden sollten. In der »Dresdner Gerichtszeitung« vom 28. Juli 1886 war darüber zu lesen: »Vor dem Chemnitzer Landgericht wurde im Oktober v. Js. ein Prozeß gegen mehrere Führer der deutschen Socialdemokratie wegen Unterhaltung staatsgefährlicher geheimer Verbindungen verhandelt, der zur Freisprechung der Angeklagten führte, weil die Richter erkannten, daß directe Beweise dafür nicht erbracht seien. Gegen dieses freisprechende Urtheil legte der Staatsanwalt Revision ein und erkannte hierauf das Reichsgericht, daß das Urtheil aufzuheben und die Sache zur weiteren Verhandlung an das Landgericht Freiberg zurückzuweisen ist, weil das Chemnitzer Landgericht in dem Rechtsirrthume über den Begriff einer ›Verbindung‹ sich befunden habe. Nach Ansicht des III. Strafsenats sei eine (geheime – W. F.) Verbindung vorhanden, wenn das einzelne Mitglied sich dem Gesamtwillen des Ganzen unterordne. Diese Willensbeschränkung sei aber in Wirklichkeit vorhanden, da nach den Protokollen des Kopenhagener Congreßes (um den Besuch desselben durch die Angeklagten handelt es sich) sich die Mitglieder der socialdemokratischen Parteien (den dort gefaßten Beschlüssen – W. F.) unbedingt zu unterwerfen hätten. Die Angeklagten bezeichnen Bebel als denjenigen, welcher zugleich in ihrem Namen der Anklage gegenüber sich erklären soll. Als Beweismittel werden die Protokolle aus den Kopenhagener, Wydener und Gothaer Congreßen verlesen. Die Angeklagten bestreiten das Vorhandensein einer geheimen Verbindung.«

Die Richter und Geschworenen des Freiberger Landgerichts verstanden den Wink mit dem Zaunpfahl, den ihnen Bismarck über den III. Strafsenat des Reichsgerichts erteilt hatte.

Am 6. August 1886 wußte die »Dresdner Gerichtszeitung« zu melden: »Das Urtheil im Freiberger Socialistenprozeß ist für die Angeklagten ungünstig ausgefallen. Es wurden Bebel, von Vollmar, Auer, Frohme, Ulrich und Viereck zu je 9 Monaten, Heinzel, Dietz und Müller zu je 6 Monaten Gefängnis verurteilt. Die Urtheilsbegründung, deren Vortrag eine Stunde dauerte, hebt namentlich hervor, daß durch die Art der Verbreitung des ›Sozialdemokrat‹ die Unterordnung des Einzelnen unter den Willen der Gesamtheit, also die geheime Verbindung, nachgewiesen sei.«

Das Freiberger Urteil fiel in der Zeit von 1886 bis 1888, die von Franz Mehring als die Zeit der »Todeskrämpfe des Ausnahmegesetzes« bezeichnet wird, »worin das von der kräftigen Faust des Proletariats an der Gurgel gepackte Ungetüm noch einmal wild um sich schlug.« Der Freiberger Sozialistenprozeß war einer »der berüchtigsten Geheimbundprozeße, bei denen die Justiz der herrschenden Klasse mit erlogenen Spitzelberichten und unter Mißachtung des geltenden Rechts Anklagen gegen sogenannte Geheimgesellschaften konstruierte. Mit diesen Methoden sollten in jedem Prozeß eine große Zahl von Sozialdemokraten – es standen teilweise bis zu 80 Angeklagte vor Gericht –, vor allem aber führende Parteimitglieder zu Kerkerstrafen verurteilt werden. Im ersten und wichtigsten dieser Geheimbundprozeße verurteilte das Freiberger Gericht (wie vorstehend berichtet – W. F.) neun führende Sozialdemokraten zu je neun bzw. sechs Monaten Gefängnis. Diesem Prozeß folgten 55 weitere Geheimbundprozeße, in denen insgesamt 236 Sozialisten abgeurteilt wurden. Allein in Altona, Berlin und Leipzig wurden Gefängnisstrafen in der Höhe von 135 Jahren ausgesprochen.«

Auf Anweisung Bismarcks war mit dem Urteil im Freiberger Sozialistenprozeß ein juristischer Präzedenzfall geschaffen, der andernorts als Mustervorlage für die Arbeit der Klassenjustiz diente. Kein Wunder, deckte doch die Partei der Arbeiterklasse, den Zusammenhang zwischen Bismarcks gefährlicher Politik des Militarismus und der Unterdrückungspolitik gegen die arbeitenden Massen auf. Wenige Monate vor der Verurteilung Bebels und seiner Genossen, im April 1886, als im Reichstag die erneute Verlängerung des Sozialistengesetzes beraten wurde, enthüllt »Der Sozialdemokrat«, das verbotene und verfolgte Organ der Partei August Bebels, das Wesen der militaristischen Politik der im Kaiserreich herrschenden Mächte: »Ausnahmegesetz, Polizei, Spitzelarmee und als oberste Instanz und ultima ratio (letztes Mittel – W. F.), die heilige Dreieinigkeit: Infanterie, Kavallerie, Artillerie – die Flinte, die schießt, der Säbel, der haut, und die Bombe, die zerschmettert, das sind die Waffen.«

Bismarck, der geglaubt hatte, August Bebel durch das Freiberger Urteil für eine Zeit mundtot gemacht zu haben, irrte sich. Es gelang Bebel, aus dem Zwickauer Gefängnis unter anderen Informationen auch briefliche Hinweise für den Aufruf zur Reichstagswahl vom Januar 1887 hinauszuschmuggeln. Wilhelm Liebknecht und Paul Singer, die den Wahlaufruf auf Grund dieser Hinweise verfaßten, schrieben:

»Mit dem Militarismus, welcher ein notwendiger Auswuchs des herrschenden Staats- und Gesellschaftssystems ist, gibt es für die Sozialdemokratie ebensowenig eine Aussöhnung wie mit diesem System selbst. Der Militarismus ist unverträglich mit der Freiheit und dem Wohlstand der Völker.«

Die Geschichte hat diese unumstößliche Wahrheit bis in unsere Zeit immer wieder bestätigt.

Der verschwundene Geheimbefehl Herzog Georgs

Am 31. Januar 1892 veröffentlichte der sozialdemokratische »Vorwärts« ein Geheimdokument, das blitzartig die bis dahin von der Militärbürokratie bestrittene unmenschliche Behandlung der Soldaten im sächsischen Armeekorps der kaiserlichen Armee erhellte: den Geheimerlaß Herzog Gerorgs, Prinz von Sachsen, datiert vom 8. Juni 1891. Dieser Geheimerlaß, der sich mit den flutartig ansteigenden Soldatenmißhandlungen beschäftigte, reichte weit über Sachsen hinaus, denn die Soldatenmißhandlungen waren nicht das Reservat der sächsischen Soldatenschinder.

Der als »Geheime Kommando-Ordre« bezeichnete Erlaß sollte nicht über die Offizierskreise hinausdringen. Sein Abdruck im »Vorwärts« machte jedoch einen Strich durch diese Rechnung. Eine fieberhafte Suche nach dem Unbekannten, der dafür gesorgt hatte, daß der Geheimerlaß nicht geheim blieb, setzte ein. Es wurde befohlen, alle an die Truppenteile herausgegebenen Exemplare einzuziehen. Alle Exemplare gingen wieder beim königlich-sächsischen Generalkommando in Dresden ein. Auf dem Dienstweg war das Dokument also nicht verschwunden. Das Geheimdokument, von einem Unbekannten dem »Vorwärts« zugespielt, bewegte verständlicherweise weite Teile der Bevölkerung. Sein Inhalt bestätigte die bis dahin veröffentlichten zahlreichen Berichte der sozialdemokratischen Zeitungen über die menschenunwürdige Behandlung der einfachen Soldaten durch militärische Vorgesetzte, besonders aber seitens der Unteroffiziere.

»Durch eine lange Reihe kriegsgerichtlicher Untersuchungen«, so hieß es in dem Geheimbefehl, »welche in letzter Zeit wegen körperlicher Mißhandlungen Untergebener einzuleiten gewesen, sind Zustände zu Tage gefördert worden, die in hohem Maße bedenklich erscheinen müssen.«

Als Beispiel für die »zutage geförderten Zustände«, das heißt »der zahlreichen körperlichen Mißhandlungen« durch Soldatenschinder in Unteroffiziers- und Offiziersuniform, wurden neun drastische Fälle aufgeführt und »als raffinierte Quälerei, als Ausfluß einer Roheit und Verwilderung qualifiziert«, es sei »eine Behandlungsweise eingerissen, die auf den guten Geist und die Disziplin der Truppe zerstörend einwirken« müsse. Und: »Diese häufig selbst vor Zeugen verübten Gewalttätigkeiten werden aus Furcht vor noch schlimmerer Behandlung nicht zur Meldung gebracht.«

An anderer Stelle des Geheimbefehls hieß es bezeichnenderweise: »Wenn bei den Offizieren, sogar bis hinauf zu den Kompaniechefs, die Grundlage, auf der allein wahre Disziplin und Mannszucht großgezogen werden kann, sich derart verschiebt, wie die eingeleiteten Untersuchungen haben erkennen lassen, können Ausschreitungen, welche der auf einer niedrigeren Bildungsstufe stehende Unteroffizier sich zuschulden läßt, wahrlich nicht überraschen.«

Die weitverbreitete Empörung über das nun von höchster Stelle zugegebene Martyrium der Soldaten in den Kasernen, auf Kasernenhöfen und Exerzierplätzen führte im Februar 1892 zu einer Reichstagsdebatte. Die sozialdemokratische Fraktion, voran August Bebel, trat für den geschundenen Soldaten gegen die Soldatenschinder und deren beflissene Verteidiger ein. Den barbarischen Standpunkt der reaktionären militaristischen Kreise brachte wohl am unverschämtesten der Zentrumsabgeordnete Lingens zum Ausdruck. Von der Rednertribüne des Reichstags erklärte er zynisch und mit frommem Augenaufschlag: »Ich bin der Ansicht, da alle Obrigkeit von Gott ist, daß der Unteroffizier für den Soldaten der Stellvertreter Gottes ist.«

Nun wußte damals alle Welt, daß der Soldat des kaiserlichen Heeres den Schikanen und Drangsalierungen seiner Vorgesetzten absolut schutzlos ausgeliefert war. Wer sich über einen Vorgesetzten beschwerte, hatte die Hölle auf Erden. Verlor ein Soldat die Nerven, wehrte er sich gegen die Mißhandlungen, kam er vor das Militärgericht und ins Zuchthaus, wie aus einer Notiz der in Dresden erscheinenden »Sächsischen Arbeiterzeitung« vom 14. Februar 1892 hervorgeht. Dort hieß es: »Das Gericht der 20. Division macht jetzt bekannt, daß der Musketier Fricke II der 6. Kompanie des Infanterie-Regiments Nr. 92 durch kriegsgerichtliche Erkenntnis vom 21. November 1891 wegen meuterischen militärischen Aufruhres und tätlichen Angriffs auf einen Vorgesetzten mit Entfernung aus dem Heere und

8 Jahren Zuchthaus bestraft worden ist.«

Wie August Bebel im Februar 1892 im Reichstag nachwies, gaben viele höhere Offiziere den Unteroffizieren geradezu das Stichwort für Soldatenmißhandlungen: »General von Alvensleben sagte eines Tages: ›Die Leute sollten den Laufschritt nur noch steigern, wenn ein Soldat deswegen sterbe, so sei er eben im Frieden fürs Vaterland gestorben.‹ Alle Fälle liefern im ausreichenden Maße den Beweis, daß Zustände in der Armee existieren, die wir auf die Dauer nicht stillschweigend ertragen können. Unter den Todesfällen in der Armee sind $22^1/_2$ Prozent Selbstmorde. Der gegenwärtige Zustand der Armee bietet ein geradezu grauenhaftes Bild.«

Das war nun durch den Geheimerlaß Herzog Georgs unwiderlegbar bestätigt. Freilich, die reaktionäre Presse versuchte, die Echtheit des Dokuments zu bezweifeln. Die »Sächsische Arbeiterzeitung« aber gab dem, was die sächsische Bevölkerung, besonders die Arbeiterklasse, bewegte, beredten Ausdruck, als sie am 23. Februar 1892 einen Bericht der »Weserzeitung« nachdruckte, in dem festgestellt wurde:

»Der Sozialdemokratie ist der Erlaß Herzog Georgs zugegangen als derjenigen Partei, die am rücksichtslosesten gegen solche Schäden, wie die Soldatenmißhandlungen, vorgeht. Sie hat ihn veröffentlicht und den ersten Anzweiflungen gegenüber die Echtheit siegreich behauptet; ihr Redner Bebel hat im Reichstag dieselbe Sache mit unbestreitbarem Geschick weiter verfochten. Und diese Sache ist ganz erstaunlich populär. Millionen von Familien werden durch sie bewegt, in allen Volksschichten sitzen Männer, die denen zu Dank verpflichtet sind, welche die schweren Übelstände an die große Glocke gebracht haben, daß sie nicht abgeleugnet werden konnten.«

Der Geheimerlaß Herzog Georgs stand nicht allein. Auch in Bayern war ein ähnlicher Erlaß ergangen. Aber weder in Sachsen noch in Bayern war erwünscht, den Wortlaut des Geheimerlasses in die Öffentlichkeit dringen zu lassen.

Die »Sächsische Arbeiterzeitung« wußte denn auch am 3. März 1892 zu berichten, wie die Militärs auf die Enthüllungen zu antworten gedachten: »Der Erlaß des bayrischen

Kriegsministeriums betreffs der Soldatenmißhandlungen war zuerst in der ›Unterfränkischen Volkstribüne‹ in Würzburg veröffentlicht. Nach der ›Münchner Allgemeinen Zeitung‹ ist in dieser Angelegenheit eine Untersuchung eingeleitet worden, welche nicht ohne Erfolg geblieben sein soll. Das wäre ja auch recht nett, wenn man, anstatt den Mißbräuchen beim Militär zu Leibe zu gehen, diejenigen maßregeln wollte, die zu ihrer Aufdeckung verholfen haben.«

Was den Wittelsbachern in München recht war, konnte den Wettinern in Dresden nur billig sein. Und so liest man am 25. März 1892 in der »Sächsischen Arbeiterzeitung«: »Gegen den Genossen Walter May ist eine weitere Anklage erhoben wegen Veröffentlichung des Artikels ›Die Greuel des Kasernenlebens‹ im ›Chemnitzer Beobachter‹.«

Im sächsischen Kriegsministerium aber war man nicht nur an der Verurteilung der sozialdemokratischen Redakteure interessiert, die den Geheimerlaß Herzog Georgs veröffentlicht und kommentiert hatten. Man fragte sich bei Hofe und im Kriegsministerium, wer der Militärangehörige sei, der den Geheimerlaß in den zivilen Bereich gegeben, dem »Vorwärts« die Veröffentlichung ermöglicht, Pressekommentare im In- und Ausland ausgelöst, eine Reichstagsdebatte in Gang gebracht und der antimilitaristischen Agitation der Sozialdemokratischen Partei ein unwiderlegbares Material geliefert hatte. Und so läuft eine Fahndung nach dem unbekannten Täter an, den man vor das Militärgericht stellen will, so man seiner habhaft wird.

Am 23. März 1892 geht folgendes Schreiben im Polizeipräsidium Dresden ein:

»Geheim!

Der Königlichen Polizei-Direktion beehrt sich das Kriegsministerium anliegend einige erst jetzt zur diesseitigen Kenntnis gelangte abschriftliche Notizen ergebenst zu übersenden, welche eventuell geeignet sein dürften, einen Anhalt dafür zu bieten, auf welche Weise die bekannte ›Geheime Kommando-Ordre‹ in die Hände der sozialdemokratischen Zeitung ›Vorwärts‹ hat gelangen können.

Zu bemerken verfehlt die unterzeichnete Stelle nicht, daß sämtliche Exemplare dieser Ordre wieder eingezogen worden sind und sich dabei kein solches vorgefunden hat, welches in der im Suckowschen Berichte gekennzeichneten Weise beschädigt gewesen wäre. Bei einzelnen Exemplaren war allerdings – voraussichtlich beim Einheften in die Akten – die letzte unbeschriebene Seite durch Abschneiden entfernt worden.

Da das Kriegsministerium nach wie vor noch ein großes Interesse daran hat, wenn möglich doch noch festgestellt zu sehen, auf welchem Wege die betreffende Ordre in die Hände des sozialdemokratischen Blattes hat gelangen können, so würde der Königlichen Polizei-Direktion die unterzeichnete Stelle zu besonderem Danke verpflichtet sein, wenn Wohldieselbe noch Gelegenheit nehmen wollte, auch an Hand dieser Unterlagen geeignete Recherchen anzustellen und über deren Erfolg eine gefällige Mittheilung anher gelangen zu lassen.

Dresden, am 22. März 1892
Kriegsministerium
von der Planitz«

Von hier an beginnt ein Dresdner Polizeispitzel Karriere zu machen, denn das Schreiben des Kriegsministers von der Planitz geht laut Randnotiz auf der inzwischen vergilbten Akte »zur weitern Erörterung an Criminal-Polizei-Kommissar Hohlfeld«. Der »Suckowsche Bericht« – der uns leider nicht vorliegt – enthält offenbar einen Hinweis auf einen gewissen Loos, von dem man annimmt, daß er um die Dinge weiß, die Polizeispitzel Hohlfeld »erörtern«, d. h. recherchieren soll. Loos, ehemals während seiner Dienstzeit Offiziersbursche bei Oberstleutnant von Broizem, der im königlich-sächsischen General-Kommando Dienst tut, sagt – von Gendarmeriewachtmeister Born am 28. März 1892 dem Polizeipräsidium zugeführt – unter anderem aus, er »habe öfters im General-Kommando zu tun gehabt und auch denjenigen Soldaten kennengelernt, der dort als Drucker beschäftigt war und zur Zeit meines Wissens noch dort ist. Es ist dies ein Soldat der Infanterie – klein, untersetzte Statur, mit blondem Schnurrbärtchen –, dessen Namen ich jedoch nicht weiß. Derselbe hat Befehle undsoweiter auf metallo-graphischem Wege zu vervielfältigen.«

Dieser Drucker hat, wie bei der Vernehmung des Loos durch Hohlfeld festgestellt wird, unter anderem auch dem

Loos einen Abzug des Geheimerlasses gegeben, von dem Loos »jedoch nicht mehr weiß, wo er geblieben ist«. Die Tinte auf dem Protokoll ist nocht nicht trocken, da eilt Kriminalpolizeikommissar Hohlfeld über die Elbbrücke nach Dresden-Neustadt, um im Kriegsministerium zu berichten, was er ausgeforscht hat. Noch am selben Tag versieht Hohlfeld das Protokoll der Vernehmung des Loos mit der handschriftlichen Fußnote: »Auf Anordnung des Herrn Polizeipräsidenten hat sich der Unterzeichnete heute Mittag ins Königliche Kriegsministerium hier begeben und Sr. Exzellenz dem Herrn Kriegsminister dieses Protokoll unter kurzer Mittheilung des Sachverhaltes überreicht. Das Protokoll wurde dort zunächst zurückbehalten. Heute Nachmittag gegen 3 Uhr ist der Adjutant Sr. Exzellenz im Crim. Bureau erschienen und hat dem Unterzeichneten mitgetheilt, daß der betreff. Drucker in Untersuchungshaft genommen worden sei.«

Es ist hiernach sicher, daß der Drucker, dessen Name bisher nicht festgestellt werden konnte, von der Militärjustiz verurteilt wurde. Die Höhe der gegen ihn verhängten Freiheitsstrafe ist nicht bekannt, da die Verhandlung hinter verschlossener Tür stattgefunden hat und eine Mitteilung darüber nicht an die Presse gegeben worden ist.

Am 26. März 1892 rief Wilhelm Liebknecht im Reichstag in der Debatte »zu dem bekannten Erlaß des Herzogs Georg von Sachsen« den schwarzweißroten Reaktionären zu: »Wir haben in das Innere dieser uns so idyllisch geschilderten ›Ferienkolonien‹ (wie Kaserne und Kasernenhof von reaktionärer Seite zynisch bezeichnet wurden – W. F.) hineinschauen können, und das Bild war allerdings ein Bild des Grauens. Nun sagt freilich jener Erlaß Herzog Georgs: Das soll künftig nicht mehr so sein, wir wollen das Übel abschaffen! – Wir fragen dagegen aber: Ist es möglich, daß unter dem System des Militarismus den Soldatenmißhandlungen überhaupt vorgebeugt werden kann? Und auf diese Frage kann die Antwort nur lauten: Solange der Militarismus besteht, sind solche Mißhandlungen unvermeidlich, denn die liegen im Wesen des Militarismus, sind eine notwendige Folge des blinden Gehorsams. (»Oho!« von rechts) Rufen Sie nur! *Sie* werden nie und nimmer die Soldatenmißhandlungen abschaffen! Die Soldatenmißhandlungen sind nicht etwas Lokales und Zufälliges, sondern ein organisches Produkt des Militarismus!«

Indessen hatte die Verhaftung des Druckers noch anderes zur Folge. Zunächst richtete Kriegsminister von der Planitz ein Schreiben an die königliche Polizeidirektion in Dresden, in dem er für die erfolgreiche Fahndung nach dem Geheimnisverletzer wärmstens dankte. Dieser Dank für die Ermittlung des Mannes, der dem »Vorwärts« den Abdruck des Geheimerlasses des Herzog Georgs ermöglicht hatte, markiert den Beginn einer steilen Karriere, die den Polizeibeamten Karl Friedrich Hohlfeld im Laufe der Zeit vom Kriminalkommissar zum Geheimen Regierungsrat aufsteigen läßt. Selbst in Berlin erweist man sich dankbar und gnädig und verleiht dem erfolgreichen Polizeispitzel noch im Jahr 1892 den Preußischen Kronenorden 4. Klasse – »für besondere Verdienste«.

Hohlfeld bewährt sich auch weiterhin als zuverlässige und treue Stütze der imperialistischen Machthaber, so daß er weitere Orden und Ehrenzeichen erhält. Bei festlichen Anlässen prangen an seiner Brust der Preußische Kronenorden 3. Klasse, der Verdienstorden 2. Klasse, der Badische Zähringer Löwenorden 2. Klasse, der Bayrische Verdienstorden vom heiligen Michael, der Bulgarische Alexanderorden, das Kriegsverdienstkreuz 1914–1918 und das Offizierskreuz des Albrechtsordens, das ihm von König Friedrich August von Sachsen noch im Jahre 1917 verliehen wird.

Als der deutsche Imperialismus im ersten Weltkrieg geschlagen und die Monarchie 1918 abgeschafft wird, bleibt der alte Polizeispitzel, der sich zum Geheimen Regierungsrat hinaufgedienert hat, in Amt und Würden. Er stirbt Anfang der zwanziger Jahre als Staatspensionär der Weimarer Republik in einer Villa im vornehmen Schweizer Viertel zu Dresden.

Der »wilde Lehmann«

Am 28. Januar 1899 machte sich in der Morgenfrühe ein gutes Dutzend honoriger Herren auf den Weg zum Gerichtsgebäude in der Pillnitzer Straße zu Dresden. Dort wurden sie schon erwartet; denn von ihrem rechtzeitigen und vollzähligen Erscheinen hing der pünktliche Beginn der Schwurgerichtsverhandlung gegen den Gutsbesitzer Louis Lehmann aus Eulitz bei Lommatzsch ab, der vom Staatsanwalt der vorsätzlichen Tötung des Arbeiters Hommel aus Sörnewitz bei Oschatz angeklagt war.

Landgerichtsdirektor Dr. Frommhold, Präsident des Schwurgerichts, samt seinen Beisitzern, dem Landrichter Waurick und dem Assessor Freiherr von Teubner, schien, wie er gegenüber den Geschworenen schon vor Prozeßbeginn durchblicken ließ, mit der Anklage des Staatsanwalts wegen vorsätzlicher Tötung nicht einverstanden.

Der Angeklagte galt, wie vor der Verhandlung gesprächsweise erwähnt wurde, als »vaterländisch gesinnter Mann«. Der von ihm Getötete, der Arbeiter Hommel, »sollte der Sozialdemokratischen Partei angehört haben«, deren Mitglieder bis 1890 durch das Bismarcksche Sozialistengesetz eifrig verfolgt worden waren, besonders in Sachsen. Getarnte Rechtsbeugung und offener Rechtsbruch waren kurz vor der Jahrhundertwende in Sachsen immer noch an der Tagesordnung. Hier entwickelte sich die Arbeiterbewegung rasch und war der herrschenden Klasse ein Dorn im Auge. Wer daher der Arbeiterbewegung »straff und energisch entgegentrat, wie es das Interesse von Kaiser und Reich, König und Vaterland befiehlt«, galt als honetter Mann. Vergriff er sich dabei auch in den Mitteln, so wurde ihm das nachgesehen.

Der Prozeß gegen den Gutsbesitzer Louis Lehmann wurde zu einem typischen Beispiel für das Ergebnis heimlich gehegter, im Urteilsspruch aber offen zum Ausdruck gebrachter Sympathien der Richter und Geschworenen für einen Täter aus den besitzenden Klassen, der einen Arbeiter wegen einer – noch dazu berechtigten – Lohnforderung ums Leben gebracht hatte. In den Dresdner Tageszeitungen entweder überhaupt nicht oder nur in wenigen Zeilen registriert, sollte das Urteil möglichst nicht öffentlich publik gemacht werden.

Aber die damit gerechnet hatten, der Prozeß werde keine Schlagzeilen machen, und damit zunächst auch recht zu behalten schienen, mußten ein paar Wochen später erleben, daß über den Prozeß gegen den Gutsbesitzer Lehmann sogar im Reichstag gesprochen wurde. Dort prangerten die sozialdemokratischen Reichstagsabgeordneten Singer und Dr. Gradnauer das milde Urteil gegen Lehmann als markantes Beispiel für die mit zweierlei Maß messende sächsische Klassenjustiz an.

Der Angeklagte Louis Lehmann stammte aus der kleinen Landgemeinde Eulitz, die an der Bahnlinie Riesa–Nossen liegt. Etwa 270 Hektar landwirtschaftliche Nutzfläche befanden sich damals dort unter dem Pflug. – Am 7. August 1898 stellt Gutsbesitzer Lehmann den Arbeiter Hommel aus Sörnewitz bei Oschatz auf vier Wochen als Erntehelfer ein. Lehmann, bei dem Hommel also nur vorübergehend für die Dauer der Getreideernte arbeiten sollte, ist als leicht erregbar und jähzornig bekannt. Er hat seinen Spitznamen im Dorf – der »wilde Lehmann«. Laut zu äußern wagt das aber niemand; denn Lehmann ist nicht nur als aufbrausend und rechthaberisch, sondern auch als nachtragend bekannt. Unter den Bauern, die allesamt »auf das Ihrige«, also auf ihren Vorteil bedacht sind, gilt er als besonders ausgefuchst. Dafür liefert er am 23. August 1898 einen drastischen Beweis.

Die Getreideernte ist gut eingebracht. Lehmann denkt, daß er jetzt ganz gut auch ohne den auf vier Wochen eingestellten Saisonarbeiter Hommel auskommen könnte. Hommel hat sich zwar mehr als vierzehn Tage redlich für den Gutsbesitzer abgerackert, aber der sinnt darauf, wie er ihn loswerden könnte. Doch da ist der Arbeitsvertrag, laut dem Hommel auf vier Wochen eingestellt ist. Gutsbesitzer Lehmann ist jedoch um das Finden oder Erfinden eines »Grundes« für den Bruch des Arbeitsvertrages nicht verlegen. Er kommt an diesem 23. August 1898 mit dem festen Vorsatz auf das Feld, Hommel fortzuekeln. Er will, so gibt er später vor Gericht an, bemerkt haben, daß »Hommel sich auf dem Feld bei der Arbeit nicht genügend gerührt, sondern gebummelt hat«. Unbestritten bleibt, daß er auf Hommel mit den beleidigenden Worten zugegangen ist: »Du fauler Lump kannst sofort deiner Wege gehen!«

Hommel, auf so grobe und unverschämte Weise beleidigt, ist es leid, sich mit dem rohen Patron weiter einzulassen. Er erklärt sich einverstanden, mit der Arbeit Schluß zu machen. Aber er hat auch den Stolz des Arbeiters, der um den Wert seiner Arbeit weiß. Daher fordert er Lehmann ruhig auf, sich zu mäßigen. »Schlagen Sie einen anderen Ton an. Auf dem Duzfuß stehen wir beide miteinander nicht. Zahlen Sie mir meinen Lohn, und ich gehe.«

Die bestimmten Worte des Arbeiters, der sich trotz der Beleidigung nicht aus der Ruhe bringen läßt, sind zuviel für den »wilden Lehmann«. Er ist gewohnt, daß ihm nicht widersprochen wird. Er hat als sicher erwartet, Hommel werde klein beigeben, eine Art Kniefall vor ihm tun und darum bitten, den Rest der vereinbarten Zeit in Brot und Lohn bleiben und die Beleidigung des Ausbeuters einstecken zu dürfen.

Aber Lehmann weiß um die empfindliche Stelle, an der er den Lohnarbeiter, der über keine Ersparnisse verfügt, treffen kann. Mit gespielter Ruhe packt Lehmann seinen Trumpf aus: »Ich kann dir auch den Lohn nicht in der Höhe geben, wie er ausgemacht war, sondern muß abziehen.«

»Wie können Sie das!« protestiert Hommel. »Ich habe doch meine Arbeit gemacht, wie wäre denn sonst die Ernte fast 'rein. Der ausgemachte Lohn steht mir zu.«

Aber der Gutsbesitzer provoziert den Arbeiter weiter: »Und damit du es weißt: Hier kriegst du keinen Pfennig! Deinen Lohn werde ich aufs Amt (auf das Gericht – W. F.) tragen. Dort kannst du ihn abholen!«

Hommel beendet den Streit, indem er dem Gutsbesitzer kurzerhand den Rücken kehrt und zum Gemeindevorstand geht, von dem er hofft, daß der ihm zu seinem Recht verhelfen wird. Aber weit gefehlt. Der Gemeindevorstand rät ihm, es »noch einmal im guten zu versuchen«. Das ist verständlich; denn Lehmann ist dem Gemeindevorstand als Händelsuchend und rachsüchtig nur zu gut bekannt. Hommel ahnt nicht, was den Gemeindevorstand bewegt, ihm den nutzlosen Gang zu Lehmann zu raten, und entgegnet ihm: »Aber das hat doch keinen Zweck, daß ich allein zu Lehmann gehe. Wenn Sie nicht mitkommen und ein Wort für mich einlegen, erhalt' ich nichts. Lehmann hat doch ausdrücklich zu mir gesagt, er will meinen Lohn aufs Amt tragen. Was soll ich da noch allein bei ihm?«

Aber der Gemeindevorstand, der den nachtragenden Sinn des Gutsbesitzers kennt, ist nicht zu überreden, von Lehmann zugunsten Hommels die Herausgabe des fälligen Arbeitslohnes zu verlangen.

Hommel sieht sich vom Gemeindevorstand abgewiesen. Er steht ohne einen Pfennig Geld in der Tasche da. Zunächst ist er ratlos. Nach einigem Überlegen fällt ihm ein, was in seiner Lage helfen könnte. Er entschließt sich, bei Gericht um Rat und Hilfe nachzusuchen. Er macht sich auf den Weg nach Lommatzsch und trägt dort im Amtsgericht ein paar Stunden später seine Sache vor. Aber man sieht den in Arbeitskleidung gekommenen Mann im Amtsgericht mit scheelen Augen an und weist ihn auch hier mit den Worten ab: »Gehen Sie, wie Ihnen auch der Herr Gemeindevorstand geraten hat, noch einmal zu Herrn Lehmann. Versuchen Sie, durch gutes Zureden zu Ihrem Lohn zu kommen.«

»Aber wenn er mich wieder abweist?« wendet Hommel ein, der weiß, was kommen wird.

»Lassen Sie es erst mal darauf ankommen. Vielleicht hat sich Herr Lehmann inzwischen eines anderen besonnen«, bekommt er zur Antwort.

Und so nimmt das Unheil seinen Lauf.

Hommel tut, wie ihm geheißen worden ist. Nach dem morgendlichen Streit auf dem Feld, dem der Gang zum Gemeindevorstand, der Marsch zum Amtsgericht nach Lommatzsch und zurück nach Eulitz folgten, ist der heiße Augusttag fast vergangen, und Hommel ist müde geworden. Er weiß auch noch nicht, wo er die Nacht bleiben wird. Es ist in der siebten Abendstunde, als er den Lehmannschen Hof betritt. Der Gutsbesitzer ist im Pferdestall beim Ausmisten und Einstreuen.

Hommel bietet ihm einen guten Abend und trägt vor, was ihm auf dem Amtsgericht gesagt worden ist. Lehmann hört sich das, hämisch grinsend, an. Aber Hommel erhält die erwartete Antwort: »Es bleibt dabei, wie ich's gesagt habe. Deinen Lohn trage ich aufs Amt. Hier erhältst du nichts.«

Hommel, völlig im Recht, wenn er fordert, seinen Lohn sofort zu bekommen, stellt Lehmann noch einmal seine finanzielle Lage vor und fügt hinzu: »Seien Sie doch vernünftig. Machen Sie mir doch keine Schwierigkeiten. Versetzen Sie sich einmal in meine Lage. Ich habe keinen Pfennig einstecken und bin auf das Geld angewiesen.«

Lehmann bleibt hart. In dem Wortwechsel, der nun folgt, weist er dem Arbeiter Hommel die Tür: »Scher dich von meinem Hof!«

Hommel weiß sich im Recht und wiederholt: »Erst will ich meinen Lohn, dann gehe ich schon ganz allein.«

Der Gutsbesitzer Lehmann demonstriert hierauf, wer Herr im Hause ist. Er holt mit der Mistgabel aus und schlägt zu. Der Schlag mit dem Gabelstiel trifft Auge und Nase Hommels. Um weitere Schläge zu verhindern, greift Hommel nach der Mistgabel.

Lehmann, der bemerkt, daß Hommel die Mistgabel zu fassen sucht, reißt sie an sich heran, tritt ein paar Schritte zurück, ändert seinen »Kampfstil«, geht nun »aufs Ganze«, benutzt die Zinken der Mistgabel als Bajonett und stößt mit aller Gewalt nach dem Kopf seines Opfers. Ein einziger kräftig geführter Stoß genügt. Ein Zinken der Mistgabel durchstößt das Schädelbein Hommels und dringt tief in dessen Gehirn ein.

Hommel ist noch imstande, ein paar Schritte zu machen, um sich vor weiteren Attacken Lehmanns zu schützen. Aber er ist schon ein dem Tode verfallener Mann. Er erreicht das Freie, bricht draußen zusammen, erhebt sich noch einmal, tut noch ein paar mühsame Schritte, sinkt dann aber schließlich endgültig nieder. Zwei Tage später ist er tot, das Opfer eines entmenschten Rohlings, der, weil er auf seinen Besitzer- und Ausbeuterstandpunkt pochen zu dürfen glaubt, zum Totschläger geworden ist.

Fünf Monate später, am 28. Januar 1899, steht Louis Lehmann, der vorsätzlichen Tötung Hommels angeklagt, vor dem Dresdner Schwurgericht. Es sind dieselben Richter und Geschworenen, die wenig später, am 3. Februar 1899, das »Löbtauer Zuchthausurteil« fällen werden, das als Schandurteil in die sächsische Kriminalgeschichte eingehen wird. Jetzt aber haben sie es mit Lehmann zu tun. Der schwerverletzte Hommel hat noch die Kraft besessen, unmittelbar nach dem an ihm verübten Verbrechen den Hergang der Tat zu schildern. Das, was er zwei Tage vor seinem Tod ausgesagt hat, deckt sich im wesentlichen mit den Wahrnehmungen der Zeugen und dem Gutachten der Sachverständigen.

Lehmann sieht sich der Wahrheit gegenübergestellt, die von achtzehn Zeugen und zwei Ärzten unter Eid vorgetragen wird. Aber Lehmann flüchtet vor der Wahrheit in die Lüge. Er sucht den von ihm Getöteten für das an ihm begangene Verbrechen verantwortlich zu machen, indem er ihn als Angreifer hinstellt.

»Hommel war betrunken und ist mit erhobenen Fäusten auf mich losgegangen«, behauptet Lehmann. »Ich habe in Notwehr gehandelt. Als ich mich wehrte und ihm die Mistgabel vorhielt, ist Hommel selbst in die Zinken der Mistgabel hineingelaufen.«

Nichts von dem, was Lehmann behauptet, ist wahr. Alles ist Lüge. Die Medizinalräte Dr. Donau aus Dresden und Dr. Gruner aus Großenhain, gerichtsärztliche Sachverständige, sind unbestechlich. Sie widerlegen Lehmanns Lügen. Sie erklären in ihrem Gutachten: »Auf Grund des Sektionsbefundes müssen wir die Darstellung des Angeklagten Lehmann als unrichtig erklären. Sie kann unmöglich richtig sein; denn der vier bis sechs Millimeter starke Schädelknochen des getöteten Hommel hat nur durch einen mit großer Gewalt geführten Stoß durchbohrt werden können.«

Ein Stück des Schädelknochens mit dem durch die Mistgabel Lehmanns verursachten Loch ist während der Sektion der Leiche Hommels aus dem Schädel entfernt und präpariert worden. Es liegt als Beweismittel gegen Lehmann vor den Augen der Richter und Geschworenen.

Es gibt aber auch noch andere Beweise, nach denen nicht auf der Seite des Mörders, sondern auf der Seite des Ermordeten die Wahrheit steht. Jedem im Gerichtssaal ist klar, daß sich Lehmann durch Lügen über den Toten herauszuwinden versucht. Da tritt der Erntearbeiter Kühn an den Zeugentisch, wird auf die Bedeutung des Zeugeneids hingewiesen, schwört, die reine Wahrheit zu sagen, nichts zu verschweigen und nichts hinzuzusetzen, und sagt aus: »Unmittelbar nachdem Lehmann den Hommel schwer verletzt hatte, man wußte ja zunächst nicht, ob Hommel die Verletzung übersteht, kam der Angeklagte zu mir und hat sich noch mit der

Tat gebrüstet. Er sagte zu mir: ›Jetzt habe ich den Hommel niedergestochen. Ja, ich habe mich beizeiten vorgesehen, daß er mir nicht auf den Hals kam.‹«

Das hat Zeuge Kühn schon in der Voruntersuchung, noch unter dem frischen Eindruck der furchtbaren Tat Lehmanns, zu Protokoll gegeben. Jetzt wiederholt er seine Angaben unter Eid. Dabei wird bekannt, wie Lehmann auch die Aussagen Kühns vor dem Untersuchungsrichter, die ihm in der Voruntersuchung vorgehalten worden sind, mit Lügen zu entkräften versucht hat. Lehmann hat schon während der Voruntersuchung die »Flucht nach vorn« angetreten. Dieser Methode bleibt er auch vor den Geschworenen treu, in der nicht unberechtigten Annahme, daß sein »Argument« ziehen wird. Er versucht, den Zeugen Kühn durch »Rufmord« auszuschalten. Auch Lehmanns Verwandte arbeiten in der Richtung: Nicht der Mörder, der Ermordete ist schuld. Wenn schon Kühn trotz aller Lügen, die über ihn verbreitet wurden, als Zeuge unverdächtig ist, so muß der tote Hommel um so anrüchiger gemacht und bei Gericht angeschwärzt werden, damit seinen im Protokoll vorliegenden Angaben über den Hergang der Tat nicht geglaubt wird. So versucht Lehmanns Verwandtschaft, Material über Hommel zusammenzutragen, das dessen »schlechten Leumund beweisen soll«. Auch die Lüge platzt im Gerichtssaal.

Von allen Zeugen, denen Hommel auf seinem letzten Gang nach dem Lehmannschen Gutshof begegnet ist und mit denen er gesprochen hat, wird auch eine andere Zwecklüge des Angeklagten widerlegt. »Hommel«, so erklären alle zu dieser Stelle der Tatumstände befragten Zeugen, »war nicht angetrunken. Er hat auch nicht durchdringend nach Schnaps gerochen. Wenn der Angeklagte das von Hommel behauptet, so sagt er nicht die Wahrheit.«

Indessen hatte Lehmann während der Voruntersuchung geglaubt, einen besonderen Trumpf ausspielen zu können, von dem er annehmen durfte, daß er ohne Zweifel stechen würde. So stiftete er seine Frau an, wider besseres Wissen in einem Brief an die Untersuchungsbehörde zu behaupten: »Hommel und Kühn steckten unter einer Decke. Als Sozialdemokraten waren sie sich einig, daß sie viel Lohn fordern müssen und dafür wenig arbeiten.« Es stellt sich heraus, daß

Hommel nicht Mitglied der Sozialdemokratischen Partei war. Auch der Zeuge Kühn ist es nicht. Diese von Lehmann inspirierte Lüge, die für die Geschworenen bestimmt war, ist geplatzt, nachdem Kühn seine Aussage gemacht hat.

Schließlich tritt noch ein Zeuge vor die Geschworenen, der die Zeugenaussage Kühns untermauert. Er erklärt: »Der Angeklagte hat zu mir gesagt, als es 'raus war, daß der Hommel gestorben ist: ›Ich hätte nicht gedacht, daß sich Hommel gleich fortmacht. Hätte ich ihm nur lieber die paar Dreier gegeben.‹«

Lehmann, dem diese Aussage vorgehalten wird, schweigt dazu. Nach der Beweisaufnahme beantragt der Staatsanwalt, den Angeklagten Lehmann wegen vorsätzlicher Tötung des Arbeiters Hommel zu verurteilen. Der Antrag des Staatsanwalts hat Hand und Fuß, denn er stützt sich auf ausreichende Beweise. Der Verteidiger des Angeklagten beantragt, den Vorsatz bei der Ausführung der Tat zu verneinen, und bittet um Milde für seinen Mandanten. Den Nachweis, worin die mildernden Umstände bei der Tat bestanden haben sollen, bleibt er dem Gericht schuldig.

Die Zuschauer nehmen den Antrag des Verteidigers auf mildernde Umstände als eine routinemäßige Floskel; denn etwas muß der Rechtsanwalt ja für sein Honorar tun. Jeder im Saal kennt die harte Hand der sächsischen Justiz, insbesondere die unbarmherzige Strafpraxis der Dresdner Richter und Geschworenen. Jeder erwartet ein strenges Urteil gegen den Angeklagten; denn wenn ein Angeklagter so unverfroren lügt, wie es Lehmann getan hat, wird er dafür gewöhnlich hart bestraft. Um so überraschter ist man, als das Gericht nach der Urteilsberatung wieder erscheint und »Im Namen des Königs« das Urteil verkündet, wonach »der Angeklagte Louis Lehmann, Gutsbesitzer in Eulitz, wegen fahrlässiger Tötung des Arbeiters Hommel zu zwei Jahren Gefängnis verurteilt wird«.

Mit diesem Urteil soll, das fühlt jeder, Richter und Geschworene aber wissen es, jedes Mittel legalisiert werden, das von den Besitzenden angewandt wird, um ihren Herr-im-Hause-Standpunkt durchzusetzen. Der Täter, der diese Kriegserklärung der herrschenden Klasse an die arbeitenden Menschen ausgelöst hat, ist an sich unbedeutend. Bedeutender sind die Umstände, unter denen das Urteil, das geradezu einem Freispruch gleichkommt, ausgesprochen wurde. Das kaiserliche Deutschland stand an der Schwelle des 20. Jahrhunderts, in dem es seine imperialistischen Ziele mit dem Mittel der Gewalt durchzusetzen entschlossen war. Um fremde Völker zu unterdrücken, mußte zuvor das eigene Volk unterdrückt werden. Der »wilde Lehmann« aus dem kleinen Eulitz war in seiner rohen Brutalität nur eine Miniaturausgabe des »wilden Wilhelm« im Schloß zu Berlin, der den Herr-im-Hause-Standpunkt auf höherer Ebene pflegte. Zwanzig Jahre nach der verbrecherischen Tat des »wilden Lehmann«, im November 1918, wird der »wilde Wilhelm« samt seinem sächsischen »Gevatter im Geiste«, der sich König August von Sachsen nennt, hinweggefegt werden. Sie hatten Wind gesät und ernteten Sturm.

Das Löbtauer Zuchthausurteil

Kurz vor der Jahrhundertwende erregte ein Urteil des Schwurgerichts Dresden nicht nur den leidenschaftlichen Zorn und Abscheu der sächsischen Arbeiterklasse und fortschrittlicher Kreise im Königreich Sachsen, sondern machte weit über die Landesgrenzen hinaus von sich reden. Und zwar deshalb, weil ein an sich verhältnismäßig harmloses Delikt von der sächsischen Justiz zu einem zuchthauswürdigen Verbrechen umgelogen und barbarisch bestraft wurde.

Am 3. Februar 1899 verurteilte das Schwurgericht, das bezeichnenderweise unter Ausschluß der Öffentlichkeit tagte und nicht einen einzigen Pressevertreter zuließ, wegen »Landfriedensbruch und versuchten Tothschlags« die Angeklagten Ernst Zwahr (Bauarbeiter) zu zehn Jahren Zuchthaus, Friedrich Schneider (Bauarbeiter) zu neun Jahren Zuchthaus, Karl Moritz (Zimmerer) zu acht Jahren Zuchthaus, Johann Gedlich (Zimmerer) zu sieben Jahren Zuchthaus, Karl Wobst (Zimmerer) zu sieben Jahren Zuchthaus, Friedrich Leiber (Zimmerer) zu sechs Jahren Zuchthaus, Karl Pfeiffer (Zimmerer) zu sechs Jahren Zuchthaus und die Zimmerer Ernst Geißler und Moritz Hecht zu je vier Jahren Gefängnis. Außerdem wurden gegen die Angeklagten auf insgesamt 70 Jahre Verlust der bürgerlichen Ehrenrechte erkannt.

Obwohl in Dresden gefällt, ging der Spruch des Schwurgerichts als »Löbtauer Zuchthausurteil« in die Geschichte der internationalen Arbeiterbewegung ein.

Folgt man zeitgenössischen sozialdemokratischen Darstellungen, dann ergibt sich folgender Tatbestand: »Am 16. Juli 1898 hatten die Arbeiter auf einem Bau der Unternehmer Hampel und Grahl in Löbtau bei Dresden (ein Vorort, der später Dresden eingemeindet wurde) das Richtfest gefeiert. Die Bauunternehmer waren mit Bier freigebig gewesen, schon zum Frühstück und zu Mittag war getrunken worden, und nach Schluß der Arbeit hatte die Kneiperei erst recht begonnen. Im ganzen waren 140 Liter größtenteils echtes Münchner Bier vertilgt worden. Gegen acht Uhr abends hatten sich die ersten Teilnehmer entfernt, und es waren nur noch wenige besonders seßhafte und durstige Leute anwesend. Da verlautete, daß auf dem nahe gelegenen Klemmschen Neubau (in der Herbert-, heute Ernst-Kießlich-Straße – W. F.) die Zimmerleute noch arbeiteten, während bei der allgemein angenommenen zehnstündigen Arbeitszeit der Feierabend schon um sechs Uhr eingetreten war.

Man weiß, mit welchen Opfern und Schwierigkeiten diese zehnstündige Schicht erkämpft worden ist, diese Regelung der Arbeitszeit, die immer noch jeden Arbeiter, der etwas weiter von seiner Arbeitsstelle wohnt, täglich 14 bis 15 Stunden vom Hause und von der Familie fernhält, und man wird es begreiflich finden, daß die Arbeiter es nicht gern sehen, wenn diese Errungenschaft immer wieder dadurch gefährdet wird, daß einzelne Arbeiter nicht genügend Solidaritätsgefühl besitzen. Unter diesen Umständen wird man auch billigen, daß einige Zimmerleute sich auf den Weg machten, um den Kollegen zuzureden, für diesen Abend die Arbeit abzubrechen.

Der Zimmermann Zwahr betrat zuerst die Baustelle und fragte der Form wegen den Polier Pollack um Arbeit. Die anderen folgten nach und sprachen zu den arbeitenden Zimmerern einige Worte über die Arbeitszeit. Dabei ist nichts vorgefallen, wie man schon daran sieht, daß es zwischen den beiden Arbeitergruppen nicht zur Schlägerei kam.

Nun erschien der Bauunternehmer Klemm junior und forderte die fremden Arbeiter auf, sich zu entfernen. Mehrere Arbeiter haben bekundet, daß er dabei von Spitzbuben und Einbrechern geredet habe, und das erbitterte die Leute. Anstatt sofort zu gehen, redeten sie hin und her, und schließlich gab es eine Rempelei zwischen Klemm und einigen Arbeitern. Klemm lief zur Baubude, holte seinen Revolver und schoß zweimal (angeblich, indem er auf einen Sandhaufen zielte).

Die angetrunkenen Leute glaubten, Klemm habe auf sie geschossen, und drangen auf ihn ein. Einige entwanden ihm den Revolver. Die Stimmung wurde noch erbitterter, als man an Zwahrs Hals eine blutende Wunde entdeckte, die man für eine Schußverletzung hielt.

Die gereizte Stimmung hatte jeden Zusammenhang mit dem ursprünglichen Anlaß verloren und war lediglich durch den reichlichen Biergenuß und die unklugen Schimpfworte und Schießereien Klemms entstanden. Sie wurde noch dadurch gesteigert, daß die Schüsse eine nach Hunderten zählende Menschenmenge herbeigelockt hatten, die ohne Kenntnis des Vorangegangenen glaubte, Klemm habe einen Menschen erschießen wollen, und die ihrer Entrüstung in lauter Drohung Luft machte.

Klemm wurde vom Polier in die Bude geführt, aber einige der Aufgeregtesten sprengten die Thür und mißhandelten Klemm in roher Weise. Er wurde mit einer Flasche und Holzstücken geschlagen, und als er floh, niedergerissen und mit Füßen getreten. Dabei fielen Rufe wie ›Schlagt den Hund tot‹. Endlich gelang es zwei Polieren, ihn wegzuführen.«

Im Grunde genommen war nichts weiter passiert, als daß ein schießwütiger Provokateur eine verdiente derbe Tracht Prügel erhalten hatte. Aber für die reaktionären Kräfte war der Vorfall eine willkommene Gelegenheit, wieder einmal mit der Arbeiterklasse »abzurechnen« und sie einzuschüchtern. Der Prozeß und das Urteil waren eindeutig darauf gerichtet, die Sozialdemokraten – acht Jahre nach dem Fall des Sozialistengesetzes – in der Öffentlichkeit zu diskreditieren.

Die Anklage lautete auf schweren Landfriedensbruch, das heißt auf »Theilnahme nicht nur an Zusammenrottung, sondern auch an den Gewalttätigkeiten«. Moritz wurde als Rädelsführer betrachtet. Zwahr, Moritz und Schmieder wurde noch versuchter Totschlag zur Last gelegt. Aber der Oberstaatsanwalt wagte es nicht, diese Anklage in allen Punkten aufrechtzuerhalten. Offen zuzugeben, daß die Anklage konstruiert sei, getraute er sich wegen der Stimmung unter den Besitzenden nicht. Immerhin aber stellte er, was gleichbedeutend mit einem Abrücken von seinem zunächst eingenommenen »Rechtsstandpunkt« war, den Geschworenen »anheim«, ob man wirklich »bei einigen Angeklagten Theilnahme an Gewalttätigkeiten annehmen könne«, ebenso glaubte er, bei einer ganzen Reihe von Angeklagten »die Bewilligung mildernder Umstände anheimstellen zu können«.

Das kam nicht von ungefähr. Inzwischen hatte sich bis in die Anklagebehörde herumgesprochen, wes Geistes Kind dieser schießwütige Klemm junior war. Es handelte sich bei ihm um einen »Baulöwen«, um einen üblen Bauspekulanten, von dem gerichtskundig war, daß er seine Zulieferer, Handwerker und kleine Leute, betrog, indem er deren Rechnungen nicht bezahlte. Dieser windige Bursche hatte nicht das erste Mal um sich geschossen, sondern schon häufig ähnliche Schießereien veranstaltet; ein Typ, der sich später in der SA breitmachte.

Indessen hatte die herrschende Klasse vorgesorgt, daß es nicht dem schießwütigen Klemm an den Kragen ging, sondern denen, die er mit der Pistole provoziert hatte. Wen hatte man sich da ausgesucht, über die Arbeiter zu Gericht zu sitzen? Da fungierte als Präsident des Schwurgerichts der scharfmacherische Landgerichtsdirektor Frommhold, assistiert von den Beisitzern Landrichter Waurick und Assessor Freiherr von Teubner, die ihm in »vaterländischer Gesinnung« nicht nachstanden. Und dann die Geschworenen! Ein Haufen »feiner Leute«, besorgt um ihre »Reputation« in Unternehmercomptoirs, bei Adel und bei Hofe! Da warteten auf das Stichwort der reaktionären Berufsrichter der Rentier Karl Louis Braune aus Blasewitz, der privilegierte Apotheker Otte Seeher aus Dresden, der Blasewitzer Apotheker Karl Richard Ulbricht, der königlich-sächsische Oberförster Kurt Mühlmann aus Loschwitz, der in Serkowitz bei Meißen beheimatete Kaufmann Hermann Lindemann, der aus Kötzschenbroda kommende Rentier Karl Hermann Beyer, der Dresdner Regierungsrat a. D. und Dr. jur. Oskar Schanze, der Königsteiner Apotheker Richard Weber, der Rentier August Schulz aus Loschwitz, der Arnsdorfer Kaufmann Moritz Trepte, der königlich-sächsische Oberförster in Rosenthal, Hermann Schramm, und zu guter Letzt der Rittergutsbesitzer Karl Kluge aus Steinbach. Kein Arbeiter fand sich unter den Geschworenen, die – was wäre anders zu erwarten gewesen – »Zwahr und Schmieder des versuchten Tothschlags, Moritz auch der Rädelsführerschaft für schuldig erklärten. Bei Geißler und Hecht nahmen sie nur einfache Theilnahme an der Zusammenrottung, nicht an den Gewaltakten an, im übrigen erklärten sie alle Angeklagten der Gewalttätigkeiten überführt. Bei sämtlichen Angeklagten verneinten sie die mildernden Umstände.«

Wenige Tage später, am 16. Februar 1899, prangerte der sozialdemokratische Reichstagsabgeordnete Singer von der Reichstagstribüne das Schandurteil an. Zunächst schwiegen die Vertreter der Rechtsparteien. Erst eine Woche später fanden sie die Sprache wieder. Der stockreaktionäre Freiherr von Stumm-Halberg wurde vorgeschickt und fand »das Urteil zu mild«. Wörtlich behauptete er, »es handle sich nicht um einen versuchten Tothschlag, es handle sich um einen versuchten Mord«. Hiernach provozierte er – nach dem amtlichen Protokoll der Reichstagssitzung zitiert – weiter:

»Ein Milderungsgrund steht vielleicht diesen Verurtheilten von Löbtau zur Seite, und das ist die beständige Hetzerei, die von sozialdemokratischer Seite durch Agitatoren und in der Presse zu solchen Verbrechen mehr oder minder direkt auffordert. Da behaupte ich, diese Agitatoren, die zu diesen Dingen hetzen, gehören ebensogut und noch viel mehr ins Zuchthaus als die Verbrecher selbst.« Dieser Freiherr von Stumm-Halberg hätte, wäre er nicht vorher gestorben, auch unter dem Faschismus Karriere gemacht, denn sein politisches Glaubensbekenntnis wurde von den deutschen Faschisten gründlich verwirklicht.

Obwohl das Löbtauer Zuchthausurteil bis weit in die Kreise der Bourgeoisie mißbilligt wurde, brachte es der sächsische Generalstaatsanwalt Dr. Rüger, stellvertretender Bevollmächtigter zum Bundesrat für das Königreich Sachsen, fertig, sich vor Richter und Geschworene zu stellen, indem er erklärte: »Ich glaube, wir alle, die wir für das Wohl unseres Vaterlandes ein Interesse haben, sollten fest daran halten, daß unser Richterstand, eine der festesten Stützen der Rechtsordnung, nicht ohne Noth angegriffen wird, sondern feststellen, daß er im Vertrauen auf den wirksamen Schutz des Staates sein wahrhaft nicht leichtes Amt immer unparteiisch, ohne Rücksicht auf die Person ausübt.«

Worauf das Urteil hinzielte, darüber war man sich klar. Auch wenn man es bestritt wie Generalstaatsanwalt Dr. Rüger und seine Anhänger. In der am 23. Februar 1899 fortgeführten Reichstagsdebatte entfuhr dem bürgerlichen Abgeordneten Roeren das aufschlußreiche Geständnis: »Ich gebe zu, daß das Strafmaß, auf welches erkannt worden ist, ein exorbitantes (übertrieben) ist. Es läßt sich nicht bestreiten, daß in weiten Kreisen der Bevölkerung die Ansicht besteht, daß die Strafzumessung mit durch die Erwägung beeinflußt ist, daß die Angeklagten der sozialdemokratischen Partei angehören und daß mit der hohen Strafe nicht nur das Delikt der Angeklagten, sondern auch die ›Sünden‹ ihrer ganzen Partei getroffen werden sollen.«

Diese Reichstagssitzung wurde zum Gericht für die beamteten grünweißen Justizverbrecher und ihre schwarzweißroten Verteidiger. Der sozialdemokratische Abgeordnete Dr. Gradnauer nahm sich zunächst den Reaktionär vor, der vierundzwanzig Stunden zuvor den Bauarbeitern »versuchten Mord« angedichtet und die sozialdemokratischen Agitatoren und Redakteure als zuchthausreif bezeichnet hatte. Die Rede Dr. Gradnauers wurde zu einem überzeugenden Nachweis dafür, daß die Justiz – übrigens nicht nur in Sachsen – bei gleichem Tatbestand mit zweierlei Maß zu messen gewohnt war. Er erklärte: »Gestern wurde Herrn von Stumm, als er sprach, von unserer Seite entgegengerufen: ›Brüsewitz!‹ Warum ist denn Herr von Stumm auf diesen Brüsewitz nicht einen Augenblick eingegangen? Der Mann hatte ohne den geringsten berechtigten Anlaß einen Menschen mit dem Degen erstochen, zur Strecke gebracht; er ist zu drei Jahren Gefängnis verurteilt und nachher noch begnadigt worden. Da sieht man die ungeheuerlichen Unterschiede in der Rechtsprechung!«

Der Fall Brüsewitz war nicht das einzige Beispiel, das der sozialdemokratische Redner für den unterschiedlichen Ausfall von Urteilen bei annähernd gleichen Straftaten vortragen konnte. Er sagte unter anderem: »Nun möchte ich hier noch einen Fall zum Vergleich heranziehen, der zeigt, wie ungeheuer das Dresdner Urtheil ist, wie es abweicht von allen Gepflogenheiten aller deutschen Gerichte. Das ist ein Fall, der dem Freiherrn von Stumm gar nicht so fern liegt; denn der Fall spielte in Eisleben, in dem Bereiche des verstorbenen Bergrath Leuschner, des intimen Freundes des Herrn Freiherrn von Stumm. Dort allerdings sind es die Parteigenossen des Herrn Freiherrn von Stumm gewesen, welche aufgereizt haben zu Mord und Totschlag. Dort sind Gedichte in dem Hetzblatt ›Der Bergbote‹, einem Blatt, das dem Herrn Leuschner nicht fern stand, erschienen, in denen gesagt wurde: ›Geht hinein in die Versammlungen und verprügelt die Sozialdemokraten!‹ – Wenn also Herr Freiherr von Stumm gestern gesagt hat, die Leute gehörten vor allen Dingen ins Zuchthaus, die außerhalb des Hauses solche Dinge als Agitatoren verursachen, dann hätte er ganz in seiner nächsten Nähe die Leute suchen dürfen, die zu Ausschreitungen aufgereizt haben.

Es war am 31. Mai 1891, da brach eine Schar ›reichstreuer‹ – wie man sagt – Bergleute mit Gewalt in eine sozialdemokratische Versammlung ein. Sie demolierten das Versammlungslokal, schlugen mit Gummischläuchen, Eisenstangen und sonstigen Instrumenten auf die wehrlosen Anwesenden ein, sie mißhandelten und verwundeten sie schwer. Sie kamen deswegen vor Gericht. Da wurden nun diese ›reichstreuen‹ Bergleute und dazu ein auch sicherlich ›reichstreuer‹ Polizeisergeant, der die ganze Sache mitgemacht und angestiftet hatte, insgesamt nicht zu 53 Jahren Zuchthaus und 70 Jahren Ehrverlust, sondern zu zwei Jahren drei Monaten und zehn Wochen Gefängnis verurtheilt. Und es wurde vom Gericht festgestellt, daß vorhergehende Verabredungen zu Gewalttätigkeiten vorlagen!«

Dann wandte sich Dr. Gradnauer den klassenmäßigen Ursachen des Löbtauer Zuchthausurteils zu, als dessen Ergebnis, damals freilich noch nicht erkennbar, einige der Angeklagten im Zuchthaus Waldheim sterben sollten:

»Wir haben festgestellt, daß auf jener Geschworenenbank nur Rentner, Apotheker, Kaufleute, Oberförster, Rittergutsbesitzer saßen, aber kein einziger Mann aus dem sogenannten niederen Volk, kein einziger Arbeiter war auf der Geschworenenbank. Die Zusammensetzung der Geschworenenbank zeigte sich als eine vollständig unzureichende, und wir müssen gerade gegenüber diesen Fällen unsere Forderung aufrechterhalten, daß die Geschworenen wirklich aus dem Volk und nicht nur aus den besitzenden Klassen, einer kleinen Clique des Volkes, erwählt und herausgesiebt werden dürfen. So ist denn dieses furchtbare Urteil zustande gekommen; und ich sage: Wenn Sie dieses Urteil für gerecht und richtig halten, ich halte es für ein Klassenurteil, ich halte es für ein entsetzliches Schandmal der Justiz am Ende des Jahrhunderts.«

Die »Hochverräter« aus dem »Roten Grund«

Knapp sieben Jahrzehnte nach dem Dresdner Maiaufstand von 1849, an dem sich einige hundert Bergarbeiter aus dem Plauenschen Grund beteiligt hatten, macht der »Rote Grund« wieder von sich reden. Es begann damit, daß einige junge Arbeiter im März 1916 den Auftrag erhielten, an einer von Karl Liebknecht angeregten Reichskonferenz der revolutionären Arbeiterjugend teilzunehmen, die am 23. und 24. April 1916 in Jena stattfinden sollte.

»Wir waren von dem Auftrag begeistert«, berichtet Margarete Just, die einige Jahre später einen Genossen, der mit in Jena dabei war, heiratete und dann Lewinsohn hieß. »Wir konnten es kaum erwarten, bis es soweit war. In der Zwischenzeit sparten wir uns jeden Groschen vom Munde ab, um die Eisenbahnfahrt nach Jena bezahlen zu können. Wir tarnten uns als Wandergruppe, und los ging's. Acht junge Genossinnen und Genossen waren wir, die mit der Bahn ihrem Ziel entgegenfuhren. Doch wir stiegen bereits einige Stationen vor Jena aus und wanderten entlang der Saale die restlichen Kilometer bis Jena. Dort führten uns ortskundige

Genossen zur Tagungsstätte, einem Vereinszimmer im Vegetarischen Restaurant. Aus ganz Deutschland waren hier über 40 Delegierte der revolutionären Jugend zusammengekommen, um sich über die weitere politische Arbeit Klarheit zu verschaffen. Wir wußten, daß die kaiserliche Polizei dem Genossen Karl Liebknecht verboten hatte, Berlin zu verlassen. Um so größer war nun unsere Freude, als er den Konferenzsaal betrat. Nun erläuterte er uns die nächsten wichtigen Aufgaben. Um nach Jena zu kommen, hatte er der Berliner Polizei ein Schnippchen geschlagen. Besonders sind uns seine leidenschaftlichen Anklagen gegen die Kriegstreiber und seine Aufforderung in Erinnerung geblieben, alles zu tun, um dem Krieg ein Ende zu bereiten. Karl Liebknecht betonte, daß wir den Kampftag der Arbeiterklasse, den 1. Mai, durch Friedensdemonstrationen wieder zu Ehren bringen müssen. Er werde uns in diesem Kampf vorangehen. Beim Abschied gab Genosse Liebknecht jedem von uns die Hand und nahm uns das Versprechen ab, daß wir den 1. Mai 1916 als Kampftag für die Beendigung des Krieges begehen werden! Er selbst hielt sein Versprechen, wie sich dann herausstellte. Am 1. Mai 1916 sprach er auf dem Potsdamer Platz in Berlin. Auch wir bemühten uns, das gegebene Versprechen einzulösen. Der Plauensche Grund bei Dresden, seit langem ›Roter Grund‹ genannt, hatte seit 1848 eine gute Tradition im Kampf gegen Ausbeutung und Unterdrückung der Arbeiter. Dort führten wir am 1. Mai 1916 in der Nähe des Windberges eine illegale Maifeier im Freien durch.

Ein Jahr später, am 1. Mai 1917, organisierten wir schon eine größere Demonstration durch die Dresdner Straße, das ist die Hauptstraße, die sich durch das heutige Freital hinzieht. Die Polizei trieb uns auseinander, doch wir formierten uns erneut. Als die Polizisten daraufhin verschiedene Demonstranten verhafteten und zur Polizeiwache abführten, folgten wir mit dem Ruf: ›Gebt die Verhafteten frei!‹ Dadurch entstand eine immer größere Menschenansammlung, es wurde – was die Polizei hatte verhindern wollen – eine wirkungsvolle Maidemonstration im ›Roten Grund‹. Da drohte die Polizei zu schießen. Einige junge Genossen stellten sich vor die Gewehre und riefen: ›Schießt doch!‹ Angesichts der immer drohenderen Haltung der Demonstranten mußten die festgenommenen Genossen schließlich freigegeben werden. Nun marschierten wir alle zu unserem Kundgebungsplatz.«

Die Maidemonstration, die Gefangenenbefreiung und noch einige andere Delikte sollten noch ihr gerichtliches Nachspiel haben. Tauchten doch nach dem 1. Mai 1917 in Freital, Dresden und vielen anderen Orten des kaiserlichen Deutschland illegal gedruckte Flugblätter auf, die zum Streik gegen den imperialistischen Krieg aufriefen. Verfaßt von Wella Henker, Karl Plattner und Erich Lewinsohn, versandt von Margarete Just, die darüber folgendes berichtet:

»In dieser Zeit arbeitete ich in der Dresdner Gewerkschaftsbibliothek am damaligen Schützenplatz (heute Fritz-Ebert-Platz) für einen Lohn von 20 Mark pro Woche. Wir wollten unbedingt etwas tun, was viele Menschen aufrüttelt. Und wenig später tauchte überall in Deutschland das Flugblatt auf ›An die Munitionsarbeiter!‹. Genosse Max Hünig in Dresden-Neustadt druckte die Flugblätter, wir klebten sie nachts an, machten auch Päckchen und sandten diese an alle uns bekannten zuverlässigen jungen Genossen in Deutschland. Da hieß es eines Tages: ›Gretel, du mußt uns helfen!‹ In der Bibliothek der Gewerkschaften konnte ich die Flugblätter ungestört fünfzig- und hundertstückweise verpacken. Sie wurden von verschiedenen Postämtern aus mit fingierten Absendern an Deckadressen versandt. Das ging eine Weile gut, dann roch die Kripo irgendwie Lunte und begann mit ihren Nachforschungen. Als die ersten Verhaftungen einsetzten, warnte mich mein späterer Mann. Eines Tages pochte jemand an die verschlossene Büchereitür. Es mag um die Mittagszeit gewesen sein. Ich rührte mich nicht. Die Schritte entfernten sich. Nach geraumer Zeit klopfte es erneut. ›Aufmachen!‹ Diesmal war es eine bekannte Stimme, die Stimme eines Gewerkschaftsangestellten. Er rief: ›Kollegin Just! Machen Sie doch mal auf!‹ Als ich öffnete, standen Kriminalbeamte vor der Tür, die durchwühlten die ganze Bibliothek. Jedes Buch wurde durchgeblättert, sämtliche Notizzettel gelesen, selbst die Asche im Ofen wurde untersucht. Doch sie fanden nichts. Aber dann fiel einem Kriminalbeamten doch ein Postpaketabschnitt in die Hände. Das genügte. Ich wurde verhaftet.«

Es folgten lange Monate Untersuchungshaft. Aber auf dem Transport nach Leipzig, wo die Gruppe vor das Reichsgericht gestellt wurde, erkannte Margarete Just, daß die politischen Aktionen aus der Zeit vor und nach dem 1. Mai 1917 bereits Früchte zu tragen begannen.

»Nach acht Monaten Untersuchungshaft durfte ich das erste Mal wieder ordentlich Luft schnappen. Das war auf dem Wege vom Dresdner Polizeipräsidium zum Hauptbahnhof. Auf dem Hauptbahnhof kam ich in ein D-Zug-Abteil. Die Fenstervorhänge wurden sorgfältig zugezogen und die Tür verschlossen. Jetzt war ich mit dem Kriminalbeamten allein. Immer mehr Menschen stiegen in den Zug ein, denn im vierten Kriegsjahr fuhren nur noch wenige Züge. Ich hörte am Laufen und Rennen auf dem Bahnsteig, daß alle Abteile besetzt waren und viele Menschen in den Gängen standen. Und es kamen immer mehr. Die Eisenbahnbeamten schimpften und forderten zum Zusammenrücken und zum Zurücktreten auf. Mancher Reisende mußte in Dresden zurückbleiben. Dann war Dresden-Neustadt vorbei. Der Zug donnerte Leipzig entgegen. Ich bat meinen Bewacher, doch die Tür aufzuschließen, damit sich einige Fahrgäste setzen könnten. Aber er wollte nicht, denn er hatte Angst, daß ich mit den Leuten reden könnte. Erst als ich ihm versprach, daß ich schweigen würde, schloß er die Abteiltür auf. Inzwischen waren wir nach Riesa gekommen. Neue Fahrgäste strömten in den überfüllten Zug, einige waren froh, daß sie noch einen Sitzplatz erwischten. Zwei Soldaten brachten das Gespräch auf den Krieg und die widersinnige Politik der Regierung in Berlin. Sie schimpften über die lange Dauer und die Brutalität des Krieges. Später fiel auch der Name Liebknecht. Ein Soldat meinte, das sei ein mutiger Mann und einer, der nur zu recht hätte mit der Ablehnung des Krieges. Mein Begleiter stieß mich mit dem Fuß an: ›Halt den Mund‹ hieß das. Und dann sagte er barsch: ›Sieh zum Fenster ’raus!‹, denn er hatte bemerkt, daß ich den Soldaten zuhörte. Das Zuhören konnte mir der Büttel nicht verbieten. Ich war stolz, andere Menschen so über Liebknecht sprechen zu hören. Dadurch erhielt ich die Gewißheit, daß aus den anfangs kriegsbegeisterten Menschen Gegner des Krieges geworden waren.«

Am 30. April 1918 wurde das Urteil gegen Erich Lewinsohn und Genossen verkündet. Erich Lewinsohn, der sich, um die anderen angeklagten Genossen zu entlasten, zur »Rädelsführerschaft« bekannte, erhielt 8 Jahre Zuchthaus wegen »Hoch- und Landesverrat«, Wella Henker, bis zu ihrer Festnahme Vorsitzende des »Dresdner Jugendbildungsvereins«, erhielt zweieinhalb Jahre Zuchthaus, Grete Just 15 Monate Gefängnis.

Wer heute einen Bericht über diesen Prozeß in einer der damals in Dresden erscheinenden Tageszeitungen, etwa im Dresdner Stadtarchiv, sucht, der forscht vergeblich. Kein Bericht findet sich in den alten Jahrgängen des »Dresdner Anzeigers«, der »Dresdner Neuesten Nachrichten«, der »Dresdner Nachrichten« und der sozialdemokratischen »Dresdner Volkszeitung«. Das »hoch- und landesverräterische verbrecherische Treiben der Angeklagten« sollte den schuftenden und hungernden Arbeiterinnen und Arbeitern nicht bekannt werden, hätte die Haltung der Verurteilten doch als der Weg aus dem Kriegselend erkannt und begriffen werden können.

Ein kurzes, aber deutliches Echo auf den Prozeß gegen die »Hochverräter« aus dem »Roten Grund« findet sich nur in der burgfriedensbeflissenen sozialdemokratischen »Dresdner Volkszeitung«. Am 2. Mai 1918, Erich Lewinsohn ist erst zwei Tage vorher verurteilt, veröffentlicht das Blatt der sozialdemokratischen Durchhaltepolitiker, die mit dem Kaiser und seinen Generalen durch dick und dünn gehen, unter der Überschrift »Deutsches Reich« und »Agenten des feindlichen Auslandes« folgende niederträchtige Notiz: »Das Oberkommando der Marken hat folgende Bekanntmachung erlassen: 3000 Mark Belohnung. Unsere Feinde sind am Werk, im deutschen Volke Unzufriedenheit und Zwietracht zu erregen. Deutschland soll um die Früchte seiner mit großen Opfern an Gut und Blut errungenen Erfolge gebracht werden. Selbstverständliche Pflicht eines jeden Deutschen ist es, zur Entlarvung solcher Agenten im feindlichen Dienste beizutragen. Sie betreiben im Gewande bürgerlicher Biedermänner, ja auch in feldgrauer Maske ihr hochverräterisches Handwerk. Wer einen solchen Verbrecher zur Strafverfolgung bringt, erhält obige Belohnung.«

Und die Redaktion des sozialdemokratischen Blattes versieht diesen Aufruf zur Denunziation der Vernünftigen im Lande mit dem Kommentar: »Agenten des feindlichen Auslandes sind Personen, die absichtlich ... die Verteidigung des Deutschen Reiches zu schädigen suchen. Solche Personen sind Lumpen und verdienen keinen Pardon.«

Tags darauf, am 3. Mai 1918, die in Leipzig verurteilten Kriegsgegner warten noch auf ihren Abtransport oder befinden sich bereits auf dem Wege ins Zuchthaus, kommt es in der II. Kammer des Sächsischen Landtages zu einer Debatte, in der der Abgeordnete Seeger (Unabh. Soz.) »darauf hinweist, daß die Sterblichkeit der Anstaltsinsassen (der zu Zuchthaus und Gefängnis Verurteilten – W. F.) infolge der Unterernährung sehr gestiegen ist. Nach den Mitteilungen eines Gewährsmannes, der 1916 in der Landesanstalt Zwikkau eine Freiheitsstrafe zu verbüßen hatte, war die Ernährung so mangelhaft, daß in der betreffenden Abteilung die Insassen aus Hunger den Schuhkleister wiederholt aufgegessen haben. Als die Anstaltsleitung dahinterkam, sei diesem Schuhkleister viel Soda zugesetzt worden, um ein Verzehren zu verhindern, trotzdem sei der Schuhkleister wieder gegessen worden. Wie groß der Hunger der Insassen gewesen sein müsse, beweise, daß auf den Boden heruntergefallene Reste noch aufgeleckt worden seien.«

Am 5. Mai 1918, das Schandurteil gegen Erich Lewinsohn und Genossen hat sich in und um Freital herumgesprochen, bringt die »Dresdner Volkszeitung« unter der Überschrift »Achtung auf böswillige Schwätzer« eine neue Aufforderung, jeden, der über das Urteil spricht, der Polizei und damit der Justiz zu denunzieren. »Durch im Lande herumziehende Händler (ein ungeschickter und lügnerischer Vorwand – W. F.) werden besonders auch in ländlichen Gastwirtschaften allerlei unwahre und aufreizende Gerüchte über stattgefundene Unruhen usw. verbreitet. Wer einen solchen unverantwortlichen Schwätzer antrifft, möge ihn möglichst zur Feststellung des Namens anhalten lassen. Insbesondere werden auch die Wirte um ihre Mithilfe gebeten, damit den gefährlichen Verbreitern von Schauergerüchten, die jeder Grundlage entbehren, das Handwerk gelegt werden kann.«

Sechs Monate später fegt die Novemberrevolution, die von

den »Hochverrätern« aus dem »Roten Grund« auf ihre Weise mit vorbereitet wurde, die kaiserliche Regierung hinweg und befreit die Gegner imperialistischer Eroberungssucht aus den Kerkern.

Sieben Jahre unschuldig im Zuchthaus

Vier von acht Kindern des Landarbeiters Hoelz sterben im frühesten Kindesalter. Unter den Geschwistern, die am Leben bleiben, ist der 1889 geborene Max. Er muß sich schon während der Schuljahre auf den Wiesen der Elbniederung bei Riesa als Hütejunge sein Stück Brot verdienen. Nach der Schulentlassung wird er Jungknecht bei einem Bauern. Eines Tages, man dachte noch nicht an den Ausbruch des ersten Weltkrieges, ist der Junge plötzlich verschwunden. Von Baden-Baden schreibt er nach Hause, er arbeite »in einem Hotel als Silberputzer, um sich das Geld für die Überfahrt nach England zu verdienen«. In England angelangt, fand er Arbeit und besuchte eine technische Abendschule. Das Geld für das dringend benötigte Reißzeug brachte er jedoch nicht zusammen. Der Vater, der in der Ziegelei acht bis zehn Mark je Woche verdient, kauft das Reißzeug und schickt es dem Sohn. Ins kaiserliche Deutschland zurückgekehrt, arbeitet Max Hoelz zunächst als Hausbursche, dann als Techniker bei Siemens & Halske in Berlin. Der Betrieb schickt den intelligenten jungen Mann auf Montage.

Bei Kriegsausbruch 1914 meldet sich Max Hoelz freiwillig, wird angenommen und macht den Krieg bis 1918 im Westen und im Osten mit. Zwar bringt er das Eiserne Kreuz II. Klasse und eine Verwundung, die mit 20 Prozent Kriegsbeschädigtenrente »belohnt« wird, mit nach Hause, aber der Glaube seiner Jugend an Gott, Kaiser und Vaterland ist während der Materialschlachten im Westen der Einsicht gewichen, daß es nicht süß und ehrenvoll ist, für das Vaterland zu sterben.

Die sozialdemokratischen Burgfriedensprediger und Kaisersozialisten der vier Kriegsjahre lehnt er ab. Seine Sympathie gilt den Linken um Liebknecht, Luxemburg und Mehring und dem Bekenntnis: Proletarier aller Länder, vereinigt euch! – zum Sturz der Kriegsgewinnler und Ausbeuter.

15000 Bewohner hat das vogtländische Falkenstein, in das Max Hoelz Ende 1918 kommt. 5000 Arbeiter sind dort arbeitslos. Die Spitzen- und Gardinenfabriken stehen still. Rohstoffmangel. Aber einer kleinen Oberschicht Besitzender fehlt es an nichts. Sie können bezahlen, was die Schleichhändler auf dem schwarzen Markt verlangen. Max Hoelz geißelt die Schmarotzer in einer Arbeitslosenversammlung und wird zum Vorsitzenden des Arbeitslosenrats gewählt. Seine erste Handlung: Er führt die Arbeitslosen – obwohl Demonstrationsverbot besteht – vor das Rathaus, holt den Bürgermeister heraus, dem er die erfrorenen Zehen der Frauen und Kinder zeigt, die sie sich beim Anstehen nach den spärlichen Lebensmittelrationen geholt haben. Zwei Stunden lang muß der Bürgermeister mit den Arbeitslosen demonstrieren, dann wird er ins Rathaus zurückgeschickt. Das ist »Landfriedensbruch«. Auch für die sozialdemokratischen Minister. Reichswehr marschiert in das »aufständische Falkenstein« ein, wird durch die Menge entwaffnet und nach Hause geschickt. Ein Steckbrief ergeht gegen Hoelz.

Die Landesregierung in Dresden ist ratlos. Sie läßt, um die Unruhe zu dämpfen, die Unterstützungen um ein paar Pfennige erhöhen. Die Arbeitslosen erhalten billiges Feuerholz aus den staatlichen Forsten. Hoelz räumt die Lager der Schleichhändler aus und läßt die beschlagnahmten Lebensmittel vom Ernährungsamt an Kranke und Wöchnerinnen verteilen. All das sind Eigenmächtigkeiten, die von der Staatsanwaltschaft Plauen mit einem neuen Steckbrief beantwortet werden. Auf die Ergreifung von Max Hoelz werden jetzt 3000 Mark Belohnung ausgesetzt. Hoelz muß untertauchen. Ein Jahr hält er sich bei Freunden verborgen, da ruft der reaktionäre Generallandschaftsdirektor Kapp im März 1920 die »nationale Revolution« aus. Das Unternehmen ist der Versuch, von den reaktionärsten Gruppen der Monopolherren und Junker inspiriert, die wenigen Errungenschaften, die sich die Arbeiter in der Novemberrevolution 1918 erkämpft haben, zu liquidieren. Aber es kommt anders. Die Konterrevolution wird binnen drei Tagen von den Arbeitern durch den Generalstreik weggefegt. Kapp flieht ins Ausland.

Gegen Hoelz, der die Arbeiter im Vogtland bewaffnet hat, werden Tausende von Reichswehrsoldaten in Marsch gesetzt. Hoelz geht über die Grenze in die benachbarte ČSR. Die Landesregierung in Dresden fordert in Prag seine Auslieferung an die deutsche Justiz. Prag betrachtet Hoelz jedoch als politischen Flüchtling und lehnt das unberechtigte Ansinnen ab.

Aber Hoelz geht von selbst zurück nach Deutschland. Er ist mit den wissenschaftlichen Erkenntnissen des Marxismus-Leninismus nicht vertraut und gerät daher auf anarchistische und linkssektiererische Abwege. Seine Aktionen, in der Zeit unternommen, in der er illegal lebt, schaden der Arbeiterbewegung mehr, als sie nützen.

Das Jahr 1921 kommt. Im März streiken die Arbeiter der Leuna-Werke um höheren Lohn und bessere Arbeitsbedingungen. Der sozialdemokratische Oberpräsident der Provinz Sachsen, Hörsing, setzt mehrere Hundertschaften schwerbewaffneter Polizei ein, die brutal gegen die streikenden Arbeiter vorgehen. Die Arbeiter setzen sich zur Wehr. In Eisleben, in Hettstedt, in Mansfeld kommt es zum offenen Kampf, an dem sich auch Max Hoelz mit einer Gruppe der schnell gebildeten Arbeiterwehr beteiligt. Während der zehn Tage des Mitteldeutschen Aufstandes kommt es zu jenem Ereignis, für das Max Hoelz dann unschuldig zu lebenslangem Zuchthaus verurteilt wird. Er soll, wie es später in Anklage und Urteil heißt, während der Märzkämpfe den Gutsbesitzer Heß in Roitzsch bei Halle erschossen haben.

Noch ist es nicht soweit. Erst kommt das bittere Ende des Mitteldeutschen Aufstandes mit dem letzten Gefecht bei Beesenstedt, über das es im offiziellen Regierungsbericht heißt: »Die von zwei Seiten gestellten Banden verloren ihre gesamte Gefechtsbagage (31 Fahrzeuge) sowie 5 Maschinengewehre, 6 Maschinengewehrpistolen, 150 Gewehre, einen Lastkraftwagen und zwei leichte Minenwerfer. Der Gegner verlor 18 Tote und 9 Gefangene. Auch hier hatte Hoelz persönlich geführt. Eine Anzahl Aufrührer entkam ...«

Unter den der Rache der Reichswehrsoldateska entgangenen Flüchtlingen befand sich auch Max Hoelz. Er wurde aber schon am 16. April 1921 in Berlin erkannt und festgenommen. Am selben Tag hängt am Schwarzen Brett des Berlin-Moabiter Gerichtsgebäudes eine Bekanntmachung der Staatsanwaltschaft, die dann auch in der Presse veröffentlicht wird: »Max Hoelz festgenommen! 50000 Mark Belohnung für aufklärende Mitteilungen, die zu einer Verurteilung führen ...«

Die Reichswehrgenerale nutzten die Gelegenheit, um mit Hoelz abzurechnen. Sie hatten Hoelz' Aktionen bei der Niederschlagung des Kapp-Putsches und all das, was vorher und nachher geschehen war, nicht vergessen. Hoelz, den die bürgerliche Presse fälschlich zum »führenden Mann der Kommunisten« gemacht hatte, sollte zum gemeinen Mörder, wenn möglich sogar zum Raubmörder gestempelt werden. Das war der Sinn des Prozesses, der dann kam. Ein bürgerlicher Rechtsanwalt, Dr. Frey, der die Bekanntmachung vom 16. April 1921 gelesen hatte, schildert mehr als drei Jahrzehnte später, weshalb die 50000 Mark Belohnung ausgesetzt wurden:

»Max Hoelz war (nach geltendem bürgerlichem Recht – W. F.) ein Hochverräter. Er hatte den Landesfrieden gebrochen, hatte gegen das Sprengstoffgesetz und ... zig andere Gesetze verstoßen. Um ihn zu verurteilen, brauchte es keines weiteren Beweises. Wozu also dann noch die 50000 Mark Belohnung? Die Antwort auf diese Frage gab mir das Protokoll der Gerichtsverhandlung gegen Max Hoelz. Die Verhandlung fand vor einem Sondergericht des Reiches in Berlin-Moabit statt. Vom Beginn der Verhandlung an stand es fest, daß man Max Hoelz nicht als Hochverräter aus politischer Überzeugung treffen wollte, sondern als gemeinen Mörder, als Totschläger. Auf die Anzeige hin meldete sich die Witwe des Gutsbesitzers, Frau Alice Heß aus Roitzsch bei Halle. Ihr Mann war von Hoelz-Leuten erschossen worden, als sie auf seinem Hof Mäntel für die frierende Truppe requirieren wollten. Max Hoelz war mit auf dem Gutshof gewesen. Er nahm die Verantwortung für den Tod des Gutsbesitzers auf sich. Aber er bestritt, daß er geschossen habe. Er behauptete, er habe gerufen: ›Nicht schießen!‹ Im Zimmer des Staatsanwalts Jäger trat Frau Alice Heß dem Hoelz gegenüber. Sie schlug den schwarzen Witwenschleier zurück, wies auf Hoelz und schluchzte krampfhaft: ›Das ist der Mörder meines Mannes!‹ Der Staatsanwalt beruhigte die Witwe.

Er ließ sie sich niedersetzen. Max Hoelz mußte im Zimmer herumlaufen, mußte sprechen, damit die Witwe seine Stimme hörte. Über eine halbe Stunde betrachtete die Frau Max Hoelz. Dann sagte sie: ›Ich kann nicht sagen, daß Hoelz auf meinen Mann geschossen hat.‹

Das war am 7. Mai 1921. Vier Wochen später, vor dem Kriminalgericht, sagt dieselbe Frau: ›Ich habe gesehen, wie Hoelz die Waffe wegsteckte, mit der er meinen Mann erschossen hat ...‹ Die Zeugin war umgefallen. Vergeblich erbietet sich der erfahrenste Berliner Kriminalist, Kriminalrat Dr. Kopp vom Polizeipräsidium, die Unmöglichkeit der Täterschaft des Hoelz zu beweisen. Staatsanwalt und Gericht lehnen das Gutachten ab.

Hoelz wird zu lebenslangem Zuchthaus verurteilt. Er war ein Hochverräter (nach bürgerlicher Auffassung), ein Räuber, ein Sprengstoffattentäter – aber kein gemeiner Mörder. Doch als solcher war er verurteilt worden.

Als Jurist war ich der Meinung, daß Max Hoelz Unrecht geschehen war. Ich teilte Dr. Kurt Rosenfelder mit, daß ein Wiederaufnahmeantrag in Sachen Max Hoelz meiner Meinung nach Aussicht auf Erfolg hätte. Beim Oberreichsanwalt Dr. Ebermayer wurde Wiederaufnahme beantragt. Der Oberreichsanwalt lehnte ab. Sechs Jahre später erst wurde die Akte Hoelz wieder hervorgeholt. Da fand sich nämlich der Mann, der den tödlichen Schuß auf den Gutsbesitzer Heß abgegeben hatte. Man verhörte ihn und ließ ihn laufen. Er wurde nicht verurteilt. Max Hoelz wurde im Juli 1928 aus dem Zuchthaus entlassen. Unter den Männern, die sich für ihn eingesetzt hatten, waren Thomas und Heinrich Mann, Albert Einstein, Stefan Zweig und Rudolf Binding ...«

Die Freilassung Max Hoelz' war vor allem den unermüdlichen Aktionen der revolutionären Arbeiter, ihrer Partei, der »Roten Hilfe« und der linken Arbeiterpresse zu verdanken. Vorbildlich verhielt sich die »Arbeiter-Illustrierte-Zeitung« (AIZ), die ständig über die Forderung auf Freilassung von Max Hoelz berichtete. So brachte sie in Heft 23, Jahrgang 1927, einen Beitrag von Egon Erwin Kisch, überschrieben »Der Bergmann Erich Friehe«, aus dem wir auszugsweise zitieren:

»Vor mehr als dreiviertel Jahren wurde in dem Kreis von

Menschen, die entschlossen waren, von der im Fall Max Hoelz aufgeführten Justizkomödie nunmehr mit allen Mitteln den Schleier abzureißen, die entschlossen waren, die Öffentlichkeit über die Verleumdung aufzuklären, mit der das unhaltbare Urteil vorbereitet worden war, die Tatsache bekannt, daß ein Arbeiter (Friehe) den Totschlag an dem Gutsbesitzer Heß begangen habe, die Tat, die als Vorwand gedient hatte, um den Revolutionär Max Hoelz lebenslänglich ins Zuchthaus zu sperren. Wir erfuhren, daß der wahre Täter, der bereits wegen des Mitteldeutschen Aufstandes verurteilt gewesen war, seine Tat wiederholt zugegeben habe, aber alle Freunde, an die er sich bis dahin gewandt, hatten ihm geraten, er möge stillschweigen, da er wohl sich ins Unglück stürzen, Max Hoelz jedoch nicht retten könne ...

Im September (1926 – W. F.) kam nun der Bergmann Erich Friehe, und binnen wenigen Minuten mußten wir erkennen, daß in seine Aussagen niemand auch nur den geringsten Zweifel setzen könne. Mit Naivität, Rückhaltlosigkeit, Ehrlichkeit, besorgt um das Schicksal seiner jungen Frau und seines sechs Monate alten Kindes, aber doch bereit, alle Folgen auf sich zu nehmen, erzählte er alles.

Er gehörte im März 1921 zu dem Stoßtrupp der aufständischen Arbeiter im Mansfeldischen, war nach der Belagerung von Eisleben gefangen und von Sipos mißhandelt worden und nachher wieder zu den Arbeitern gekommen. Auf dem Weg von Landsberg waren sie an dem Hof des Gutsbesitzers Heß von Roitzschgen vorbeigekommen, der als Führer der Kappisten in der ganzen Gegend verhaßt war. Als die Arbeiter hier Mäntel fassen wollten, benahm sich der Gutsherr sehr hochfahrend, und Friehe sah, wie er in seine Tasche faßte, um einen Revolver zu ziehen. Friehe feuerte nun aus seinem Karabiner auf den Gutsbesitzer – der erste Schuß, der fiel. Einen Hund, der anschlug, schoß Friehe nieder. Als der verwundete Heß neuerlich Anstalten machte, seine Waffe zu ziehen, forderte Friehe den neben ihm stehenden (inzwischen im Zuchthaus ›durch einen Unfall‹ ums Leben gekommenen) Günther auf, den Heß zu erschießen. Von der Hofmauer fielen mehrere Schüsse, den letzten gab Friehe selbst ab. Max Hoelz war während des ganzen Vorfalls, der nur wenige Sekunden gedauert hatte, im Hause gewesen, um mit zwei oder drei Rotgardisten nach Mänteln zu suchen. Als er die Treppe herunterkam und die Detonationen hörte, rief er: ›Nicht schießen!‹ und schlug auch dem Friehe, der sinnlos weiterfeuern wollte, auf den Arm …

Obschon die Behörden sonst mit einem Aufgebot von kriminalistischen Neuerungen jeden eines Mordes entfernt Verdächtigen aufspüren und zu fassen suchen, wurde der Bergmann Erich Friehe acht Monate lang weder von der Polizei noch vom Gericht vernommen. Nur seine Nachbarschaft wurde von Spitzeln überlaufen, die gern etwas Nachteiliges über ihn erfahren wollten – damit man seine Verhaftung unterlassen könne mit der abfälligen Behauptung, er sei ein ›übelbeleumdetes Individuum‹ oder so etwas ›und deshalb sei seiner Selbstbeschuldigung, er habe ein Verbrechen begangen, kein Glauben beizumessen‹.

Daran, daß ausgerechnet Max Hoelz den Totschlag auf Gut Roitzschgen verursacht und verübt habe, hat schon bei der Verhandlung nicht einmal der Staatsanwalt geglaubt, als er von einem ›dunklen und zweifelhaften Fall‹ sprechen mußte. Als die Veröffentlichungen über Friehe erschienen, gab das Reichswehrministerium eine Erklärung an die Presse heraus, die eventuelle Aufklärung des Falles Heß würde nicht ausreichen, um Hoelz aus dem Zuchthaus zu entlassen, da er auch wegen anderer Delikte verurteilt worden sei. Dieser offiziöse Versuch, einen Wiederaufnahme-Antrag im vorhinein zu vereiteln, ist um so hanebüchener, als sich die ganze Voruntersuchung und der ganze Prozeß fast nur um den Totschlag auf Roitzschgen drehte und das Urteil kaum von etwas anderem spricht als von diesem Vorfall, dessen ›eventuelle Aufklärung‹ plötzlich, da sich alles aufzuklären droht, als unwichtig dekretiert wird.«

Wenige Monate nach diesem Beitrag Egon Erwin Kischs läßt die »AIZ« den Rechtsanwalt Dr. Alfred Apfel mit einem Beitrag »Der Fall Hoelz« zu Wort kommen.

Dort heißt es über den Zeugen Uebe, der seinerzeit Max Hoelz belastet hat: »In den Jahren 1924 und 1925 hat Uebe, der inzwischen aus dem Zuchthaus entlassen worden war, sich mit einigen Arbeiterführern in Halle ausgesprochen und zu erkennen gegeben, daß er von größten Gewissensbissen geplagt sei und daß er glaube, sich geirrt zu haben. Uebe benannte dann gegenüber Vertrauensleuten der KPD Erich Friehe als den mutmaßlichen Täter. Nach einiger Zeit wurde der Aufenthaltsort Erich Friehes erkundigt, und eines Tages stand Uebe gemeinsam mit dem Redakteur Dombrowski vor Erich Friehe, der dann noch einmal unumwunden zugab, daß er der Täter sei, und seine Bereitwilligkeit erklärte, dem Verlangen Uebes nachzukommen und den Behörden entsprechende Mitteilungen zu machen.

Zum Schlusse mag noch darauf hingewiesen werden, daß die Abfassung des Antrages auf Wiederaufnahme des Prozesses Hoelz keineswegs vom Geständnis Friehes abhängig ist. Wenn auch unumwunden zugegeben werden muß, daß durch Friehes Verhalten die Rechtslage wesentlich erleichtert worden ist, so ist doch auch das sonst vorliegende Material zum Beweise der Unschuld von Max Hoelz so groß und einleuchtend, daß an einem Erfolg nicht gezweifelt werden kann.«

Die bürgerliche Klassenjustiz, die wenige Jahre später so bereitwillig Hitlers Blutrichter stellte, scheute ein Wiederaufnahmeverfahren. Doch der Kampf der KPD für die Freilassung der politischen Gefangenen brachte Max Hoelz am 18. Juli 1928 die Freiheit. Ein Jahr noch sprach er in Versammlungen der »Roten Hilfe« und trat für die Freilassung aller politischen Gefangenen der Weimarer Republik ein. Dann folgte er einer Einladung der KPdSU und fuhr in die Sowjetunion, um sich dort im Studium das theoretische Wissen anzueignen, dessen Fehlen bei ihm, wie er unumwunden zugab, zu Fehlern geführt hatte. Mitten aus dieser Arbeit riß ihn 1933 bei einer Bootsfahrt auf der Wolga der Tod.

Der blutige Sonnabend in Freiberg

»In Freiberg sind viele gefallen, in Freiberg floß Arbeiterblut ...«, so beginnt ein mehr als fünfzig Jahre altes Arbeiterlied. Es entstand nach dem 27. Oktober 1923 als Anklage gegen ein militärisches Verbrechen, dem im ehemaligen Zentrum des sächsischen Silberbergbaus mehr als 30 Menschen zum Opfer fielen.

Der Dollarkurs steht an jenem Tag auf 65 Milliarden

Mark. 2 Milliarden Mark kostet ein Kubikmeter Gas. 4000 Arbeitslose gibt es in Freiberg, die Frau und Kinder zu ernähren haben. Diese Familien und die in der Stadt wohnenden zahlreichen Altersrentner und Fürsorgeempfänger nagen am Hungertuch. Das Papiergeld ihrer Arbeitslosen-, Krisen- und »Wohlfahrtsfürsorge«-Unterstützungen, das am Zahltag gerade für das Allernotwendigste an Lebensmitteln reicht, ist am nächsten Tag schon um die Hälfte im »Wert« gesunken. Die Inflation galoppiert. Sie ist, hier wie überall im Lande, Mittel und Methode des Finanzkapitals, die Kosten des verlorenen ersten Weltkrieges auf die werktätigen Menschen abzuwälzen. Aber so ohne weiteres geht das nicht. Die arbeitenden Massen begehren auf.

Um sie »im Zaum zu halten«, hat Generalleutnant Müller, der Kommandeur der 4. Infanteriedivision in Dresden, am 27. Oktober 1923 den Ausnahmezustand über Sachsen verhängt, dazu allerdings »gnädig« verkündet: »Die Regierung und die Behörden bleiben in Wirksamkeit.« Das heißt, bis zum 27. Oktober 1923; anderntags nämlich wird sie, erst zwei Wochen zuvor aus Sozialdemokraten und Kommunisten gebildet, aus dem Amt gejagt, von der Reichswehr, die am 19. Oktober in Sachsen einmarschiert ist. Das geschieht auf Grund einer Verordnung des sozialdemokratischen Reichspräsidenten Friedrich Ebert, der sich auch damit als beflissener Diener des kapitalistischen Systems erweist.

Vorsorglich gibt Generalleutnant Müller, kurz bevor er Dr. Zeigner und dessen Ministerkollegen von Reichswehrkommandos aus ihrem Amt entfernen läßt, am 25. Oktober 1923 folgende Warnung an die Presse: »Die Reichswehr ist keine Polizei, die alle Möglichkeiten des Verhandelns, Zuredens und Nachgebens erschöpft, ehe sie einschreitet. Die Reichswehr ist die letzte und schärfste Waffe, über die die Reichsregierung verfügt.« Offensichtlich sollen die Arbeiter damit gewarnt werden, gegen die beabsichtigte Absetzung der sächsischen Arbeiterregierung zu demonstrieren.

Der Freiberger Standortälteste, Oberstleutnant Streccius, und sein Offiziersklüngel, denen durch Generalleutnant Müllers Ausnahmeverordnung »die Rechte von Polizeibeamten und Hilfsbeamten der Staatsanwaltschaft verliehen« worden sind, zeigen zwei Tage später, was sie darunter verstehen und verstehen sollten. Der 27. Oktober 1923 ist ein Sonnabend und Freiberger Markttag. In Freiberg ist, entgegen dem in der Ausnahmeverordnung verkündeten Streikverbot, der Generalstreik ausgerufen. Warum das so ist, liest man in der sozialdemokratischen »Freiberger Volkszeitung« vom 27. Oktober: »Gestern vormittag um 10 Uhr haben die Betriebsräte zu den Vorkommnissen (der vorhergehenden Tage – W. F.) in Freiberg – Verhalten der Reichswehr, erhöhte Ernährungsschwierigkeiten, verursacht durch massenhaftes Aufkaufen der Lebensmittel durch die Reichswehr – Stellung genommen. Vor allem das provozierende rücksichtslose Vorgehen der Reichswehr hat dazu geführt, daß einstimmig der Generalstreik beschlossen wurde. Er tritt heute (am 27. Oktober – W. F.) in Kraft.«

Streccius, der schon 1919 als Freikorpsführer im Baltikum zum Massenmörder wurde, beschließt auf den Generalstreikbeschluß, der »roten Meute« zu zeigen, wer »Herr im Hause« ist, hat er doch schon vier Wochen zuvor, genau am 30. September, den »roten Mob« gewarnt. »Jeder muß sich darüber klar sein, daß mit dem Einsatz der Reichswehr die Notwendigkeit, von der Schußwaffe Gebrauch zu machen, jederzeit gegeben sein kann.« Streccius reibt sich die Hände: Der erste Tag des Generalstreiks beginnt ausgerechnet am Tag des Freiberger Wochenmarktes, an dem Besucher aus der Stadt und aus den umliegenden Dörfern die schändliche Lüge ermöglichen, es sei »gegen das in der Ausnahmeverordnung verkündete Versammlungsverbot unter freiem Himmel verstoßen worden«. Streccius brauchte eine »verbotene Versammlung unter freiem Himmel«, zu der er das Gewimmel der Menschen in den Straßen der Stadt deklarieren würde, nachdem seine Provokateure für einen Auflauf an einer bestimmten Stelle gesorgt hätten. Und so startet er die Provokation, die ihm die »Versammlung unter freiem Himmel« verschafft.

Vor und im Arbeiterlokal »Union« erscheint ein Reichswehrkommando, das nach Waffen und Sprengstoff sucht. Gefunden wird nichts. Doch die »Polizeiaktion« des Reichswehrkommandos hat Neugierige angelockt. Es ist ein Auflauf, keineswegs eine von Arbeiterseite geplante geordnete Demonstration. Aber Streccius, von vier Beobachtern in

Reichswehruniform vom Postamt aus verständigt, daß sie sich von der Menge, die sie auspfeift, »bedroht fühlen«, hat endlich seine »verbotene Versammlung unter freiem Himmel«, den Vorwand für die angekündigte »Notwendigkeit, von der Schußwaffe Gebrauch zu machen«. Wenige Minuten später, Beweis dafür, daß das Mordkommando längst vergattert ist, prescht ein Reichswehr-LKW heran und hält inmitten der Menge. In einem ersten internen Untersuchungsbericht, der am nächsten Tag an das Innenministerium abgeht, heißt es: »Das Standortkommando hat einen Stoßtrupp in Stärke von etwa 16 Mann, mit Maschinengewehr ausgerüstet, auf Lastkraftwagen dorthin gesandt, um die vier Soldaten aus ihrer bedrängten Lage zu befreien und die Menge zu zerstreuen. Als die Reichswehr vor der Post erschienen ist, ist der Lastkraftwagen sofort von der Menge umringt und den Soldaten gegenüber eine drohende Haltung eingenommen worden.«

Heute weiß man, daß sich in dem »Stoßtrupp« des Feldwebels Fülfe mindestens zwei der brutalen Söldner der Schwarzen Reichswehr befanden: ein gewisser Marschner, 17 Jahre alt, der sich vierzehn Tage zuvor erst der Reichswehr zur Verfügung gestellt, und der Schütze Zimmermann, 18 Jahre alt, der es bis zum 27. Oktober 1923 erst auf sage und schreibe sechs Tage Dienstzeit gebracht hatte. In diesen wenigen Tagen waren sie in der Freiberger Kaserne verhetzt und auf den Straßenkampf gegen das »rote Gesindel« getrimmt worden. Feldwebel Fülfe springt vom Wagen, mitten in die Menge, die den LKW umsteht. Die Soldaten, die ihm folgen, schaffen sich Platz, indem sie mit dem Gewehrkolben zuschlagen. Die Empörung macht sich in Schimpfworten Luft. Ein Jahr später ist in der Anklageschrift gegen zehn der am Auflauf beteiligten Arbeiter zu lesen: »In diesem Augenblick höchster Gefahr gab der auf dem Kraftwagen befindliche Obergefreite Schubert den Feuerbefehl.«

Das Maschinengewehr hämmert los. Die Uhr zeigt 16 Uhr 45. Vierzehn Tote liegen auf der Fahrbahn und auf dem Bürgersteig vor dem Eckhaus Schillerstraße/Bismarckplatz. Ein von empörten Zeugen der Mordtat schnell herbeigeholter Fotograf namens Vollmer fotografiert die Ermordeten. Eine zweite Aufnahme zu machen gelingt Vollmer nicht. Die Uhrzeiger sind inzwischen auf 17 Uhr 10 gerückt, da taucht von der Reichswehrkaserne her in der Schillerstraße erneut eine Reichswehrabteilung auf, zu Fuß, die ganze Straßenbreite einnehmend. Der zweite Sekretär des Metallarbeiterverbandes in Freiberg, Paul Flach, sagt darüber ein Jahr später vor dem Sonderuntersuchungsausschuß aus: »Ich bin langsam an der Schillerstraße (in Richtung zur Reichswehrkaserne – W. F.) hochgelaufen. Plötzlich sah ich vor mir halblinks Reichswehr anmarschiert kommen, und zwar gefechtsmäßig. Die Gruppe marschierte in Reihen von vier Mann. Das vorderste Glied hatte aber fünf Mann, weil in der Mitte der leichte Maschinengewehrschütze marschierte. Ungefähr acht oder zehn Meter dahinter kam das zweite Glied mit zwei Schritt seitlichem Abstand von Mann zu Mann. So standen die Glieder bis zum Albertpark. Ich nehme an, daß auf der Schillerstraße mindestens eine Kompanie eingesetzt ist. Es waren mindestens hundert Mann ...«

Paul Flach, der nach seiner militärischen Ausbildung (vor 1914) bis zum Ende des ersten Weltkrieges Soldat war, fuhr dann fort: »Als die Reichswehr in meine Höhe gekommen war, kam das Kommando ›Stellung!‹. Als das Kommando ›Feuer!‹ erscholl, wurde sofort geschossen. Die Menge stob rückwärts auseinander. An der Straßenkreuzung schwang ein Sanitäter die Rote-Kreuz-Flagge, und ich sah auch einen Fotoapparat an der Ecke stehen. Danach trat eine Feuerpause ein. Die Schützen hatten ihre Patronen verschossen, und nur das Maschinengewehr schoß weiter.«

Streccius und seine Hintermänner hatten weitere 8 Menschen ermorden lassen, darunter den Sanitäter, der sich eben noch um die Verwundeten des ersten Feuerüberfalls bemüht hatte. Einige Schwerverletzte starben in den folgenden Tagen. »Gerechtfertigt« wurde das zweite Massaker später von dem Führer der zweiten Reichswehrabteilung, Oberleutnant Lohde, mit der Behauptung, »auf der Straße sei mit einem Maschinengewehr auf seine Abteilung geschossen worden«. Lohde lügt dazu: »Als sich meine Abteilung bis an die MG-Stellung herangearbeitet hatte, ist das MG verschwunden und vermutlich in das nächste Haus und von dort weiter weggebracht worden.« Bei dem »MG der roten Banditen«

handelte es sich um den auf einem dreibeinigen Holzstativ montierten Fotoapparat von Vollmer, der zur »Rechtfertigung« des Arbeitermordes einfach in eine »automatische Schußwaffe« umgelogen wurde.

Im Jahre 1924 begannen die Prozesse gegen zahlreiche Arbeiter und Funktionäre der Arbeiterparteien in Sachsen, bei denen – soweit es um die Ereignisse in Freiberg ging – die Führer der Reichswehrmordkommandos als Zeugen (!), nicht aber als Angeklagte auftraten. Die Angeklagten wurden wegen »Landfriedensbruch« zu hohen Gefängnisstrafen verurteilt. »Im gleichen Jahr«, heißt es in einem Bericht, »ereilt Nemesis, die Göttin der gerechten Vergeltung, jenen Generalleutnant Müller, der im Herbst 1923 mit der Verordnung über den Ausnahmezustand dem Freiberger Standortältesten Oberstleutnant Streccius das Mittel in die Hand gab, militärischen Terror gegen die friedlichen Einwohner der Bergstadt an der Mulde auszuüben.« Ein verirrtes Geschoß aus einem Maschinengewehr durchschlägt auf dem Truppenübungsplatz Jüterbog die Halsschlagader des Generalleutnants, der, ehe ihn ärztliche Hilfe retten kann, verblutet.

Der Brezelmann und die »Bierleiche«

Am 19. September 1927 fanden die Leser in den Dresdner Tageszeitungen eine fettgedruckte Notiz unter der Überschrift »Erstochen«. Ihr Wortlaut: »In der Nacht zum Sonnabend gegen Mitternacht wurde in Altstriesen am Eingang des Prinzengäßchens der 19 Jahre alte Klempner Werner Reinkober von hier mit einer schweren Stichwunde im Unterleib von Straßenpassanten aufgefunden. Reinkober, der noch bei vollem Bewußtsein war, gab an, von unbekannten Personen angerempelt und gestochen worden zu sein. Er wurde nach dem Krankenhaus Dresden-Johannstadt gebracht, wo er nach der erfolgten Operation verstorben ist.«

Die Feuerwalze des anglo-amerikanischen Luftangriffs ist am 13. Februar 1945 über den Tatort und seine engere und weitere Umgebung hinweggefegt. Alles ist ausgelöscht, was an die Bluttat im Prinzengäßchen erinnern könnte. An die

Stelle der vierstöckigen Mietskasernen, die einst hier gestanden haben, sind neue, helle Wohnbauten getreten.

Mehr als fünfzig Jahre sind seit dem nächtlichen Ereignis vergangen, da erzählt mir der fast fünfundsiebzigjährige Rudi Seufert: »Ich verkehrte damals, wie viele Genossen, im Restaurant ›Zur Erdkugel‹ an der Markgraf-Heinrich-Straße, die an das Prinzengäßchen anschließt. Da kommt nachts gegen zwölf der Brezelmann 'rein und sagt: ›Von euch liegt einer stockbesoffen dort draußen, im Prinzengäßchen!‹ Daraufhin gehn wir 'raus. Da liegt doch tatsächlich einer wie tot. Der Martin Zieschang sagt: ›Ich geh' Wasser holen. Davon wird er schon wieder munter!‹ Kurz darauf kommt der Zieschang wieder und gießt dem anscheinend Betrunkenen das Wasser über den Kopf. Der war aber bewußtlos, kam kurz zu sich und jammerte: ›Mein Bauch, mein Bauch!‹ Martin knöpft ihm Hose und Jacke auf, zieht das Hemd hoch und sieht weiter nichts als Blut. Der Wirt von der ›Erdkugel‹ hat die Polizei und das Krankenhaus angerufen. Die kamen bald. Die vom Krankenauto sagten: ›Da wird nichts mehr!‹ Na, und dann ging die Suche nach dem Täter los.«

Hier und da läßt die Erinnerung den alten Seufert im Stich, aber eins weiß er noch bestimmt, der Brezelmann hat die Polizei auf die richtige Spur gebracht: »Später, der Erstochene ist längst im Krankenhaus, kommt der Brezelmann wieder in die ›Erdkugel‹, und wir erzählen ihm, was mit seiner ›Bierleiche‹ los war. Da sagt er: ›Was! Da weiß ich, wer das war!‹ Der Gastwirt hat gleich die Polizei angerufen. Und da hat es sich herausgestellt. In dem Moment, wo der Brezelmann dort vorbeigekommen ist, hat einer von den beiden Unbekannten ein Streichholz angezündet, und der Brezelmann hat den Sohn vom Baumeister Meise erkannt. Dadurch ist es möglich gewesen, den jungen Meise und den anderen, den Mörder, den Hänel, festzustellen. Die beiden wurden verhaftet.«

Und so konnte man am 23. September 1927 »Zur Bluttat im Prinzengäßchen in Altstriesen« in den »Dresdner Nachrichten« lesen: »Diese entsetzliche feige Tat bildet unausgesetzt den Gegenstand lebhafter Erörterungen. Was zunächst die Person des erstochenen neunzehnjährigen Klempners Werner Reinkober anbelangt, so ist dieser der Sohn eines in der Wormser Straße wohnhaften und im Gaswerk Reick beschäftigten Beamten. Der junge Reinkober war bei der Firma Anti-Rost, Stange & Co., in Dresden-Plauen beschäftigt, wo er sich allgemeiner Beliebtheit erfreute. Am Dienstag erfolgte im Landgerichtsgebäude am Münchner Platz die gerichtsärztliche Sektion der Leiche, zu der die beiden Täter, Hänel und Meise, vorgeführt wurden. Martin Hänel, ein 23 Jahre alter Gerbergehilfe, und Otte Meise, ein 28 Jahre alter Lagerist. Beide sind in Blasewitz beziehungsweise Striesen wohnhaft. Hänel, der den tödlichen Stich geführt und als Rohling Polizei und Gericht bereits mehrfach beschäftigt hat, mußte sich erst am 22. Juli dieses Jahres wegen eines ganz üblen nächtlichen Vorgangs auf dem Schillerplatz im Stadtteil Blasewitz verantworten, und zwar wegen groben Unfugs, Ruhestörung, Widerstandes und Beamtenbeleidigung. Hänel wurde in dieser Sache zu 350 Reichsmark Geldstrafe verurteilt.«

Der alte Seufert war als einer von 30 Zeugen zu dem Prozeß geladen. Und er erinnert sich nach so vielen Jahren noch heute genau. »Die beiden, der Hänel und der Meise, hatten Geld, die Eltern waren wohlhabende Leute. Die konnten sich gerissene Rechtsanwälte leisten. Der Vater von Hänel hatte eine Lederwarenfabrik in der Pillnitzer Straße, die der Sohn später übernehmen sollte, und der Vater von Meise war Baumeister. Als die beiden den Reinkober niedergestochen hatten, brannte keine Gaslaterne mehr. Die Leute, die dort wohnten, hatten ausgesagt, daß die Laterne bis in die Nacht hinein gebrannt hatte. Die Laterne muß von beiden ausgemacht worden sein, um die Tat im wahrsten Sinne des Wortes zu verdunkeln, denn die wußten ja nicht, ob Reinkober sie kennt und wie lange er noch leben würde.«

Der Brezelverkäufer, der half, den Mörder zu ermitteln, hieß Thieme. Er ging vom zeitigen Abend bis in die späte Nacht seinem ambulanten Gewerbe nach. Die weiße Schürze vorgebunden, am ledernen Tragriemen den Korb aus hellem, sauberem Weidengeflecht, lief er von Lokal zu Lokal. In der »Erdkugel«, dem Lokal der KPD, bot er regelmäßig seine Salzbrezeln und Salzstangen an. Den »Artushof«, das heutige »Ostrava«, besuchte er, obwohl er wegen der damals dort verkehrenden »feinen Leute« nicht gern gesehen war, den »Krenkel-Hof« in der Krenkelstraße, die »Sachsenklause« an der Bergmannstraße und viele andere mehr.

Es dauerte fast drei Monate, bis der Strafprozeß stattfand. Nach dem Eröffnungsbeschluß hat sich im September 1927 folgendes ereignet: »Der am 11. Mai 1908 geborene, in Striesen bei seinen Eltern in der Wormser Straße 19 wohnhafte Bauklempner Werner Reinkober hatte in den Abendstunden des 18. September 1927 mit einigen Bekannten in der Schandauer Straße eine Lichtspiel-Nachtvorstellung besucht, die erst nach 12 Uhr zu Ende war. An der Ecke Bergmann- und Schandauer Straße verabschiedete sich Reinkober, der völlig nüchtern war. Die Bekannten waren der Steindrucker Walter Wittig, der Maschinenbauer Gerhard Berger, der Schlosser Martin Zieschang und der Bauarbeiter Halang, sämtlich in der dortigen Gegend wohnhaft. Reinkober ging nach dem Prinzengäßchen, das die Verbindung nach Altstriesen und der Markgraf-Heinrich-Straße bildet. Nur wenige Minuten nach der Trennung Reinkobers von seinen Bekannten sah Geschäftsführer Slotta, der mit zwei Freunden im Auto vorbeifuhr, einen Mann im Prinzengäßchen daherkommen, der auffällig schwankte, dann aber unweit vom Auto zu Boden fiel. Slotta kümmerte sich aber nicht weiter darum, er war der Meinung, es sei ein Betrunkener, der den Heimweg schon wieder finden werde. Unmittelbar darauf kam der Backwarenhändler Paul Thieme jene Gasse entlang, sah gleichfalls den scheinbar Betrunkenen mit dem Gesicht auf dem Boden liegend und teilte dies dem Schankwirt ›Zur Erdkugel‹ mit. Dieser und einige andere Personen stellten alsbald fest, daß es Reinkober war. Letzterer erklärte, daß er infolge eines Stichs in den Unterleib schwer verletzt worden sei; er machte auch einige Angaben darüber, wie es dazu gekommen sei. Dann fiel der junge Mann in Bewußtlosigkeit. In einem sofort herbeigerufenen Krankenauto der Feuerwehr wurde der Verletzte nach dem Johannstädter Krankenhaus überführt, wo Dr. med. Böhringer alsbald zur Operation schritt; doch war dieser Eingriff bereits zu spät; Reinkober verstarb an den Folgen des erhaltenen Stichs. Auch dem

Arzt hatte er vor seinem Ableben einige Angaben machen können. Danach war er von zwei ihm unbekannten jungen Männern angerempelt und ohne jeden Grund in den Unterleib gestochen worden. Die von der Staatsanwaltschaft angeordnete Sektion der Leiche ergab, daß der Dolchstoß sehr tief geführt worden war, an zwei Stellen die Leber verletzt und die Bauchschlagader durchstoßen hatte, was tödlich wirken mußte.«

Der Gerichtssachverständige bestätigte, daß der Stoß mit großer Gewalt geführt worden war.

Von ihren Verteidigern beraten, verfolgten die beiden Schläger die Taktik, den ermordeten Reinkober als den Angreifer hinzustellen. Meise war bald nach seiner Festnahme wieder entlassen worden, da er »den tödlichen Stich nicht geführt hatte«. Im Gerichtsbericht der bürgerlichen »Dresdner Nachrichten« heißt es: »Hänel leugnete anfangs, gab aber später zu, im Prinzengäßchen blindlings drauflosgestochen zu haben. Anlaß dazu hätten ein Wortwechsel und eine Schlägerei gegeben. Hänel wollte auch so betrunken gewesen sein, daß er sich an nichts mehr erinnern könne. Der Lagerist Meise wollte überhaupt nichts wahrgenommen haben. Hänel besann sich später in der Untersuchungshaft und kam dann mit der Darstellung, nach der er sich in einer Verteidigungsstellung befunden habe. Dies erscheint aber unglaubhaft, denn Reinkober wird als ein sehr ruhiger Mensch bezeichnet, der nie streitsüchtig gewesen und den beiden größeren und stärkeren Männern gegenüber unmöglich als Angreifer aufgetreten sein kann. Hänel ist schon mehrfach mit Polizeibeamten und anderen Personen zusammengestoßen. Und aus diesen Strafprozessen ergab sich ein recht unerfreuliches Bild. Seine Handlungsweise war nach keiner Richtung zu entschuldigen.«

Hänel, von seinem Rechtsanwalt entsprechend beraten, gab nun vor Gericht an, im Prinzengäßchen »habe zunächst Meise einen Zusammenstoß mit Reinkober gehabt, der dann gegen sie beide drohend vorgegangen sei. Weil es im Prinzengäßchen dunkel sei, weil Meise oftmals etwas angezettelt und ihn dann im Stich gelassen habe, hätte er sein Messer hervorgebracht und vor sich hingehalten. Reinkober sei in das Messer hineingegangen. Seine früheren Angaben, daß er blindlings losgestochen, habe er vor dem Untersuchungsrichter widerrufen. Daß bei diesem Zusammentreffen Reinkober verletzt worden sein könnte, will er nicht für möglich gehalten haben. Erst nach seiner im elterlichen Geschäft erfolgten Festnahme und bei Vorhalten im Polizeipräsidium sei ihm richtig zum Bewußtsein gekommen, was in der Nacht geschehen sei.« Und auch Meise spielt nunmehr den Harmlosen. Er tritt im Prozeß gegen Hänel sogar als Zeuge auf, wird zwar nicht vereidigt, erklärt aber mit frecher Stirn: »Der Angeklagte Hänel ist mir seit zwei Jahren bekannt. Ein Messer habe ich bei ihm nicht gesehen, ich kann darüber keine Angaben machen.«

Martin Hänel, der sich bei anderer Gelegenheit auf der Polizeiwache in Dresden-Strehlen auf seine Boxerausbildung berufen und getobt hatte, er »sei Fabrikbesitzerssohn, und wenn es tausend Mark koste, er könne es bezahlen«, wurde nicht zu den vom Staatsanwalt beantragten 4 Jahren Gefängnis, sondern zu 2 Jahren 9 Monaten Gefängnis wegen Körperverletzung mit Todesfolge verurteilt.

Am 14. Dezember 1927 schrieb die »Dresdner Volkszeitung« in einer abschließenden Bemerkung: »Das Urteil wird allgemein zu milde empfunden werden. Ein Menschenleben ist brutal und völlig grundlos vernichtet worden. Es ist ein bedrückender Gedanke, daß eine solche grauenhafte Tat mit 2 Jahren 9 Monaten Gefängnis gesühnt und ein so hemmungsloser und geradezu gemeingefährlicher Mensch nicht für längere Zeit unschädlich gemacht werden, sondern nach knapp drei Jahren wieder frei umhergehen soll, mit einem Dolch in der Tasche, fähig, blindlings draufloszustechen, wenn ihm ein Unbekannter, dem er zufällig begegnet, nicht in weitem Bogen ausweicht.«

Einige Jahre später werden Hänel und Meise Mitglieder der faschistischen SA. Während des zweiten Weltkrieges werden sie zur faschistischen Wehrmacht eingezogen. Es läßt sich denken, wie diese Totschläger in fremden Ländern gehaust haben mögen.

Der Tod des Schlosserlehrlings Höhl

Wie wenig das Leben eines arbeitenden Menschen in der Weimarer Republik, zehn Jahre nach der Novemberrevolution, galt, zeigt auch ein Prozeß vor dem Schwurgericht in Dresden, der am 19. Dezember 1928 begann. Angeklagt wegen Körperverletzung mit Todesfolge war der am 26. Dezember 1890 geborene, zur Tatzeit also 38 Jahre alte Schlossermeister Emil Georg Polei aus Pirna-Copitz. Er wurde beschuldigt, »am 3. Oktober 1928 zu Pirna den seit Ostern 1927 bei ihm beschäftigten Schlosserlehrling Walter Höhl vorsätzlich körperlich mißhandelt und dadurch dessen Tod herbeigeführt zu haben«.

Nun waren Lehrlingsmißhandlungen in jener Zeit etwas Alltägliches. Hier aber ging es um ein besonders brutales Roheitsdelikt. In dem Eröffnungsbeschluß hieß es, »der Lehrling Walter Höhl sei an dem erwähnten Tage von einer Ölkanne, die der Angeklagte Polei nach ihm warf, am Kopf getroffen worden, wobei ihm die Mündung der Spritzkanne in den Schädel gedrungen sei. An der erlittenen Verletzung sei Höhl am 11. Oktober 1928 verstorben.«

Zur Person vernommen, erging sich der Angeklagte, der die Volks- und Gewerbeschule besucht, bei seinem Vater das Schlosserhandwerk erlernt hatte und während des Weltkriegs 1914/18 Soldat war, ausführlich und unter verständnisvollem und wohlwollendem Nicken der Richter und Geschworenen über die Strapazen und Gefahren seiner Militärzeit. Nachdem er berichtet hatte, wie er nach dem Ableben seines Vaters mit dem Bruder die väterliche Schlosserei übernommen und sie – wie er sagte – rechtschaffen weitergeführt habe, kam er zu der Tat vom 3. Oktober 1928, die er jedoch in einem ganz anderen Lichte darzustellen versuchte. »Ich habe«, so begann er stockend, »an jenem 3. Oktober gearbeitet und dabei bemerkt, daß die Schere, die Höhl bediente, etwas schwer ging. Das wurde auch von Höhl auf meine Frage bejaht. Deshalb sagte ich dem Lehrling, er soll die beweglichen Teile der Maschine mal ölen. Höhl brachte einen Napf mit verschmutztem Öl. Das wäre aber nur geeignet gewesen, die Schere zu beschädigen. Ich habe dem Höhl daraufhin gesagt: ›Du bist schon das zweite Jahr in der Lehre! Wie kannst du dich da unterstehen, verschmutztes Öl verwenden zu wollen!‹ Dabei gab ich ihm über die Maschine hinweg eine Kopfnuß, wobei ihm die Mütze herunterfiel.«

Bei der als harmlos hingestellten »Kopfnuß« handelte es sich um eine mit derber Hand verabreichte kräftige Ohrfeige. Das stellte sich später heraus, als die Zeugen vernommen wurden. Doch zurück zur Schilderung der Tat, die Polei verständlicherweise vor Gericht zu bagatellisieren versuchte. »Nun bemerkte ich«, so Polei, »daß Höhl weder seine Mütze aufhob und wieder aufsetzte, noch daß er die richtige Ölkanne mit sauberem Öl holte. Um ihm die richtige Kanne zu zeigen, holte ich die Kanne selbst und wollte sie ihm vor die Füße werfen. Dabei ist sie mir aus den Fingern gerutscht, weil meine Hand ölig war. Die Kanne muß durch den Schwerpunkt eine Drehung erhalten haben und ist dadurch dem Lehrling an den Kopf geflogen. Ich sprang, als er umfiel, sofort zu ihm hin und zog ihm die Mündung der Ölkanne, die in seinem Kopf steckte, heraus. Dann hob ich ihn auf und habe ihn in einen Nebenraum getragen. Dort setzte ich ihn auf einen Stuhl. Ich habe den Lehrling nicht treffen und nicht verletzen wollen, aber Höhl war von schwerem Begriff.«

Der von Polei durch einen gezielten Wurf mit der Ölkanne getötete Lehrling war Waise. Er war während des ersten Weltkrieges und in der Nachkriegszeit herangewachsen. 14 Jahre alt, trat er Ostern 1927 seine Lehre bei Schlossermeister Polei an. Auf die Frage, ob der Angeklagte den Lehrling Höhl auch bei anderer Gelegenheit geschlagen oder sonst mißhandelt habe, antwortete der große und athletisch gebaute Schlossermeister dem Gerichtsvorsitzenden: »Wenn ich mal geschlagen habe, dann nicht ohne Grund. Es ist wohl bei allen Meistern so üblich, daß mal eine Ohrfeige gegeben wird.«

Polei beschäftigte außer dem getöteten Lehrling Höhl noch zwei Lehrlinge. Einer der Lehrlinge sagte als Zeuge aus: »Höhl hat sich vor dem Meister gefürchtet, weil der rasch dabei war, einem eine zu langen. Höhl hat immer gemacht, was ihm der Meister gesagt hat, er war nicht widerborstig. Er war ein williger und manierlicher Mensch. Bloß, er war etwas kurzsichtig, und dadurch war er manchmal ein bißchen ungeschickt. Deshalb wurde er von dem Meister oft geschlagen.«

Der andere Lehrling als Zeuge: »Ich war an dem Tage, als das mit Höhl passierte, in der Werkstatt. Ich habe von meinem Platz an der Werkbank gesehen, wie die Ölkanne dem Lehrling Höhl an die linke Seite des Kopfes flog und wie Höhl darauf zusammenbrach. Der Meister ist gleich zum Höhl hingesprungen, hat sich neben ihn gekniet und gesagt: ›Mensch, was habe ich da bloß gemacht!‹«

Natürlich hatte Poleis Verteidiger eine Anzahl Zeugen laden lassen, die dem Angeklagten einen guten Leumund bescheinigen sollten, über den Hergang der Tat aber nichts aussagen konnten.

Das Gutachten, das der Gerichtsarzt Dr. Oppe an Hand des Sektionsbefundes erstattete, belastete den Angeklagten schwer. Es hieß da: »Der Getötete war ein Mensch von schwächlicher Konstitution. Sein Schädeldach, das dem Gericht vorliegt, ist durch die Ausgußmündung der Ölkanne schußartig durchbohrt worden, ebenso das Gehirn in mehreren Zentimetern Tiefe in Form eines Schußkanals. Die Verletzung war so schwer, daß sie zum Tode führen mußte. Für das Werfen der schweren Ölkanne war eine besondere Kraftanstrengung erforderlich. Es ist mit hoher Wahrscheinlichkeit anzunehmen, daß es sich bei der Tat um einen gezielten Wurf gehandelt hat.«

Damit waren die Worte des Angeklagten, er habe nicht nach Höhl gezielt, widerlegt, zumal sich auch der zweite Sachverständige, Dr. Köckel aus Leipzig, dem Gutachten des Gerichtsarztes Dr. Oppe anschloß. Beide Gutachter stellten ferner fest: »Der Angeklagte ist körperlich und geistig gesund. Er kann nicht als leicht oder krankhaft erregbar betrachtet werden. Das schließt die Anwendung des Paragraphen 51 des Strafgesetzbuches aus. Der Angeklagte ist für seine Tat voll verantwortlich.«

Es schien hiernach schlecht um den Schlossermeister Polei zu stehen, zumal auch der Staatsanwalt in seinem Schlußwort die Schuld des Angeklagten für erwiesen hielt. Aber gleich darauf erklärte er, das Ergebnis der Beweisaufnahme ignorierend: »Der Angeklagte ist Teilnehmer des Weltkrieges von 1914 bis 1918. Eine Militärstrafe liegt aus dieser Zeit nicht vor. Man muß dem Angeklagten zugute halten, daß er durch das Verhalten des Lehrlings Höhl erregt und gereizt war. Der Paragraph 226 des Strafgesetzbuches sieht für Körperverletzung mit Todesfolge an sich als Mindeststrafe Zuchthaus- oder Gefängnisstrafe nicht unter drei Jahren vor. Ich plädiere jedoch auf mildernde Umstände und beantrage, den Angeklagten zu einer Gefängnisstrafe von 1 Jahr 6 Monaten zu verurteilen. Bei meinem Strafantrag berücksichtige ich, daß der Angeklagte einen derart gefährlichen Gegenstand wie die Ölkanne nach Höhl schleuderte und damit als Meister einen unverständlichen Mangel an Selbstzucht zeigte. Er hat die Pflicht des Lehrherrn, für das Wohl der Anbefohlenen zu sorgen, gröblich vernachlässigt.«

Der Ausgang des Prozesses, bei dem sich Staatsanwalt und Gericht über die Paragraphen des Strafgesetzbuches hinwegsetzten, indem sie den Tod des Lehrlings als eine Art Betriebsunfall auslegten, wurde von der Bevölkerung mit großem Interesse erwartet. Man forderte die strenge Bestrafung des Totschlägers. Aber es kam anders. Am zweiten Tag der Verhandlung wurde das Urteil verkündet, in dem es hieß: »Der Angeklagte Polei wird wegen Körperverletzung mit Todesfolge zu sieben Monaten Gefängnis verurteilt.« Und in der Urteils»begründung« hieß es entgegen dem Ergebnis der Beweisaufnahme: »Daß der Angeklagte gerade auf den Kopf Höhles zielte, erscheint dem Gericht nicht für erwiesen. Die Tötung ist ein unglücklicher Zufall gewesen, und der Ablauf der Dinge war nicht voraussehbar. Andererseits hat der Angeklagte sich als Lehrherr nicht in den erforderlichen Grenzen gehalten, sondern seinem Jähzorn freien Lauf gelassen. Daher mußte das Gericht den Angeklagten zu einer Gefängnisstrafe von sieben Monaten verurteilen.«

Die in Dresden erscheinende Tageszeitung der KPD »Arbeiterstimme« hatte bereits vor Beginn des Prozesses gegen den Lehrlingsschinder geschrieben: »Es heißt: ›Lehrjahre sind keine Herrenjahre!‹ Dieser Grundsatz ist das Freibillett für die schrankenlose Ausbeutung der arbeitenden Jugend. Die Arbeiterpresse muß immer wieder krasse Fälle (von Lehrlingsmißhandlungen – W. F.) an den Pranger bringen. Oft kommt die Justiz der ›freiesten Republik‹ und schützt den Unternehmer.«

Nicht die Mörder, die Ermordeten sind schuldig

Am 5. Mai 1929 tappte der Briefträger die ausgetretenen Steinstufen des Treppenhauses einer Mietskaserne in der Berliner Straße zu Dresden hinauf und händigte einer älteren Frau ein amtliches Schreiben aus. In diesem Schreiben, das für den Untermieter der Wohnungsinhaberin bestimmt war, hieß es:

»Beschluß in der Strafsache wider den Redakteur Bruno Goldhammer und Genossen.

Wegen hochverräterischen Unternehmens und Vergehens nach dem Republikschutzgesetz wird hiermit auf Antrag der Staatsanwaltschaft Dresden die Beschlagnahme des Hauptblattes Nr. 101 der in Dresden erscheinenden ›Arbeiterstimme‹ vom 2. Mai 1929 verfügt.

In einem mit ›Barrikaden in Berlin‹ und ›Blutschuld Zörgiebels‹ überschriebenen Artikel heißt es unter anderem: ›Die Arbeiter errichteten an verschiedenen Stellen Barrikaden. Die Arbeiterklasse muß sich mit den heldenmütigen Maidemonstranten solidarisch erklären. Nieder mit der Koalitionsregierung, die das Blutbad am 1. Mai angezettelt und verschuldet hat.‹

Der Hinweis auf die Barrikadenerrichtung in Berlin am 1. Mai 1929, der bewaffnete Widerstand gegen die Polizei und die Bezeichnung dieser Handlungen als mutige Tat beweisen, daß nicht legale Mittel, sondern Gewalt das vorgezeichnete Ziel erkämpfen sollen. Ferner wird in demselben Artikel die Aufforderung an die Öffentlichkeit gebracht: ›Nieder mit der Koalitionsregierung‹.

Hierin liegt die öffentliche Behauptung einer Tatsache, die geeignet ist, die Mitglieder der verfassungsmäßigen Reichsregierung, auf die der Artikel abzielt, durch Hinweis auf ihre Schuld an den schlimmen Vorkommnissen in Berlin am 1. Mai 1929 herabzuwürdigen, was um so schwerer wiegt, als die Unwahrheit dieser Behauptung bereits dadurch dargetan ist, daß tagelang vor den Vorkommnissen in Berliner kommunistischen Kreisen die bekannt gewordene Absicht bestanden hat, blutige Zusammenstöße mit der Polizei herbeizuführen und Tote zu schaffen. (Vergehen nach Paragraph 8 Ziffer 1 des Gesetzes zum Schutze der Republik vom 21. Juli 1922, RGBl. S. 585ff.)

Da das erwähnte Hauptblatt der Nummer 101 der ›Arbeiterstimme‹ vom 2. Mai 1929 dieserhalb der Einziehung unterliegt und auch als Beweismaterial für die begangenen Straftaten von Bedeutung ist, rechtfertigt sich die verfügte Maßnahme.«

Die Redaktion der »Arbeiterstimme« trat noch am 6. Mai 1929 diesem Akt der Justizwillkür mutig entgegen und schrieb: »Die Entwicklung der Kämpfe und die Enthüllungen über die Vorbereitungen der Polizeimaßnahmen gegen das Berliner Proletariat haben gezeigt, daß das, was die ›Arbeiterstimme‹ brachte, absolut den Tatsachen entspricht. Selbst die bürgerliche Presse muß zugeben, daß die Polizeigarden Zörgiebels wie Bestien gehaust haben. Die Anführung in dem Beschluß des Amtsgerichts, daß durch den Artikel auch Mitglieder der ›verfassungsmäßigen Reichsregierung‹ mit an dem Blutbade als Schuldige bezeichnet werden, kann durch noch so schöne Formulierungen und Dementis nicht aus der Welt geschafft werden. Die Reichsregierung hatte es in der Hand, das Demonstrationsverbot Zörgiebels aufzuheben. Das tat sie nicht, und darum hat sie sich mitschuldig gemacht an jenem Verbrechen, das in Berlin verübt wurde.«

Das ging an die Adresse der Mitglieder der bürgerlich-sozialdemokratischen Koalitionsregierung und ihres sozialdemokratischen Aushängeschilds Reichskanzler Hermann Müller, die allesamt die politischen und ökonomischen Klasseninteressen der Monopol- und Konzernherren wahrnahmen, wobei die rechten Sozialdemokraten immer tiefer in den Sumpf des Opportunismus und des Verrats an der eigenen Klasse gerieten, in deren Interesse sie angeblich in die Regierung eingetreten waren. In einer Zeit, in der die Arbeiter diese Rolle der rechten sozialdemokratischen Führer immer mehr begriffen und deshalb immer stärker zur KPD drängten, mußte ein 1. Mai unter den revolutionären Fahnen der KPD, unter der Fahne Marx', Engels', Bebels, Mehrings, Liebknechts, Luxemburgs und Thälmanns, auf die Müller und Co., die ihren Frieden mit der Bourgeoisie gemacht hatten und deren Geschäfte besorgten, wie das rote Tuch auf den Stier wirken.

Aber was da im Jahre 1929 und danach Anlaß für die ständige gerichtliche Verfolgung kommunistischer Journalisten und für die Knebelung kommunistischer Zeitungen war, die Verbreitung der Wahrheit über die Hintergründe und Hintermänner des Verbots der Berliner Maikundgebung durch den sozialdemokratischen Polizeipräsidenten Zörgiebel, ist inzwischen durch die Geschichte unanfechtbar bestätigt.

Es ist eine der trübsten Seiten der schändlichen Rolle angeblicher Arbeitervertreter in der Reichsregierung, die nach einem Wort Lenins zu »Agenten der Bourgeoisie im Lager der Arbeiterklasse« geworden waren. Der 1. Mai 1929 war dafür ein drastischer Beweis.

Fast 200000 Arbeiter waren dem Maiaufruf der KPD in Berlin gefolgt und gingen auf die Straße, weil sie sich dieses Recht nicht nehmen lassen wollten und konnten. Sie waren unbewaffnet, und erst nachdem die Polizei eines sozialdemokratischen Polizeipräsidenten Zörgiebel auf sie schoß, begannen sie den Bau von Barrikaden, um den motorisierten Polizeischlägern einen Wall entgegenzusetzen. Die »Rote Fahne«, das Zentralorgan der KPD, hatte sich noch am 30. April 1929 mit einem Aufruf an die in Berlin konzentrierten Polizeiverbände gewandt, in dem sie mahnend schrieb: »Wir, die Kommunisten, sagen euch, den Beamten, daß die klassenbewußten Arbeiter, die morgen unter den Fahnen der kommunistischen Partei auf die Straße gehen werden, kein Interesse an Zusammenstößen haben; an euch ist es, zu zeigen, daß auch ihr keine willenlosen Instrumente der Offiziere seid. Schießt nicht!«

Aber die herrschende Klasse wollte in Berlin einen Präzedenzfall schaffen. Ihre rechten sozialdemokratischen Handlanger sollten die Probe aufs Exempel machen, wie weit man gehen könne. In keiner anderen Stadt der Weimarer Republik waren die Maiaufmärsche, zu denen die KPD aufgerufen hatte, verboten worden. In Berlin jedoch standen 13000 Polizisten bereit, der Arbeiterklasse ihr vor Jahrzehnten erkämpftes Recht auf die Straße streitig zu machen. Die bürgerlichen und sozialdemokratischen Zeitungen, von der großbürgerlichen »Morgenpost« bis zum sozialdemokratischen »Vorwärts«, hatten sich schon Tage vor dem 1. Mai in der Veröffentlichung antikommunistischer Verleumdungen gegenseitig zu überbieten versucht; zum Beispiel hieß es, »die KPD plane Überfälle auf sozialdemokratische Maikundgebungen«.

Die Saat dieser antikommunistischen Hetze ging in den Mittagsstunden des 1. Mai blutig auf. Entmenschte Polizisten schossen auf Befehl ihrer gewissenlosen Offiziere in Ansammlungen von Demonstranten und in eine friedliche Versammlung der Berliner Rohrleger, die – 3000 an der Zahl – in »Kliems Festsälen« zusammengekommen waren, um den Weltfeiertag zu begehen.

31 Werktätige starben, getroffen von den Kugeln der Polizeibeamten. Mehrere hundert Berliner wurden verhaftet, um ihnen den Prozeß wegen »Landfriedensbruch« zu machen. Die »Rote Fahne«, die sich eben noch mit einer ernsten Mahnung an die Polizeibeamten gewandt hatte und nun wahrheitsgemäß über das Wüten der Polizei berichtete und die Schuldigen an dem Blutbad, die im Berliner Polizeipräsidium, im preußischen Innenministerium und in der Reichsregierung saßen, an den Pranger stellte, wurde auf sieben Wochen verboten. Es war das Vorspiel einer Verfolgungswelle, die nun überall gegen die Tageszeitungen der KPD auch in den Ländern einsetzte. Der Prozeß gegen den Redakteur der »Arbeiterstimme« war nur ein Teil dieser terroristischen Maßnahmen, die heuchlerisch mit den Paragraphen des einst angeblich gegen reaktionäre und faschistische Mordbanditen geschaffenen »Gesetzes zum Schutze der Republik« bemäntelt wurden.

Aber lange bevor es zum Prozeß gegen Bruno Goldhammer kam, in dem er vor das Reichsgericht in Leipzig gezerrt wurde, nahm sich eine Anzahl aufrechter bürgerlicher Demokraten, Schriftsteller und Gelehrten in einem unmittelbar nach dem blutigen 1. Mai gegründeten »Ausschuß zur Untersuchung der Berliner Maivorgänge« der Sache der KPD und der Maidemonstranten an. Dem Ausschuß gehörten so hervorragende Geistesschaffende wie Alfons Goldschmidt, Egon Erwin Kisch, Heinrich Mann, Carl von Ossietzky, Herwarth Walden, Alfred Döblin und Stefan Großmann an, Männer, die wenige Jahre später von Hitler als »ehrlos« erklärt und denen die deutsche Staatsbürgerschaft aberkannt wurde. Insofern war der 1. Mai 1929 ein unübersehbares Vorspiel für das Jahr 1933, in dem die Weimarer Republik dem Faschismus offen ausgeliefert wurde.

Noch war es nicht soweit, daß die Stimme der Wahrheit völlig unterdrückt und zum Schweigen gebracht werden konnte. In dem Bericht des Ausschusses heißt es, nachdem in einem fundierten Rückblick auf die Geschichte des 1. Mai bewiesen worden war, auch »die Sozialdemokratie habe sich in der Wilhelminischen Ära das Recht auf die Straße am 1. Mai nicht streitig machen lassen«, der sozialdemokratische »Vorwärts« habe reichlich zwanzig Jahre zuvor, im Jahr 1908, geschrieben: »Aus den proletarischen Quartieren Berlins strömten die Massen zusammen, anfangs in kleinen Trupps, die sich in den Straßen sammelten und später zu Scharen anschwollen. Zahlreiche Demonstrationszüge, die aus Tausenden und Hunderttausenden bestanden, bewegten sich durch die Straßen. Das Proletariat hat sich die Straße erobert, und es wird sich dieses Recht nicht wieder nehmen lassen!«

Das war der sozialdemokratische »Vorwärts« im Jahre 1908! In dem Bericht des Ausschusses heißt es dann weiter: »Das Proletariat war an diesem 1. Mai 1929 genauso berechtigt zu demonstrieren wie alle Jahre vorher; denn alle Gründe, sowohl die sozialen wie die wirtschaftlichen, die früher vorhanden waren und zum 1. Mai vorgebracht wurden vom Proletariat, sie haben auch vor diesem 1. Mai des Jahres 1929 bestanden und werden weiter bestehen. Wenn wir nun die Frage stellen, ob die Polizei berechtigt war, trotzdem das Demonstrationsverbot zu verhängen, so müssen wir diese Frage selbstverständlich verneinen. Dieses Recht bestreitet der Ausschuß Herrn Zörgiebel. Die Kommunistische Partei hat keine Toten gewollt und hat die Arbeiterschaft nicht bewaffnet für Zusammenstöße. Die Kommunistische Partei ist also nicht die Schuldige für die Toten des 1. Mai. Das ist unsere feste und freie Überzeugung, und deshalb müssen wir die Schuld an diesen Unmenschlichkeiten des furchtbaren Blutmai 1929 Herrn Zörgiebel zuschieben.«

Das Ergebnis dieser in Berlin öffentlich durchgeführten Untersuchung des Ausschusses war für die Reichsregierung mit ihrem sozialdemokratischen Reichskanzler Hermann

Müller, für den sozialdemokratischen Polizeipräsidenten Zörgiebel sowie für deren großbürgerliche Hintermänner vernichtend. Aber dieser Schuldspruch durfte nicht wahr sein. Nicht die Mörder, sondern die Ermordeten mußten zu Schuldigen gemacht werden. Deshalb stand der Kommunist Bruno Goldhammer ein knappes Jahr nach dem Berliner Blutmai, im April 1930, vor den Schranken des Reichsgerichts in Leipzig.

Vier Jahrzehnte danach berichtet uns der ehemalige Redakteur der »Arbeiterstimme« über Prozeßführung und Urteil: »Die Verhandlung gegen mich fand vormittags 9 Uhr im hohen holzgetäfelten Saal des 4. Strafsenats des Reichsgerichts in Leipzig statt. Den Vorsitz hatte Reichsgerichtspräsident Dr. Bünger. Mein Anwalt, der mich vertrat, war Dr. Rolf Helm, der damals als Stadtverordneter der KPD im Dresdner Stadtparlament tätig war und nach 1945 als Leiter der Volksrichterschule im Land Sachsen sowie als Generalstaatsanwalt bekannt wurde.

Reichsgerichtspräsident Dr. Bünger wußte wohl, daß der Kommunist, der als Angeklagter vor ihm stand, der eigentliche Ankläger und im Recht war. Übrigens war der Vater meines Anwalts, der gutbürgerliche alte Dresdner Justizrat Dr. Helm, dem Reichsgerichtspräsidenten sehr gut bekannt. Deshalb glaubte Dr. Bünger wohl, obwohl das Urteil bei ihm längst feststand, mir und dem Sohn des Justizrats eine Geste der Höflichkeit schuldig zu sein. Kurz vor Beginn des Prozesses hatte ich, wie Dr. Bünger durch die Dresdner Kriminalpolizei bekannt geworden war, eine schmerzhafte Nierenerkrankung durchgemacht. Dr. Bünger wollte mir deshalb erlauben, was sonst nicht üblich war, Platz zu nehmen, da ich – wie er sagte – ›eben erst von einer Krankheit genesen sei‹. Obwohl ich nicht zu den robustesten und längsten Männern gehöre, lehnte ich impulsiv ab, da ich mich schon wieder sehr ›stark‹ fühlte. Es war mir eine Genugtuung, die Höflichkeitsphrasen des Reichsgerichtspräsidenten unterbrechen zu können. Aber meinem vortrefflichen Anwalt, Dr. Rolf Helm, tat ich damit gar keinen Gefallen, nur begriff ich das nicht sofort. Der Ärmste mußte nun ebenfalls die ganze Verhandlungszeit stehen, was ich aber erst nach einer ganzen Weile bemerkte, da sein offizieller Platz nicht an meiner Seite, sondern hinter mir war.

Nachdem ich wie üblich zur Person vernommen worden war, trug der Vertreter der Reichsanwaltschaft, dessen Name mir entfallen ist, die gegen mich konstruierte Anklage vor. Danach trat der 4. Senat des Reichsgerichts in die ›Beweisaufnahme‹ ein. Ich bezog mich bei meiner Verteidigung auf die Artikelserie, die ich nach dem Berliner Blutmai im Anschluß an den inkriminierten Bericht vom 2. Mai unter dem Titel ›Im Kampf um die Staatsautorität‹ in der ›Arbeiterstimme‹ veröffentlicht hatte. In mehreren Aufsätzen hatte ich die historische Schuld der rechten SPD-Führer und der inzwischen aus der KPD ausgeschlossenen Rechtsopportunisten der Brandlergruppe an der Entmachtung der Arbeiterklasse und am Sieg der Bourgeoisie nach der Novemberrevolution 1918 nachgewiesen. Der Blutmai 1929, so erklärte ich, sei die direkte typische Folge der historischen Rolle der rechten SPD-Führer und der Brandleristen, die sich im Jahre 1923 auf die rechten SPD-Führer orientiert hatten.

Aber ich kam gar nicht dazu, meine Gedanken zu Ende zu führen: denn maliziös lächelnd unterbrach mich Dr. Bünger mit den Worten: ›Sie sind nicht wegen der Artikel ‘Im Kampf um die Staatsautorität’ angeklagt, sondern wegen der am 2. Mai 1929 in der ‘Arbeiterstimme’ veröffentlichten Aufforderung ‘Nieder mit der Koalitionsregierung’, von der Sie wahrheitswidrig behaupten, sie trage die Schuld an den schlimmen Vorkommnissen in Berlin am 1. Mai 1929.‹

Hier nun wurde mir klar, daß mein Versuch, die Vertreter der bürgerlichen Klassenjustiz von meinem politisch und historisch richtigen Standpunkt zu überzeugen, sinnlos war. Dr. Bünger und die rechts und links von ihm sitzenden Beisitzer konnten und wollten nicht über ihren Schatten springen, der ihnen von Herkunft und Stellung gegeben war. Sie waren die Vertreter der unterdrückenden und ausbeutenden Klasse und hatten deren Interessen mit juristischen Mitteln zu wahren. Dasselbe sagte sich insgeheim auch mein Anwalt Dr. Helm, obwohl er in einem überzeugend vorgetragenen Plädoyer die Wahrheit ins rechte Licht rückte und meinen Freispruch forderte. Das Urteil bestätigte dann auch, was vorauszusehen gewesen war. Es lautete: ein Jahr Festungshaft und 300 Mark Geldstrafe.

Ein Fehler von mir war, daß ich über die Verhandlung keinen Bericht für die ›Arbeiterstimme‹ schrieb, so kam es, daß über das schändliche Urteil, mit dem die bürgerliche Klassenjustiz die von uns verkündete Wahrheit zu unterdrücken und die bürgerlich-sozialdemokratischen Lügen über die ›Schuld der Kommunisten‹ am Blutmai 1929 als Wahrheit hinzustellen suchte, kein ausführlicher Bericht, sondern nur eine kurze Notiz von wenigen Zeilen erschien. Vielleicht auch deshalb, weil die bürgerliche Klassenjustiz damals serienweise das Recht und die Wahrheit beugte; denn an dem Tag, da ich verurteilt wurde, saßen 22 Redakteure der KPD-Presse in Gefängnissen oder in Festungshaft. Ich selbst arbeitete noch eine Weile beim kommunistischen ›Kämpfer‹ im damaligen Chemnitz, bis ich eines Tages zum Strafantritt aufgefordert wurde und in das Festungsgefängnis Auerbach im Vogtland fuhr, wo ich einen beträchtlichen Teil Genossen vorfand, die bereits vor mir mit der Weimarer Klassenjustiz Bekanntschaft gemacht hatten, darunter den späteren Chefredakteur der ›Sächsischen Zeitung‹, Genossen Carl Bobach.«

So Genosse Bruno Goldhammer, der dem Chronisten dieses Kriminalfalls vierzig Jahre nach dem Schandurteil von Leipzig in seiner Wohnung auf der Südhöhe Dresdens gegenübersaß. Mit dem Urteil konnte dennoch nicht die historische Wahrheit über den Berliner Blutmai 1929 aus der Welt geschafft werden.

Die Rote Loge

Einen Tag vor den für den 13. März 1930 angekündigten und kurz zuvor polizeilich verbotenen Hungermärschen und Erwerbslosendemonstrationen gab es bei der Dresdner Polizei Großalarm. In den Abendstunden dieses ereignisreichen Tages rückten mehrere Überfallkommandos vom Polizeipräsidium an der Schießgasse in Richtung Postplatz aus. Ziel der schwerbewaffneten Ordnungshüter, die von Kriminalbeamten begleitet wurden, war die Gastwirtschaft von Findeisen in der Theaterstraße (heute Elsa-Fenske-Straße). Das Lokal, das bereits unter kriminalpolizeilicher Beobachtung stand, wurde umstellt und besetzt. Es wurden 33 dort anwesende Gäste verhaftet.

Gegen 24 der Verhafteten strengte der bei den Dresdner Antifaschisten als besonders arbeiterfeindlich verrufene Staatsanwalt Dr. Hartmann Anklage an.

In der Anklageschrift hieß es: »Am 11. September 1929 ist in Dresden eine antifaschistische Arbeiterwehr – kurz genannt Antifa – gegründet worden. Diese ›Antifa‹ hat als eine Fortsetzung des verbotenen Rotfrontkämpferbundes zu gelten. ... Die ›Antifa‹ in Dresden setzt sich aus einer Anzahl von Einzelgruppen zusammen. Die 24 Angeklagten gehören offenbar zu einer solchen Gruppe der ›Antifa‹.«

Die Anklage versuchte, eine legale Arbeiterorganisation, die seit Monaten wiederholt völlig friedlich und mit Wissen der Polizei in öffentlichen Versammlungen und bei öffentlichen Aufmärschen aufgetreten war, der Geheimbündelei zu verdächtigen.

Dazu hieß es in der von Staatsanwalt Dr. Hartmann ausgearbeiteten Anklageschrift: »Am 12. März 1930 sind die 24 Beschuldigten als Mitglieder dieser Gruppe von der Polizei vorläufig festgenommen worden. Anlaß zu diesem Vorgehen der Polizei war, daß dieser bekannt geworden war, es handle sich um eine geheime Verbindung, die rechtswidrige Zwecke verfolge.«

Obwohl die in Dresden erscheinende Tageszeitung »Arbeiterstimme« unmittelbar nach der Verhaftung der 24 Mitglieder der Antifaschistischen Arbeiterwehr, Gruppe Elektrizitätswerk Wettiner Platz (heute Fritz-Heckert-Platz), die Hintergründe der Verhaftungen aufdeckte und als bestellte Provokation eines Achtgroschenjungen der politischen Polizei nachwies, ließ Staatsanwalt Hartmann die Anklage nicht etwa fallen, sondern behauptete: »Die hier in Frage stehende Gruppe der ›Antifa‹ hat ganz offenbar rechtswidrige Sonderzwecke verfolgt. Diese Gruppe hat sich einen besonderen Namen zugelegt. Die Beschuldigten geben zu, daß die Gruppe sich ›Rote Eltwerker‹ genannt habe. Eine der beteiligten Personen (der Achtgroschenjunge Borchert, von dem noch die Rede sein wird – W. F.) hat angegeben, die Gruppe habe sich ›Rote Loge‹ genannt. Das Abzeichen der Gruppe ist eine rote Armbinde mit gebrochenem gelbem Blitz gewesen. Die Gruppe ist vereinsmäßig organisiert gewesen; denn es steht fest, daß Mitgliedskarten ausgegeben und Mitgliedsbeiträge erhoben worden sind.«

Zwei Monate brauchte die Justiz, um diese fadenscheinige Anklage zusammenzuzimmern und mit ihr vor die Öffentlichkeit zu treten. Das geschah am 13. Mai 1930, als der Prozeß begann. Den Vorsitz der Schwurgerichtsverhandlung führte der verknöcherte Landgerichtsdirektor Dr. Roux, der sich seine juristischen Sporen schon lange vor der Novemberrevolution des Jahres 1918 bei der königlich-sächsischen Klassenjustiz verdient hatte und als Richter der Weimarer Republik in der Verhandlung zunächst ganz im Stile der monarchistischen Tradition auftrat, bis ihm klar wurde, daß mit dem Fall »Rote Loge« kein Staat zu machen, sondern nur der Staatsapparat zu diskreditieren war.

Leiter der Antifagruppe, die vor Gericht stand, war der Arbeiter Emil Janny, dem die »Rädelsführerschaft« im Geheimbund »Die Rote Loge« unterstellt wurde. Die Vernehmung Jannys zur Sache zielte durch ihre ganze Art darauf ab, die erfundene These von der Geheimbündelei zu beweisen. Sie wurde von dem Angeklagten jedoch sarkastisch widerlegt.

Der Vorsitzende: »Haben Sie zur Durchführung einer (der verbotenen! – W. F.) Erwerbslosendemonstration aufgefordert?«

Janny (sehr bestimmt): »Nein. Dazu bestand kein Anlaß. Es waren ja öffentliche Versammlungen in Sälen angesetzt und polizeilich gemeldet worden.«

Während der Beweisaufnahme wurden dann die von der Polizei beschlagnahmten und dem Untersuchungsrichter übergebenen »Beweismittel für das Bestehen einer umstürzlerischen Geheimorganisation« behandelt. Dazu stellte der Verteidiger der Angeklagten, Rechtsanwalt Dr. Rolf Helm, einige Fragen, die für die Polizei und den Untersuchungsrichter recht peinlich werden sollten.

Dr. Helm: »Janny ist vom Untersuchungsrichter gefragt worden, woher die gefundenen Mitgliedskarten der ›Roten Loge‹ stammen. Wie kommt der Untersuchungsrichter dazu, im Protokoll von Mitgliedskarten der ›Roten Loge‹ zu schreiben? Eine ›Rote Loge‹ besteht doch gar nicht, und kein Angeklagter hat irgendwie davon gesprochen!«

Der Vorsitzende: »Diese Angaben über die ›Rote Loge‹ sind irrtümlich vom Untersuchungsrichter aus dem Polizeiprotokoll übernommen worden.«

Diese Angaben des Polizeiprotokolls stimmten aber ebensowenig mit der Wahrheit überein wie die im Polizeiprotokoll enthaltene Behauptung von dem auf den Polizeipräsidenten Kühn geplanten »Sprengstoffattentat«. Die von Staatsanwalt Dr. Hartmann gestellte Frage sollte wohl dem in Verlegenheit geratenen Vorsitzenden »Luft verschaffen«, führte aber nur zu einer weiteren Blamage für Polizei und Justiz.

Staatsanwalt Hartmann: »Ist in der Versammlung vom zwölften März davon gesprochen worden, daß vier Mann nach dem Polizeipräsidium gehen sollten?«

Otto: »Nein! Es ist am zwölften März gesagt worden, vier Mann sollten am nächsten Tag, also am dreizehnten März, auf ›die Anne‹ (»Annensäle« am Fischhofplatz, unweit des Postplatzes, damals ein Versammlungslokal der Dresdner Arbeiterschaft – W. F.) gehen und dort das Präsidium der geplanten Erwerbslosenversammlung bilden.« Aus der Verabredung, vier Mann sollten das Präsidium einer polizeilich angemeldeten Versammlung bilden, war »ein auf das Polizeipräsidium geplantes Sprengstoffattentat« gemacht worden! Der Prozeß beruhte durchweg auf den lügnerischen Angaben des zur Zeit der Hauptverhandlung gegen die 24 Antifaschisten wegen Einbruchs in Untersuchungshaft sitzenden mehrfach vorbestraften Polizeispitzels Borchert. Je saftiger dessen der politischen Polizei zugetragene Lüge, je faustdicker der Schwindel gewesen war, um so besser und höher waren sie ihm aus dem der Polizei zur Verfügung stehenden Reptilienfonds durch den berüchtigten Kriminalinspektor Einert honoriert worden. Die Vernehmung des Achtgroschenjungen Borchert bedeutete ein solches Fiasko für Polizei, Untersuchungsrichter und Staatsanwalt, daß der in Untersuchungshaft befindliche Hauptangeklagte Janny – um das vorwegzusagen – bereits am Schluß der Beweisaufnahme aus der Haft entlassen werden mußte. Borchert wurde zur Zeugenvernehmung aus der Untersuchungshaft vorgeführt, ein Bündel schlechten Gewissens. Die Vernehmung begann.

Der Vorsitzende: »Zeuge Borchert, sagen Sie uns: Was ist die Antifa!«

Borchert: »Wenn ich alles richtig sagen soll, will ich keine Aussagen machen.«

Der Vorsitzende: »Sie müssen aussagen! Was war die ›Rote Loge‹?«

Borchert: »Die ›Rote Loge‹ ist: Sie mußten schwören und das ausführen, was befohlen ist.«

Der Vorsitzende: »Und wenn sie es nicht tun?«

Borchert: »Dann müssen sie sich das Leben nehmen.«

Der Vorsitzende: »Sind Sie denn in die ›Rote Loge‹ eingetreten?«

Borchert: »Nein.«

Der Vorsitzende: »Was war Gegenstand der Versammlung am zwölften März bei Findeisen?«

Borchert: »Wir haben uns gestritten, daß etwas gemacht werden muß.«

Der Vorsitzende: »Was ist ein Sonderbefehl?«

Borchert: »Wenn er nicht ausgeführt wird, hat sich der Betreffende das Leben zu nehmen.«

Der Vorsitzende: »Was sollte denn ausgeführt werden?«

Borchert: »Bestimmte Leute sollten um die Ecke gebracht werden.«

Der Vorsitzende: »Wer bestimmte denn das?«

Borchert: »Die Führung.«

Der Vorsitzende: »Sind schon einmal unter den Mitgliedern der ›Roten Loge‹ welche ausgelost worden, die jemand umbringen sollten?«

Borchert: »Ja!«

Der Vorsitzende: »Wen sollten die umbringen?«

Borchert: »Den Polizeipräsidenten Kühn!«

Der Vorsitzende: »Wer hat Ihnen das erzählt?«

Borchert: »Ich bin selbst dabeigewesen.«

Der Vorsitzende: »Wann war das?«

Borchert: »Eine ganze Zeit.«

Der Vorsitzende: »Wann? Sie sind doch noch gar nicht lange dabei.«

Borchert schweigt.

Der Vorsitzende: »Was wurde noch beschlossen?«

Borchert: »Wie sie es mit uns machen, so soll es mit der Regierung gemacht werden.«

Der Vorsitzende: »Haben Sie der Polizei Mitteilung gemacht, ehe Sie sich bei der ›Roten Loge‹ einschrieben?«

Borchert: »Ja.«

Der Vorsitzende: »Wußten Sie, daß die Versammlung am zwölften März auffliegen sollte?«

Borchert: »Ja.«

Der Vorsitzende: »Sie sind trotzdem hingegangen?«

Borchert: »Weil es nicht auffallen sollte.«

Der Vorsitzende: »Haben Sie eine Sitzung der ›Roten Loge‹ mitgemacht?«

Borchert: »Einmal.«

Der Vorsitzende: »Warum durften Sie daran teilnehmen, wenn alles so geheim war?«

Borchert: »Ich bin vorher informiert worden und dann gefragt.«

Der Vorsitzende: »Warum ließen Sie sich einschreiben und wandten sich vorher an die Polizei?«

Borchert schweigt, erhält aber sofort Hilfe durch Kriminalinspektor Einert: »Ich habe ermittelt: Die Nummer 5713 wurde gelost und sollte gegen Polizeipräsident Kühn etwas unternehmen.«

Der Vorsitzende: »Zeuge Borchert, stimmt das?«

Borchert schweigt.

Rechtsanwalt Dr. Helm: »Woher wußten Sie die Einzelheiten, die Sie der Polizei mitteilten?«

Borchert schweigt.

Nicht besser als das Auftreten Borcherts wirkte die Zeugenvernehmung des Kriminalinspektors Einert, der sich Borchert als Lieferant von Tatarennachrichten über die antifaschistische Arbeiterwehr gekauft hatte.

Der Vorsitzende: »Herr Kriminalinspektor, erzählen Sie uns mal, was Sie über die ›Rote Loge‹ wissen.«

Einert: »Uns war im Polizeipräsidium bekannt geworden, daß sich bei Findeisen eine geheime Organisation ›Rote Loge‹ zusammenfand. Sie stellte sich die Aufgabe, die Polizei bei ihren Aktionen zu hindern, Beamte niederzustechen und vorzugehen in schlimmster Form. Wir haben daraufhin die Verbindung ausgehoben. Die Findeisensche Gastwirtschaft wurde durchsucht. Gefunden wurde nicht viel. Widerstand wurde nicht geleistet.«

Der Vorsitzende: »Was haben Sie gefunden?«

Einert: »Außer den Abzeichen und den Gruppenbefehlen nichts.«

Der Vorsitzende: »Was haben Sie über den Zweck der Vereinigung zu sagen?«

Einert: »Das, was ich vorhin berichtete. Ich habe die Angaben, die mir (von Borchert – W. F.) gemacht wurden, für wahr genommen. Ich habe in sie keine Zweifel gesetzt.«

Der Vorsitzende: »Was haben Sie selbst für Beobachtungen zur Geheimhaltung der Ziele und Absichten der Vereinigung gemacht?«

Einert: »Nur was mir gesagt worden ist.«

Der Vorsitzende: »Haben Sie vorher, also vor dem zwölften März, mit dem Zeugen Borchert gesprochen?«

Einert: »Ja, aber ich kannte ihn nicht von früher. Er kam selbst zu mir.«

Der Vorsitzende (ungehalten): »Ich will Ihnen nur sagen, daß Borchert bei uns kein unbeschriebenes Blatt ist! Was hat er Ihnen denn berichtet?«

Einert: »Er hat alles berichtet, was im Protokoll steht.«

Dr. Helm: »Haben Sie die Angaben nur von Borchert oder auch von anderen?«

Einert (sehr verlegen): »In der Hauptsache von Borchert.«

Dr. Helm: »Sie sollten doch wissen, wer Borchert ist! Haben Sie seine Angaben denn bedingungslos geglaubt?«

Einert (verlegen und unsicher): »Herr Rechtsanwalt, wenn Sie meinen Dienst machten, dann müssen Sie's glauben ...«

Dr. Helm (sehr scharf): »Das ist doch keine Antwort auf meine Frage! Es soll doch angeblich ein Schwur abgenommen und die Beseitigung führender Dresdner Persönlichkeiten geplant gewesen sein! Haben Sie das alles bedingungslos geglaubt?«

Einert (äußerst verlegen): »Ich habe einen Bericht darüber gemacht.«

Dr. Helm: »Ich will aber jetzt von dem Zeugen Einert wissen, ob er sich bei seinen Aussagen nur auf Borchert stützt.«

Einert: »Die Antwort, die ich Ihnen geben möchte, gebe ich Ihnen nicht …«

Dr. Helm: »Wenn also ein Verrückter aus der Landesirrenanstalt Arnsdorf kommt und Ihnen irgendein Märchen erzählt, dann handeln Sie auch danach?«

Einert schweigt.

Am zweiten Verhandlungstag, dem 14. Mai 1930, wurde die Verhandlung fortgesetzt.

Kriminalinspektor Einert, Leiter der (politischen) Abteilung B im Dresdner Polizeipräsidium, muß noch einmal in den Zeugenstand treten.

Der Vorsitzende, dem anzumerken ist, wie wenig wohl er sich fühlt, diesen heiklen, für den Prozeßverlauf aber entscheidenden Punkt berühren zu müssen: »Herr Einert, Sie haben gehört, Borchert habe von der Polizei vierundzwanzig Mark erhalten.«

Einert (zögernd): »So viel Geld hat er nicht bekommen.«

Der Vorsitzende mit schlecht verborgener Ungehaltenheit: »Sie haben aber gestern ausgesagt, Borchert habe von Ihnen überhaupt kein Geld bekommen.«

Einert (sehr verlegen): »Ich habe gestern nur ausgesagt, er habe nichts verlangt.«

Der Vorsitzende, sichtlich aufgebracht, daß der mit so viel lautem Geschrei in der bürgerlichen Presse angekündigte »Geheimprozeß« einen völlig unerwünschten Verlauf nimmt: »Bitte drücken Sie sich jetzt ganz präzise aus!«

Einert: »Jawohl, Borchert hat etwas bekommen, nur nicht so viel.«

Daraufhin wird Borchert noch einmal vernommen. Zwar windet auch er sich. Aber er kommt nicht um die Klippe herum, an der er als Zeuge des Anklägers scheitert.

Vorsitzender: »Haben Sie von Herrn Kriminalinspektor Einert Geld bekommen?«

Borchert: »Ich verweigere die Aussage.«

Der Vorsitzende: »Das können Sie nicht!«

Borchert (zögert lange, ehe er antwortet): »Ja, etliche Mark.«

Borchert bleibt nach dieser Aussage, die einzige, mit der

er der Wahrheit die Ehre gibt, unvereidigt. Jedem im Saal ist klar, daß er sich selbst als bezahlten Polizeispitzel entlarvt hat, der sich im Auftrag der Polizei in eine antifaschistische Arbeiterorganisation eingeschlichen und über deren Ziele und Tätigkeit erlogene Spitzelberichte geliefert hat. Danach ist der Freispruch sämtlicher Angeklagter nicht zu verhindern. Er erfolgt wenig später mit der Begründung, sie seien alle erwiesenermaßen unschuldig. Borchert habe »die Polizei an der Nase herumgeführt«.

Knapp drei Jahre später brennt der Reichstag. Der Reichstagsbrand wird der KPD in die Schuhe geschoben. Sie wird verboten. Alle an dem Dresdner Prozeß gegen die »Rote Loge« direkt und indirekt, mittelbar oder unmittelbar Beteiligten gehen ihren Weg: Angeklagte, ein Teil der Zeugen, Verteidiger und Prozeßberichterstatter ins Konzentrationslager, Gefängnis und Zuchthaus. Einert, Dr. Hartmann und Dr. Roux machen Karriere im »Dritten Reich«.

Ein Fememord

Im Frühjahr 1932 wird von der Betriebsleitung der Dresdner Zigarettenfabrik »Sturm« ein Maschinenschlosser eingestellt. Der neue Mann ist vom faschistischen Landtagsabgeordneten Dr. Bennecke empfohlen worden. Dr. Bennecke ist ein Neffe des Dresdner Oberstaatsanwalts Dr. Viermetz, der – genau wie Staatsanwalt Dr. Hartmann – einer der rührigsten Justizbeamten ist, wenn es darum geht, einem klassenbewußten Arbeiter ein Strafverfahren anzuhängen.

Der Maschinenschlosser Herbert Hentsch, der die Gunst Dr. Benneckes genießt, kommt nach jahrelanger Arbeitslosigkeit in die Zigarettenfabrik »Sturm«, die als Kommanditgesellschaft im Handelsregister eingetragen ist. Ein Herr Dreßler, eifriger Nazi, zeichnet geschäftsführend für das Unternehmen, in dem das Geld einiger geschäftstüchtiger Nazibonzen steckt. Eine der in ihrem Betrieb auf der Blasewitzer Straße hergestellten Zigarettenmarken heißt »Trommler«, womit dem »Führer Adolf Hitler« Reverenz erwiesen und außerdem ein gutes Geschäft gemacht wird. So laufen denn die Maschinen auf Hochtouren, und der Maschinenschlosser

Hentsch hat viel an den zum Teil schon allzu ausgeleierten »Zigarettenspuckern herumzupfriemeln«, wie er zu Hause in der Burckhardtstraße 6 erzählt. Dort ist man froh, daß der Fünfundzwanzigjährige endlich Arbeit gefunden hat, bei der er gut verdient und nicht auf »dumme Gedanken« kommen kann wie der Schwager, den die lange Arbeitslosigkeit so zermürbte, daß er sich das Leben nahm. Hentsch macht seine Arbeit ordentlich. Er denkt sich sogar kleine technische Verbesserungen aus. Wenn er in seinem blauen Schlosseranzug von Maschine zu Maschine geht, sieht man ihm nicht an, daß er SA-Truppführer und noch dazu in der geheimnisumwitterten Nachrichtenabteilung ist, die direkt dem OSAF (Oberster SA-Führer) in Sachsen, von Killinger, untersteht und von Dr. Bennecke geführt wird. Offizielle Aufgabe dieser Nachrichtenabteilung ist das Erkunden der Absichten und Vorhaben des »jüdisch-marxistischen« Gegners und die Einleitung und Durchführung der »für erforderlich gehaltenen Gegenmaßnahmen«. Die Nachrichtenabteilung Dr. Benneckes ist ein allzeit bereiter, bewährter »Haufen«, wie man sich in den anderen SA-Abteilungen zuflüstert. Wer dort Dienst machen darf, hat sich das zur Ehre anzurechnen, muß aber in Kauf nehmen, häufig nachts unterwegs zu sein. Wer arbeitslos ist, dem macht das nichts aus.

SA-Truppführer Hentsch kann sich nach Aufnahme der Arbeit in der Zigarettenfabrik »Sturm«, die seine ganze Kraft fordert, weil ihm dabei nichts geschenkt wird, nun nicht mehr so dem Dienst in der SA-Nachrichtenabteilung widmen, wie es Sturmführer Schenk, der Vertrauensmann Dr. Benneckes, für nötig hält und von ihm gewohnt ist. Das gibt Streit zwischen ihm und Hentsch. Der Streit geht über Monate hinweg, wird aber immer wieder beigelegt. So scheint es wenigstens. Bis Hentsch eines Tages die Absicht äußert, aus der SA auszutreten. Jetzt vermutet SA-Sturmführer Schenk, daß hinter der Abneigung des SA-Truppführers Hentsch gegen die Sondereinsätze als Mitglied der Nachrichtenabteilung »mehr steckt« als Müdigkeit infolge langer Arbeitszeit im Betrieb. Offenbar ist Hentsch von irgendwelchen »Untermenschen« politisch infiziert worden. SA-Sturmführer Schenk berichtet darüber dem Führer der Nachrichtenabteilung Dr. Bennecke. Damit ist das Schicksal

Hentschs besiegelt.

Am 4. November 1932 kommt Hentsch am späten Nachmittag von der Arbeit nach Hause. Er scherzt noch mit der Mutter und sagt dann: »Ich muß heut abend noch mal dienstlich weg. Es kann spät werden.«

»Wohin mußt du denn?« fragt die Mutter.

»Schenk rief mich an. Er sagte nur, ich soll nachts um elf am ›Königshof‹ in Strehlen sein.«

Hentsch legt sich noch ein paar Stunden hin, steht dann auf, zieht seine SA-Uniform an und verläßt das Haus. Die Mutter wartet vergeblich auf seine Rückkehr. Tage und Tage vergehen, der Sohn kommt nicht wieder. Ein Bekannter, Urban, selbst Mitglied der NSDAP, rät ihr, zur Polizei zu gehen und Vermißtenanzeige zu erstatten. Er begleitet sie auf ihrem Gang. Die Mutter erzählt dem Kriminalrat Vogel die Umstände des Wegbleibens ihres Sohnes. Aber Vogel nimmt die Sache auf die leichte Schulter und tut nichts, den Fall aufzuklären. Die Mutter Hentschs gibt jedoch keine Ruhe. Erst nachdem kostbare Zeit verstrichen ist, bittet Vogel den SA-Sturmführer Schenk, »zwecks einer Befragung im Polizeipräsidium zu erscheinen«.

Schenk ist in viele »krumme Dinger« verwickelt und weiß bis zum Beginn der »Befragung« nicht, um welch »heißes Eisen« es sich bei der Vorladung handelt. Auf den Kriminalrat macht der Erschienene, wie Vogel später berichtet, einen »ganz vorzüglichen Eindruck«. Vogel »sympathisiert« seit langem mit den Nazis.

»Was können Sie uns über den Herbert Hentsch berichten, der Mitglied Ihrer Nachrichtentruppe und seit 4. November des Jahres abgängig ist, wie uns die Mutter Hentschs meldet?« fragt Vogel.

»Da kann ich Ihnen nicht viel sagen«, antwortet Schenk. »Nur soviel, auf den Hentsch ist Verlaß, absolut, das können Sie mir glauben, Herr Kriminalrat. Um den braucht sich niemand Sorgen zu machen. In zehn bis zwölf Tagen wird er wieder an derselben Stelle auftauchen, an der er verschwunden ist.« In dem, was Schenk sagt, steckt ein Stück grausige Wahrheit.

»Gut, gut, ich glaube Ihnen das«, sagt Vogel. »Aber denken Sie mal an die Mutter. Können Sie mir nicht sagen, wo sich Hentsch zur Zeit aufhält?«

»Nein«, sagt Schenk, »ich weiß zwar, was mit Hentsch los ist, aber ich darf, da es sich um einen Auftrag von höherer SA-Stelle handelt, nichts sagen.«

»Wer kann Sie denn ermächtigen, uns Angaben zu machen?« fragt Vogel sein Gegenüber.

»Das kann nur der OSAF, Parteigenosse Manfred von Killinger«, antwortet Schenk. Freiherr von Killinger ist, ebenso wie Dr. Bennecke, sächsischer Landtagsabgeordneter, und ihn schützt seine Immunität vor polizeilicher und gerichtlicher »Belästigung«. Das weiß Schenk genauso wie der Kriminalrat.

Vogel ruft den Freiherrn von Killinger an, der es ein paar Jahre später zum Botschafter Hitlers im faschistischen Horthy-Ungarn bringen wird. Von Killinger erklärt dem Kriminalrat Vogel auf Befragen: »Ich weiß von der Sache nichts. Halten Sie sich an den Mann, zu dem Sie SA-Sturmführer Schenk in nächster Zeit führen wird.«

Ein Name fällt nicht. Schenk bittet den Kriminalrat, telefonieren zu dürfen. Er wählt eine Nummer und sagt etwa: »Ich werde gleich zu einer Aussprache bei Ihnen erscheinen und bitte um ein paar Minuten Gehör.« Offensichtlich ist das ein mit einem Komplizen vereinbartes Stichwort, aber der von Schenk so »vorzüglich beeindruckte« Kriminalrat merkt nichts, tut auch nichts, um den Telefonpartner Schenks festzustellen, kümmert sich auch nicht darum, was der Unbekannte dem Schenk sagt.

Aber er fährt anschließend gemeinsam mit Schenk nach Tharandt. Schenk bittet, nicht direkt vor dem Hause des Unbekannten zu halten, »damit kein Aufsehen erregt wird«. Kriminalrat Vogel kommt der Bitte nach und läßt Schenk allein in das Haus gehen. Schenk will ja den Unbekannten »heraus an den Wagen bitten«. Vogel wartet vergeblich, daß Schenk mit seinem Gesprächspartner erscheint. Schenk macht sich davon. Damit beweist er, daß er mit dem Fall Hentsch zu tun hat. Jetzt wird die Sache in der Öffentlichkeit publik. Die Suche nach dem mutmaßlich ermordeten Hentsch setzt ein. Teiche und Seen in der Umgebung Dresdens werden abgesucht. Taucher gehen den Grund der Talsperre Malter ab, ohne etwas zu finden. Hentsch bleibt verschwunden.

Die Mutter hofft, daß der Sohn noch am Leben ist. Am 8. Dezember 1932 schreibt sie einen Brief »an die Herren Hitler und Röhm und an die Dresdner Parteileitung der NSDAP«, in dem es heißt: »Das rätselhafte Verschwinden meines Sohnes, des SA-Truppführers Herbert Hentsch, ist Ihnen genügend bekannt, so daß ich auf die einzelnen Phasen nicht einzugehen brauche. Mein Sohn hat in dienstlicher Angelegenheit – in voller Dienstuniform – im Auftrag seines Vorgesetzten, des später verschwundenen Sturmführers Schenk, die elterliche Wohnung vor fünf Wochen verlassen, abends gegen 10.30 Uhr. Er ist seitdem nicht zurückgekehrt. Sie werden sich mein großes Herzeleid, meinen Kummer vorstellen können, wenn ich als Mutter einen 26jährigen guterzogenen Sohn plötzlich verliere! Mein Sohn hat als Zugehöriger der Dresdner Nachrichtenabteilung jahrelang der Partei treu seinen Dienst geleistet. Aus diesem Grunde hätte ich erwartet, daß einmal irgendeiner der Vorgesetzten meines Sohnes zu mir gekommen wäre, um mir Trost und einen Hoffnungsstrahl in mein Herz zu legen.«

Aber die Frau M. Bochmann, verwitwet gewesene Hentsch, erhielt von der Dresdner Kreisleitung ebensowenig eine Antwort wie von der Gauleitung Sachsen, an deren Spitze sich der Plauener Spitzenfabrikant Mutschmann spreizte. Dafür schrieb ihr Obersturmführer Seydel »im Auftrag des Chefs des Stabes der SA« unter dem 15. Dezember 1932 aus München: »Ihr Brief vom 8. 12. 32 an den Stabschef wurde mir zur Beantwortung übergeben. Zu meinem Bedauern muß ich Ihnen mitteilen, daß der obersten SA-Führung sowohl der Name Ihres Sohnes Herbert Hentsch wie auch sein plötzliches Verschwinden bisher gänzlich unbekannt waren. Bei einer Organisation von mehreren Hunderttausenden ist das wohl leicht begreiflich. Da nach Ihrer Mitteilung Ihr Sohn vor seinem Weggange der Dresdner SA angehörte, habe ich das Schreiben der dortigen SA-Dienststelle zugeleitet.«

Alles im ersten Teil dieses Briefes ist Lüge. Der Fall Hentsch war in München längst bekannt, war er doch unter anderem auch Gegenstand einer Debatte im sächsischen Landtag gewesen. Die Nazis hatten überdies das von der

Presse behandelte mysteriöse Verschwinden Hentschs in einen »Rotmordfall« umzulügen, also den Kommunisten in die Schuhe zu schieben versucht. Am 22. Dezember 1932 findet die Mutter Hentschs im Briefkasten ein Schreiben, das von der Zigarettenfabrik »Sturm« an den verschwundenen Sohn gerichtet ist: »Wir bitten Sie hiermit, sich am Dienstag, dem 27. 12. 1932, morgens 7 Uhr, in unserer Fabrik, Blasewitzer Straße, zur Arbeit einzufinden.«

Aber an diesem 27. Dezember 1932 erschien in den Dresdner Tageszeitungen folgende Mitteilung des Kriminalamtes Dresden: »Nachdem sich der Wasserstand der Talsperre Malter durch die Eisbildung gesenkt hat, ist am Montag, dem 26. 12., unter Sand verborgen, die Leiche des seit dem 4. November vermißten Nationalsozialisten Hentsch zutage getreten. Die Leiche war in Säcke gehüllt, und diese waren mit schweren Steinen belastet. Die äußere Besichtigung der Leiche hat gezeigt, daß Hentsch durch einen Schuß in die Brust getötet worden ist ... Nach Lage der Sache ist Hentsch an einem dritten Ort erschossen, in den Sack gesteckt und zur Talsperre gebracht worden, wo die Täter ihr Opfer dann von der 15 Meter hohen Brücke in die Talsperre geworfen haben. Der Schuß, der sicherlich sofort tödlich gewirkt hat, ist Hentsch in der Herzgegend von vorn beigebracht worden. Die Leiche konnte an Ort und Stelle identifiziert werden. Sie wurde gerichtsärztlich beschlagnahmt. Die Fundstelle liegt im Bereich des Landgerichts Freiberg. Da der Tatort noch nicht feststeht, wird die Untersuchung von den Dresdner Behörden fortgeführt.«

Jetzt war aus der Vermißtensache eine Mordsache Hentsch geworden. Mit dem SA-Sturmführer Schenk, ehemals Funker bei der Reichswehr, waren die Angehörigen der SA-Nachrichtenabteilung Friedrich Fränckel und Walter Woicik flüchtig. In den folgenden Tagen wurden ein gewisser Willi Bormann (Tharandt), Schenks Schwager Beyer (Coßmannsdorf) und der Gärtner Tenzyk (Hainsberg) verhaftet. Nicht verhaftet wurde der NSDAP-Landtagsabgeordnete Dr. Bennecke, der sich – wie es hieß, auf Anraten seines Onkels, des Oberstaatsanwalts Dr. Viermetz – zum »Winterurlaub« ins Riesengebirge »abgesetzt« hatte. Er blieb unbehelligt, obwohl selbst das bürgerliche »Berliner Tageblatt« Ende

Dezember schrieb: »Die Ermittlungen über die Ermordung des Hentsch weisen immer mehr auf Dr. Bennecke hin. Es ist unwidersprochen geblieben, daß der Hauptverdächtige, der SA-Sturmführer Schenk, zu Dr. Bennecke in einem besonderen Vertrauensverhältnis steht.« Die Mörder flüchteten nach Italien. Dort gewährte Mussolini »politisch Verfolgten« vom Schlage der Schenk Asylrecht. Sie hielten sich anfangs in Bozen im Hotel »Zum Pfau« auf. Dieses Hotel war ein SA-Heim für aus dem »Reiche« geflüchtete gerichtlich gesuchte Faschisten. Sie wurden dort kostenlos verpflegt, beherbergt und auch sonst »versorgt«, zum Beispiel mit falschen Papieren.

Während sich die geflüchteten Mörder in Italien erholten, wurde die Leiche des Ermordeten Anfang Januar zur Bestattung freigegeben. Am 3. Januar 1933 meldete die »Arbeiterstimme«: »Gestern nachmittag wurde der SA-Mann Hentsch im Krematorium Tolkewitz eingeäschert, und schon rüsten die Mörder zu neuem Terror. So wird bekannt, daß der Nazifunktionär Urban, der der Polizei zuerst das Verschwinden Hentschs gemeldet hatte, die Polizei um Schutz bat, weil er dauernd starken Bedrohungen ausgesetzt ist. Fast täglich erhalten die aus der Mörderpartei Ausgetretenen Drohbriefe, in denen es heißt, daß ›in der Talsperre Malter noch viel Platz ist‹!«

Über die Einäscherung des Ermordeten berichtete die »Arbeiterstimme«: »Pfarrer Bundesmann sagte in der Leichenrede: ›Menschenworte sind hier nicht am Platze, denn die letzten Zusammenhänge dieses Geschehens liegen in tiefstes Dunkel gehüllt. Richtet nicht vor der Zeit, bis der Herr kommt und auch das Verborgenste ans Licht bringt‹.« Die »Dresdner Volkszeitung« nahm zu dieser Leichenrede am 3. Januar 1933 Stellung und schrieb: »Pfarrer Bundesmann begnügte sich damit, Bibelsprüche zu zitieren.« Noch deutlicher gab die »Arbeiterstimme« ihrem Unmut Ausdruck, indem sie feststellte: »Während alle Welt weiß, daß dieses ›Geschehen‹ ein in seiner Brutalität einzig dastehender Fememord ist und die Täter einflußreiche Funktionäre und Führer der Nazipartei sind, die den Hentsch als unbequemen Mitwisser nationalsozialistischer Terroraktionen um die Ecke gebracht haben, spricht Pfarrer Bundesmann von

›tiefstem Dunkel‹ ...«

Wenige Wochen nach der Beisetzung kamen die Kräfte an die politische Macht, die aus Furcht vor der Enthüllung ihrer unheilvollen Machenschaften den Fememord an Hentsch veranlaßt hatten. Nun kehrten auch die Mörder gefeiert heim ins »Dritte Reich«, empfangen von den inzwischen haftentlassenen Helfershelfern. Denn das Untersuchungsverfahren war in der braunen Schlammflut des Faschismus, die sich über Deutschland wälzte, sang- und klanglos versunken.

Zwischenspiel im Forsthaus Rosenthal

Das Forsthaus Rosenthal, an dem die Straße aus der Sächsischen Schweiz ins Böhmische vorbeiführt, war von alters her eine gern besuchte Gast- und Raststätte. Kaum einer der Gäste, die heute hier Einkehr halten, weiß um die Episode, die sich zwei Jahre nachdem Hitler von den deutschen Monopolherren an die Macht geschoben worden war, an diesem Ort abspielte. Im Januar 1935 wurde das alte Gasthaus zum Zwischenspiel einer blutigen Tragödie, in der ein gewissenloser Mörder unter falschem Namen auftrat.

Selten ist er unter seinem bürgerlichen Namen in Erscheinung getreten, jedoch nie nach der Nacht, von der hier berichtet wird. Immer benutzte er bei seinen Verbrechen Decknamen: Hermann Koller, Alfred Bonsen, Rudolf Möbert, Hans Müller.

In der Nacht vom 23. zum 24. Januar 1935 trat er in der benachbarten ČSR in »Aktion«, um danach über die Grenze zurückzuflüchten. Sein wirklicher Name: Alfred Naujocks. Hier im Forsthaus Rosenthal nannte er sich Hans Müller. Den dokumentarischen Beweis hinterließ er selbst. Er liegt im Staatsarchiv der ČSSR.

Wer ist dieser Alfred Naujocks alias Hans Müller, der im Januar 1935 bei Nacht und Kälte auf Schleichwegen über die Grenze den rettenden Boden des »Dritten Reiches« erreicht?

Naujocks ist schon lange fanatischer Faschist, als Hitler 1933 Reichskanzler wird. Man weiß bald an höchster Stelle:

Der SS-Mann Naujocks, forsch und gewissenlos, eignet sich hervorragend für »besondere Aufträge«. Vor Blut schreckt er nicht zurück. Mit »kleinen Geschichten« wird er nicht betraut. Sein direkter Vorgesetzter heißt Heydrich.

Am 10. Januar 1935, Naujocks hat schon etliche »Bewährungsproben« hinter sich, wird er zu Heydrich befohlen. Er erfährt, in der benachbarten Tschechoslowakei werde ein illegaler Rundfunksender betrieben, den Hitler liquidieren zu lassen wünscht. Heydrichs Auftrag an Naujocks ist kurz und knapp: »Der Sender liegt südlich von Prag. Bei dem Sprecher handelt es sich um den ehemaligen Leiter der technischen Abteilung des Stuttgarter Senders, einen gewissen Rudolf Formis. Diesen Formis bringen Sie mir, wenn möglich lebend, ins Reich.«

Wenn möglich, lebend. Und wenn nicht möglich? Naujocks klappt die Hacken zusammen. »Zu Befehl!« Dann beginnt er mit seiner »Arbeit«. Er setzt sich in seinen Kraftwagen und fährt als harmloser Skiurlauber über Zinnwald in die Tschechoslowakei. Die ihn begleitende Bekannte, die von seinem Auftrag, wie sie später erklären wird, nichts ahnt und nichts weiß, ist eine junge Gymnastiklehrerin: Edith Käsbach. Für sie ist der damals vierundzwanzigjährige Urlaubsgefährte der Kaufmann Hans Müller, der sie über kurz oder lang heiraten wird. Zwar ist Hans Müller, entgegen seiner sonstigen Gewohnheit, auf der Fahrt etwas zu schweigsam, aber sicher – denkt Edith Käsbach – dient dieser Urlaub der längst fälligen Erholung von angestrengter beruflicher Arbeit.

Am 14. Januar 1935 trifft das Pärchen in Střešovic an der Moldau ein. Hier übernachtet man. In getrennten Zimmern. Ein paar Kilometer entfernt liegt das Hotel Zahory. Dort muß sich der Sender befinden, wie Heydrichs SS durch Funkpeilung festgestellt hat.

Am 15. Januar arrangiert Hans Müller einen Skiausflug mit Edith Käsbach. Im Hotel Zahory wird gefrühstückt. Sie sitzen kaum eine Weile bei Tisch, da betritt ein Mann das Gastzimmer, in dem Hans Müller sofort Rudolf Formis erkennt. Kein Zweifel, es ist der seit langem gesuchte Rundfunksprecher. Nicht ahnend, wen er vor sich hat, bittet Formis, bei dem Paar Platz nehmen zu dürfen. Er stellt sich, genau wie Naujocks, unter falschem Namen vor. Im aufkommenden Gespräch erzählt Formis, daß er hier, ungestört vom großstädtischen Lärm, eine wissenschaftliche Arbeit fertigstelle. Nachmittags geht man gemeinsam spazieren. Formis läßt sich Arm in Arm mit Edith Käsbach fotografieren und schlägt den Gästen aus Deutschland vor, Zimmer im Hotel Zahory zu nehmen. Das geschieht. Man wohnt fast Tür an Tür. Zwar möchte Edith Käsbach nicht mit Hans Müller in einem Doppelbettzimmer übernachten. Aber Hans Müller zerstreut ihre Bedenken. »Es ist etwas Merkwürdiges passiert«, flüstert er ihr zu. »Ich weiß, daß ich diesem Mann schon einmal in Deutschland begegnet bin. Er ruft von hier über einen Geheimsender zum Mord am Führer auf. Ich muß genau wissen, was er hier treibt. Damit er keinen Verdacht schöpft, müssen wir als Liebespaar auftreten.« Politik ist nicht Sache der jungen Gymnastiklehrerin. Aber Mord, und gar am »Führer«, verabscheut sie. Sie versteht, daß sie sich in die ihr zugedachte Rolle fügen muß, wenn ihr Freund dem unbekannten Spaziergänger vom Nachmittag auf die Schliche kommen will.

Gegen 21 Uhr abends findet Müller bestätigt, was er schon weiß. Formis verläßt um diese Zeit sein Zimmer und steigt, sich vorsichtig umsehend, die Treppe zum Dachboden hinauf. Gleich danach kommt er zurück, und Müller hört, wie Formis im Nachbarzimmer zu sprechen beginnt. Der Sender muß also oben auf dem Dachboden stehen und wird von Formis Zimmer besprochen. Alles, was vorerst zu erkunden war, ist damit geklärt.

Am nächsten Morgen läuft Müller mit Edith Käsbach nach Střešovic zurück. Noch am selben Tag fliegt er von Prag nach Berlin. Edith Käsbach bleibt in Střešovic. Müller, nunmehr wieder Naujocks, meldet in Berlin: »Ich habe Formis gefunden.« Damit ist das Schicksal des Verfolgten entschieden.

In Begleitung seines Freundes und SS-Kumpans Werner Goetsch kehrt Heydrichs »Mann zur besonderen Verwendung« am 23. Januar 1935 aus Berlin zurück. Am selben Abend besucht Hans Müller, wie sich Naujocks nun wieder nennt, mit Edith Käsbach zum zweitenmal das Hotel Zahory. Seinen Wagen stellt er in der Nähe des Hotels ab.

Goetsch wartet in unmittelbarer Nachbarschaft.

Im Gastzimmer sitzt Formis, verabschiedet sich aber bald mit den Worten: »Ich habe noch zu arbeiten.« Auch das Pärchen geht wenig später auf sein Zimmer.

Es ist 21.30 Uhr, als Goetsch das vereinbarte Zeichen zum »Einsatz« erhält: Müller knipst das Licht in seinem Zimmer dreimal hintereinander kurz an und aus. Vorsichtig pirscht sich Goetsch an das Hotel heran und klettert an einem Seil zu Müller ins Zimmer hoch. Kurz danach hören die beiden Kumpane Schritte auf dem Hotelgang. »Jetzt geht er auf den Dachboden«, flüstert Müller. Zwei Minuten später schleicht er zu Formis' Zimmer, der inzwischen vom Dachboden, wo er die Sendeanlage eingeschaltet hat, zurück ist. In der Hand hält Müller eine Flasche Chloroform. Er will Formis betäuben, damit er ihn in bewußtlosem Zustand über die Grenze schleppen kann.

Aber Müllers Nachschlüssel zu Formis' Zimmer versagt. Müller drückt die Klinke herunter. Die Tür läßt sich nicht öffnen, Formis, der das Gespräch gehört hat, ruft: »Was ist?«

»Wir haben unsere Seife vergessen«, ruft Müller schnell. »Können Sie uns nicht aushelfen?«

»Augenblick«, sagt Formis bereitwillig, öffnet die Tür einen Spalt und reicht ein Stück Seife heraus.

Müller stößt die Tür auf. Im selben Augenblick weiß Formis, mit wem er es zu tun hat. Es kommt zu einem Handgemenge, in das Goetsch eingreift. Da Formis ohne Waffengebrauch nicht zu überwältigen ist, zieht Müller die Pistole. Später, als Naujocks, der Deckname Müller ist auf dem sicheren Boden des »Dritten Reiches« wieder beiseite getan, brüstet sich der Mörder: »Als ich auf Formis schoß, knallte auch Goetsch los. Formis war sofort tot.«

Ein Phosphorbrandsatz, von Müller an die Sendeeinrichtung in Formis' Zimmer gelegt, explodiert. Durch die Schüsse alarmiert, eilen der Hotelier Graf und das aus dem Schlaf gerissene Personal herbei. Müller und Goetsch treiben alle in den Keller: »Das Haus ist umstellt! Wer den Kopf 'raussteckt, wird erschossen!«

Als Müller, Goetsch und die verstörte, durch das Verbrechen überraschte Käsbach im Auto davonrasen, schlagen

Flammen aus dem Hôtelbau an der Moldau.

Die Flüchtenden haben Glück. Wenige Stunden später, die Fahndung nach ihnen ist noch nicht überall bekannt, gelangen sie bei Rosenthal über die rettende Grenze. Zu Fuß. Auf Schleichwegen. Den Wagen lassen sie kurz vor dem Zollhaus auf tschechischem Boden zurück. Legal über die Grenze zu gehen scheint zu riskant.

Aber auf dem Boden des faschistischen Deutschland kehren Mut und Unverfrorenheit zurück. Eine Stunde nach dem illegalen Grenzübertritt erscheint ein von Müller Beauftragter auf tschechischer Seite, um den im Stich gelassenen Personenkraftwagen abzuholen. Es ist der Kraftfahrer Werner Zeibig aus Rosenthal, der Bruder des Gastwirts Arno Zeibig, der die Gastwirtschaft »Forsthaus« am östlichen Ende Rosenthals betreibt.

Viele Jahre später, längst ist das braune faschistische Terrorregime untergegangen, erzählt mir Arno Zeibig, was in der Nacht vom 23. zum 24. Januar 1935 in Rosenthal geschah: »Ja, im Januar 1935 war das, da wurde ich nachts durch lautes Rufen und Klopfen geweckt. Als ich öffnete, traten zwei junge Männer und eine Frau in den Hausflur. Einer verlangte eine Limonade, die er hinterstürzte. Dann schrieb er im Gastzimmer einen Zettel, mit dem ich hinüber ins Tschechische gehen sollte. Dort stünde sein Pkw. Den sollte ich auf die deutsche Seite herüberholen. Ich sagte, daß ich nicht Auto fahren kann, ich verstehe nichts davon. Da fragte er, ob ich einen Kraftfahrer im Ort wüßte. Ich sagte: ›Ja, meinen Bruder Werner.‹ Da mußte ich mit ihm mit und meinen Bruder aus dem Bett holen. Der hat dann den Pkw von drüben 'rübergeholt. Die tschechoslowakischen Grenzbeamten wußten sowenig wie wir, was es damit auf sich hatte, und haben den Wagen mit über die Grenze geschoben.«

In Střešovic bleibt ein ausgebranntes Hotelzimmer zurück. Und ein Toter. Naujocks kann, nachdem er die Nacht über in einem Dresdner Hotel verbracht hat, bei seinem Eintreffen in Berlin seinem Vorgesetzten Heydrich melden: »Aktion Formis erfolgreich durchgeführt. Feindsender liquidiert.«

Aber die »Aktion Formis« soll nicht das letzte Verbrechen

sein, das Heydrichs »Mann zur besonderen Verwendung« vorbereitet und durchführt.

Im August/September 1939 ist er an der Vorbereitung und Durchführung der »Aktion Gleiwitz« beteiligt, bei der auf das Stichwort »Großmutter gestorben«, das dem »Bergbauingenieur Hermann Koller« als Telegramm im Gleiwitzer Hotel »Haus Oberschlesien« zugestellt wird, der fingierte »polnische Überfall« auf den Sender Gleiwitz beginnt und den faschistischen Kriegsbrandstiftern den Vorwand zum Überfall auf den Nachbarstaat Polen liefert.

Im November 1939 folgt die »Aktion Venlo«, bei der unter Führung von »Hauptmann Schramm«, wie sich Naujocks bei diesem Verbrechen nennt, englische und holländische Offiziere gekidnappt, das heißt mit Gewalt von holländischem Hoheitsgebiet auf deutschen Boden und in deutsche Konzentrationslager verschleppt werden, wobei einer der Offiziere an den Schußverletzungen stirbt.

Das »Unternehmen Andreas« wird von Naujocks, der inzwischen zum Gruppenchef im Amt VI des faschistischen Reichssicherheitshauptamtes avanciert ist, organisiert und begonnen, das größte Geldfälschungsunternehmen, um mit den Falsifikaten die Währungen ihrer Gegner zu untergraben.

Im Frühjahr 1945, der faschistische Spuk ist vorüber, taucht Naujocks unter, denn zu groß ist die Zahl der Verbrechen, für die er verantwortlich ist. Schließlich doch gefaßt und in Nürnberg inhaftiert, entkommt er mit amerikanischer Hilfe aus der Kriegsverbrecherhaft, lebt zwei Jahre unter falschem Namen in Hamburg, wird 1948 von einem dänischen Antifaschisten erkannt und wegen seiner in Dänemark verübten Verbrechen in Kopenhagen zu vier Jahren Gefängnis verurteilt.

Die in Hamburg bei den westdeutschen Justizbehörden gegen ihn angestrengten Ermittlungsverfahren werden bald eingestellt. Kein Wunder, da es in der Hamburger Justiz von ehemaligen Blutrichtern Hitlers nur so wimmelt, die wissen, daß Leute wie Naujocks eines Tages gebraucht werden könnten.

Wer heute nach Hamburg kommt und die Groß-Flottbeker Straße hinaufgeht, sieht bald den an der Straße liegenden »Flottbeker Dorfkrug«. Viele, die gern ein gutes Bier trinken, kehren hier ein. Das tief niedergezogene niedersächsische Binsendach, die hellgetünchten Außenwände mit den sechsfach unterteilten Fenstern der Gastwirtschaft, alles lädt zum Verweilen ein. Das Innere der Gastwirtschaft hält, was das Äußere verspricht. Küche und Keller bieten dem Gast, was er sich nur wünschen kann.

Der Gastwirt heißt Alfred Naujocks. Seine Schankkonzession erhielt er vor vielen Jahren. Anstandslos, denn in seinem polizeilichen Führungszeugnis stand: Nicht vorbestraft. Merkwürdigerweise.

Die Eingeweihten wissen, daß der Gastwirt, der selten, aber doch hin und wieder einmal selbst hinter der Theke steht, durchaus nicht so unbescholten ist, wie es dem polizeilichen Führungszeugnis nach den Anschein hat. Was es mit diesem Alfred Naujocks auf sich hat, ist bekannt, aber unbehelligt geht hier ein notorischer Verbrecher, der nicht nur einmal, sondern vielfach gemordet hat, einem gutbürgerlichen Gewerbe nach, ohne daß die BRD-Justiz nach ihm greift und ihn zur Rechenschaft zieht.

Das Verbrechen in der Schneise 31

Der Reichstagsbrand war das Fanal für die Ausschaltung aller demokratischen Kräfte in Deutschland. Im Auftrag des deutschen Monopolkapitals durch Mord und Terror an die Macht geschoben, fürchteten die braunen Banditen in den ersten Jahren ihrer blutigen Diktatur nichts mehr als den Zusammenschluß ihrer Gegner in einer festen antifaschistischen Einheitsfront. Sie hatten allen Grund dazu, faßte doch am zweiten Jahrestag der faschistischen »Machtergreifung«, am 30. Januar 1935, das Zentralkomitee der Kommunistischen Partei Deutschlands einen Beschluß, von dem kurze Zeit danach Hitler, Göring, Goebbels und nicht zuletzt der faschistische Massenmörder Heinrich Himmler Kenntnis erhielten. In dem Beschluß hieß es: »Der Sturz der faschistischen Diktatur kann nur durch die Gewinnung der breitesten Volksmassen für den Kampf unter proletarischer Führung gegen die faschistische Tyrannei, gegen die imperialistische Kriegspolitik und gegen die Kapitaloffensive, durch die Organisierung der antifaschistischen Volksfront erreicht werden. Auf dem Wege des Zusammenschlusses der Kommunisten mit den sozialdemokratischen Arbeitern und Organisationen zur gemeinsamen Steigerung des Klassenkampfes wird die Arbeiterklasse alle Schichten der Werktätigen an sich ziehen und sie zum Kampf gegen den Faschismus führen.«

Diesem grundlegenden Gedanken dienten die illegal im Lande oder jenseits der Grenzen gedruckten Materialien, die von der Geheimen Staatspolizei als »Hetzschriften« deklariert wurden und von denen sie allein im Jahre 1935 die enorme Zahl von 1670300 Exemplaren registrierte. Ein großer Teil davon wurde in der ČSR mit Hilfe der Genossen der KPČ gedruckt und auf Schleichwegen über die scharf bewachte Grenze ins »Dritte Reich« gebracht. Unter Lebensgefahr, denn die ein Jahrzehnt später in Nürnberg als verbrecherisch erklärte SS und die faschistische Grenzpolizei hatten Befehl, auf jeden illegalen Grenzgänger, der sich ihrem Zugriff zu entziehen suchte, scharf zu schießen. Die antifaschistischen Flugblätter, Zeitschriften wie die »Arbeiter-Illustrierte« und Broschüren waren, wie in der »Geschichte der deutschen Arbeiterbewegung« nachzulesen ist, »eines der wichtigsten Bindeglieder zwischen der Parteiführung und den Mitgliedern sowie zwischen der Partei und den Volksmassen«.

Es ist verständlich, daß die faschistische Gestapo mit wütendem Eifer nach diesen für den Bestand von »Ruhe und Ordnung« des verbrecherischen faschistischen Systems so gefährlichen »roten Hetzschriften«, ihren »roten Postmeistern« und »roten Briefträgern« sowie nach den zahlreichen »roten Adressaten« fahndete. In der Gestapoleitstelle Dresden, die ihre Diensträume und Folterkammern im Laufe der Jahre vom Polizeipräsidium in der Schießgasse nach einer Villa an der Wiener-, Ecke Gellertstraße und später von da in ein fünfstöckiges Hotelgebäude an der Bismarckstraße gegenüber der Südseite des Dresdner Hauptbahnhofes verlegte, beschäftigten sich besonders die Gestapokommissare Weser, Geißler, Dachsel und Preusker mit dem »Sachgebiet Grenzarbeit der KPD«. Sie versuchten, in den mit der Grenzarbeit betrauten Parteiapparat diesseits und jenseits der Grenze mit ihren Provokateuren und Lockspitzeln einzudringen. Im Frühjahr 1935 war es der Gestapo gelungen, einen gewissen Berthold, der mit einem zweiten Mann für die Übernahme des illegalen Materials auf deutscher Seite im Abschnitt Altenberg verantwortlich war, »umzudrehen«, das heißt für die schmutzige Arbeit eines Lockspitzels zu gewinnen. Das war die Ursache für das Verbrechen in der Schneise 31, das zu einem tragischen Verlust führte, den die KPD in den ersten Julitagen 1935 erlitt.

Am 4. Juli 1935 trat eine Gruppe von vier kommunistischen Kurieren mit antifaschistischer Literatur in den Rucksäcken in den Vormittagsstunden von tschechischem Boden aus wieder einmal den Marsch über die Grenze in das faschistische Deutschland an. Jeder der vier Genossen, die bei Tageslicht die Grenze überschritten, hörte aus konspirativen Gründen auf einen Decknamen. Inzwischen wissen wir, daß es die Genossen Max Niklas aus Ehrenfriedersdorf im Erzgebirge, Arthur Thiermann aus Ebenheit in der Sächsischen Schweiz, Walter Richter aus Dohma bei Pirna und Hans Müller aus Leipzig waren. Für die ersten drei der vier Genossen, die über das Hochmoor bei Georgenfeld auf die Schneise 31 zustrebten und damit dem für 14 Uhr vereinbarten Treff an der Straße, die von Altenberg nach Schellerhau führt, sollte es der Marsch in den Tod werden. Denn der Lockspitzel Berthold erwartete sie an der Bushaltestelle nicht mit dem den vier Kurieren als zuverlässig bekannten Genossen, der durch Berthold verraten und von der Gestapo im Dresdner Ostragehege »auf der Flucht« erschossen worden war, sondern stellte ihnen einen »Ersatzmann Werner« vor. Bei diesem »Ersatzmann Werner« handelte es sich aber um einen Gestapobeamten.

Das Unbehagen der Genossen schlug in Mißtrauen gegen Bertholds Begleiter um, kam aber zu spät. Der Treffpunkt war von Berthold verraten und in weitem Umkreis von SS und Gestapo umstellt worden. Den vier Genossen blieb nur die Flucht. Sie wandten sich der tschechischen Grenze zu. Ihre Verfolger waren mit Karabinern bewaffnet. Die Genossen hatten nur Pistolen. Damit verteidigten sie sich. In dem Feuergefecht fielen Niklas, Richter und Thiermann, von den

Kugeln der SS und Gestapo tödlich getroffen. Der vierte Genosse, Hans Müller, wurde am Bein verwundet, entkam aber mit letzter Kraft über die rettende Grenze in die ČSR.

Am selben Tage noch erstattete Gestapokommissar Weser seinen Vorgesetzten schriftlich Rapport. »Am 4. Juli 1935 wurden im Forstrevier Hirschsprung/Altenberg vier Kommunisten, die sich in der Tschechoslowakei aufhielten, von Kommissar Dachsel, Kriminalhauptwachtmeister Geißler und mir gestellt. Drei auf der Flucht erschossen, einer entkam. Der geflüchtete spricht sächsischen Dialekt, er nennt sich Jan (Deckname des entkommenen Genossen Müller, den Berthold der Polizei genannt hatte – W. F.), ist ungefähr 1,80 m groß, schlank, dunkelhaarig und etwa sechsundzwanzig. Mir und meinen Kameraden ist bekannt, daß zu dem Kreis kommunistischer Emigranten, dem die drei Erschossenen angehörten, noch mehrere aus Deutschland geflüchtete Kommunisten gehören und daß auch diese mit Schußwaffen ausgerüstet sind. Von einem unserer Vertrauensmänner (dem Berthold – W. F.) wissen wir, daß diese Kommunisten nie ohne Schußwaffen über die Grenze nach Deutschland kämen und daß sie auch bei einem Zusammentreffen mit deutschen Beamten rücksichtslos von der Schußwaffe Gebrauch machen würden. Es ist nach meiner Ansicht unbedingt erforderlich, daß die Regierung der ČSR von dem Treiben der Emigranten in Kenntnis gesetzt wird, damit sie gegen die Verbrecher, die den Frieden unter der Grenzbevölkerung sowohl auf deutscher als auch auf tschechoslowakischer Seite gefährden, vorgehen kann. Es ist auch ein unhaltbarer Zustand, daß sich gemeine Verbrecher wie in vorliegenden Fällen außerhalb der Grenzen Deutschlands aufhalten und von dort aus schwerbewaffnet zum Zwecke der Ausführung strafbarer Handlungen nach Deutschland kommen, um sich dann wieder über die Grenze zurückzubegeben, um den Zugriffen der deutschen Behörden zu entgehen. Es ist wohl kaum anzunehmen, daß eine Regierung, die über das Treiben derartiger Elemente unterrichtet ist, diesen auch weiterhin Asylrecht gewährt.«

Weser rannte mit seinem Bericht und den darin enthaltenen Schlußfolgerungen offene Türen ein. Denn die bürgerliche tschechoslowakische Regierung, die es mit den Faschisten in der Berliner Reichskanzlei nicht verderben wollte, legte dem antifaschistischen Kampf der deutschen Emigranten und ihrer tschechischen Verbündeten in den Reihen der KPČ, wo sie nur konnte, Steine in den Weg.

Der faschistische »Reichsrundfunk«, auf höhere Anweisung zunächst noch bemüht, die Ereignisse im Altenberger Grenzwald als unpolitische Auseinandersetzung mit kriminellen Paschern von »Wirtschaftsware« hinzustellen, brachte am 5. Juli 1935 folgende Meldung: »Die Grenzpolizei hat bei Altenberg im Erzgebirge einer Schmugglerbande das Handwerk gelegt. Drei dieser Rechts- und Grenzverletzer wurden auf der Flucht erschossen. Einer konnte entkommen, vermutlich in die Tschechoslowakei.«

Der faschistische »Freiheitskampf«, die Tageszeitung der Nazipartei in Dresden, kam der Wahrheit, die sich inzwischen mit Windeseile herumgesprochen hatte, wenn auch nicht ganz, so doch ein klein wenig näher, als er in seiner Ausgabe vom Freitag, dem 5. Juli 1935, unter der Überschrift »Schweres Gefecht mit Kommunisten« – »Grenz- und Gendarmeriebeamte verhindern großen Hetzschriftenschmuggel« – berichtete: »Ein schweres Feuergefecht zwischen Grenzbeamten und Gendarmerie einerseits und einer aus vier Mann bestehenden Schmugglerbande spielte sich am Donnerstagnachmittag in der Schneise 31 bei Schellerhau ab, die von der deutsch-tschechischen Grenze gekreuzt wird. Die Grenzbeamten, die sich auf einer Streife befanden, entdeckten die Bande, die sich bemühte, die Grenze in Richtung Deutschland zu überschreiten. Als die Schmuggler auf den Anruf der Beamten nicht stehenblieben, sondern versuchten, ihren Weg fortzusetzen, griffen die Beamten pflichtgemäß zur Waffe. Die Schmuggler, die sich sehr geschickt deckten, erwiderten das Feuer, so daß sich die Beamten genötigt sahen, Verstärkung herbeizurufen. Erst unter Aufbietung aller Kräfte gelang es den Beamten, der Bande Herr zu werden. Drei von den Schmugglern, die sich sehr hartnäckig verteidigten, wurden bei dem Feuergefecht erschossen, der vierte entkam. Leider wurden bei dem Feuergefecht auch zwei Gendarmeriebeamte verletzt, doch sind ihre Verwundungen zum Glück nur leicht. Die Leichen der erschossenen Schmuggler wurden nach der Untersuchung durch die vorgesetzte Zolldienststelle nach Altenberg gebracht, wo man sich bemüht, ihre Personalien festzustellen. Allem Anschein nach handelt es sich um Kommunisten, denn die Schmuggelerware, deretwegen sie ihr Leben aufs Spiel setzten, bestand aus Hetzschriften, die sie in größeren Mengen nach Deutschland zu bringen versuchten. Dem energischen Zugreifen der Beamten, die in jeder Beziehung pflichtgemäß gehandelt haben, ist es zu verdanken, daß wieder einigen Hetzern in zwar schonungsloser, doch verdienter Weise ein Ende bereitet wurde. Der Vorfall zeigt, daß die Kommunisten ihr Ziel, in Deutschland wieder Fuß zu fassen, noch nicht aufgegeben haben.«

Diese von der Gestapo »frisierte« Meldung sollte nicht die Wahrheit enthüllen, sondern den Verrat Bertholds verschleiern. Denn bei den »Grenzbeamten, die sich auf einer Streife befanden« und, wie dem Leser weisgemacht werden sollte, gewissermaßen »rein zufällig« des Wegs kamen und dabei »überraschenderweise« auf die vier Antifaschisten stießen, handelte es sich in Wirklichkeit um fast 40 SS-Mörder und ein Dutzend Gestapoleute. Die in der ČSR gedruckte, illegal in Deutschland verbreitete »Arbeiter Illustrierte Zeitung« deckte in ihren Ausgaben Nr. 31 und 37 auf Grund des Berichts des Genossen Hans Müller Bertholds Verrat und damit die Wahrheit über das in der Schneise 31 an den drei Genossen der KPD begangene Verbrechen auf. Berthold, der nicht wußte, daß der verwundete Genosse Müller überleben würde, wurde von der Gestapo einige Zeit später erneut in die ČSR geschickt, um ihr in der Maske des zuverlässigen Genossen neue Opfer zuzutreiben. Die »AIZ« berichtete darüber:

»Berthold fühlte sich so sicher, daß er nach Prag kam, um wieder mit antifaschistischen Kreisen Fühlung zu suchen. Nach Zeitungsberichten soll er in der Nähe von Prag einen Zusammenstoß mit antifaschistischen Emigranten gehabt haben, in dessen Verlauf der Gestapo-Verbrecher ... zur Polizei rannte, mit der Begründung, daß er sich bedroht fühlte. Noch einmal suchte er sich durch Verleumdungen und phantastische Erfindungen herauszudrehen. Aber vergeblich. Die proletarische Presse hatte inzwischen die Maske vom Gesicht des Verbrechers gerissen. Unter dem Druck der gegen ihn erhobenen Beschuldigungen blieb ihm nichts anderes übrig, als zu gestehen. Die Prager Polizei lieferte Gerhard Berthold in das Untersuchungsgefängnis Pankrac ein.«

Die tschechischen Behörden schoben Berthold einige Zeit später über die Grenze ab. Für die Gestapo war er wertlos geworden, war seine verräterische Rolle doch durch die Berichte in der »AIZ« auch der illegal kämpfenden Parteiorganisation nicht nur in Dresden bekannt geworden.

Die Leichname der drei ermordeten Genossen wurden, wie es in der »AIZ« heißt, dem Anatomischen Institut der Universität Leipzig als »anatomisches Lehrmaterial« übergeben. Die Urne mit den sterblichen Überresten des Genossen Richter wurde später in Dohma, die des Genossen Thiermann in Pirna beigesetzt. Die letzte Ruhestätte des Genossen Niklas ist nicht bekannt.

Geht man von Altenberg nach Schellerhau, dann findet man bald linker Hand in einer kleinen Lichtung einen hohen Granitblock, auf dem eine Gedenktafel angebracht ist: »Die Toten mahnen! Im Kampf gegen den Faschismus fielen am 4. Juli 1935 unsere Genossen Max Niklas – Walter Richter – Arthur Thiermann. Sie werden uns unvergessen bleiben.«

Pfau und Bluthund

Vom Burggarten zu Hohnstein aus, der eine Zeitlang auch »Schleifstein« genannt wurde, sieht man, daß die Rennstrecke jenseits des Polenztales, von Straßenkante zu Straßenkante acht Meter breit, in den überhöhten Kurven der Serpentine bis auf vierzehn Meter verbreitert, allmählich zur »Hocksteinschänke« hinaufklettert.

Nicht jeder Besucher, der hier oben im Burggarten steht, kennt die merkwürdige Geschichte dieser »Rennstrecke«, die zwar den ersten Teil des Namens mit der anderen Rennstrecke gemein hat, jedoch kaum Rennen erlebt und trotzdem oft mit ihrer großen und bekannten Namensschwester verwechselt wird.

Der Um- und Ausbau der Straße, die unter uns liegt,

wurde 1933 vom Straßen- und Wasserbauamt Pirna öffentlich ausgeschrieben, aber es fand keine Submission statt. Die Behörde vergab den Auftrag »unter der Hand« an das NSKK (Nationalsozialistisches Kraftfahrerkorps). Dort wieder hatte man Freunde bei der SA. Die besorgten das übrige. Die Arbeiten, die darin bestanden, die kurvenreiche Serpentine stark zu verbreitern, die Straßenführung im Polenztal aufwärts teilweise und den Streckenteil von der »Hocksteinschänke« nach Stürza hinüber völlig neu anzulegen, wurden ausnahmslos von den seit Frühjahr 1933 in der ehemaligen Jugendherberge Hohnstein inhaftierten politischen Gegnern des faschistischen Regimes ausgeführt.

Das »Schutzhaftlager« Hohnstein stellte die Arbeitskräfte, vom Straßenbauingenieur über den Facharbeiter bis zum Hilfsarbeiter. Mit Schweiß und Blut ist das helle Straßenband getränkt, das sich drüben den steilen Felshang zur Höhe des Hocksteins emporwindet.

Die willkürlich ihrer Freiheit beraubten »Schutzhäftlinge« wurden hier mit Peitsche und Knüppel zur Sklavenarbeit gezwungen und mit Revolver und Karabiner in Schach gehalten. Keinen Pfennig Lohn erhielten sie für die acht- bis neunstündige Arbeit am Tag bezahlt, im Gegenteil, nachdem die »Schutzhaft« aufgehoben oder in Gefängnis umgewandelt war, wurden ihnen je Tag 2 Mark »für Unterbringung und Verpflegung« berechnet. Ein fettes Geschäft für die braununiformierten faschistischen Verbrecher.

Kommandant des Konzentrationslagers, in dem zeitweise fast 2000 Antifaschisten zusammengepfercht leben mußten, war SA-Sturmführer Jähnichen. Im September 1933 erhielt Jähnichen einen Stellvertreter beigeordnet: SA-Sturmführer Heinicker. In jenem Herbst 1933 waren die Faschisten noch nicht zum fabrikmäßigen perfekten Mord an ihren politischen Gegnern und noch nicht zum »Endlösung der Judenfrage« genannten Massenmord an der jüdischen Bevölkerung übergegangen. Aber in den etwa zwei Jahren des Bestehens des »Schutzhaftlagers« Hohnstein, das angeblich der »Umerziehung andersdenkender Volksgenossen« dienen sollte, starben schon mehr als 100 politische Gegner Hitlers zwischen den Mauern der Burg oder in Krankenhäusern, in die sie kurz vor ihrem frühzeitigen Ende noch rasch abgeschoben wurden. Die offizielle Sterblichkeit im »Schutzhaftlager« Hohnstein war dadurch »äußerst gering«, wie jederzeit nachgewiesen werden konnte.

Hunderte Antifaschisten holten sich hier für den Rest ihres Lebens schwere gesundheitliche Schäden; denn der faschistische Haß des SA-Sturmes 14/100 tobte sich ungehemmt und erbarmungslos an den wehrlosen Gefangenen aus, mit Faustschlägen und Ohrfeigen, mit Fußtritten und Prügel aller Art. Der Kolben der Karabiner der Wachmannschaften, die Gummiknüppel, die Schlagringe, die Nilpferdpeitschen, die Zaunlatten, die großmundigen Schraubenschlüssel, die mit Sand gefüllten Gummischläuche, alles, was sich zu eignen schien, den Häftlingen die politische Überzeugung aus den Köpfen zu prügeln, wurde als Schlagwerkzeug benutzt. Mit dem vom »Führer« Adolf Hitler gestifteten »Ehrendolch der SA« wurde auf die Gefangenen eingestochen.

Der KZ-Kommandant, ein eiskalter Zyniker, terrorisierte mit systematischer und grausamer Gründlichkeit. Sein Stellvertreter, eine Mischung von eitlem Pfau und hechelndem Bluthund, erweiterte Jähnichens System durch neue Einfälle.

Doch das Konzentrationslager Hohnstein, inmitten eines vielbesuchten Ausflugszentrums der Sächsischen Schweiz, lag auf die Dauer viel zu offen vor den Augen der Besucher aus nah und fern. Die Mißhandlungen beim regelmäßigen Strafexerzieren auf dem »Schleifstein« im Burggarten zu Hohnstein blieben den Augen der Ausflügler auf dem gegenüberliegenden Hockstein nicht verborgen. In jenen ersten Jahren des Faschismus befürchtete die faschistische Prominenz noch, das »Dritte Reich« in Mißkredit zu bringen, wenn sich die Umerziehung der Gegner des »Volkskanzlers« zu eindeutig als brutaler Terror zeigte. Deshalb mußte man dieses KZ auflösen. 1934 verließ der letzte »Schutzhäftling« das »Schutzhaftlager« Hohnstein.

Mit der Auflösung des Konzentrationslagers Hohnstein wich ein Alpdruck von den Bewohnern des kleinen Städtchens unterhalb der historischen Felsenburg. Man vergaß zwar nicht, was man in den zwei Jahren selbst gesehen und gehört, wovon einem erzählt worden war, aber froh, daß der

Spuk vorüber, rührte man ungern an den Ereignissen dieser Jahre, in denen Dinge geschehen waren, die an das finsterste Mittelalter der Hexenverfolgungen und Ketzerverbrennungen erinnerten.

Die Zeit verging. Alles schien vergessen. Aber fünfzehn Jahre nach der Auflösung des Konzentrationslagers Hohnstein tritt im Juni 1950 im Rathaussaal zu Waldheim die 11. Strafkammer des Landgerichts Chemnitz zur Verhandlung gegen den ehemaligen stellvertretenden Kommandanten des Konzentrationslagers Hohnstein, Ernst Heinicker, zusammen. Heinicker ist einer der letzten vom Mordsturm 14/100, der sich vor einem Gericht des ersten deutschen Arbeiter-und-Bauern-Staates für seine Verbrechen verantworten muß. In zwei Prozessen gegen Angehörige der SA, die als Wachmannschaft Häftlinge des Konzentrationslagers Hohnstein in den Jahren 1933/34 gepeinigt und ermordet hatten, standen vor Heinicker bereits mehr als ein halbes Hundert faschistischer Kreaturen vor Gericht. Langjährige Zuchthausstrafen und ein Todesurteil sind in diesen zwei Prozessen verhängt worden.

KZ-Kommandant Jähnichen war flüchtig. Er lebte unangefochten, ebenso wie einige andere Subjekte der Hohnsteiner SA, in der BRD. Der ehemalige SA-Sturmführer Heinicker, der nun auf der Anklagebank sitzt, ist fast nicht wiederzuerkennen. Der Mann, der in öffentlicher Verhandlung seinen Richtern vorgeführt und den Zeugen seiner Verbrechen gegenübergestellt wird, ähnelt nicht mehr im geringsten jener Mischung von eitlem Pfau und hechelndem Bluthund, der, die schlagbereite Reitpeitsche in der rechten Hand, anderthalb Jahrzehnte zuvor die »Schutzhäftlinge« das »Fürchten« lehrte, wie er selbst einst prahlte.

Der im Jahre 1933 bei Dienstantritt in Hohnstein achtundzwanzigjährige SA-Sturmführer Heinicker ist nun, da er gut fünfzehn Jahre später vor Gericht steht, vierundvierzig Jahre alt. 1930 ist er, wie er mit leiser Stimme bei der Vernehmung erklärt, der NSDAP und der SA beigetreten. Dort hat er seinen Weg gemacht, der ihn 1933 nach Hohnstein und nun 1950 vor Gericht geführt. In der Beweisaufnahme kommen zahlreiche Zeugen, ehemalige Hohnsteiner Häftlinge, zu Wort, die Heinicker schwer belasten.

Heinicker, der sich vor Gericht klein macht, ist verantwortlich für zahllose Verbrechen. Über 6000 Gefangenenmißhandlungen schwerer und schwerster Art sind in Hohnstein begangen worden. Heinicker hat sie zum Teil veranlaßt, an ihnen teilgenommen oder sie allein ausgeführt. Ein Film wird im verdunkelten Verhandlungsraum vorgeführt, in dem Fotos und Dokumente als stumme Zeugen der Verbrechen erscheinen, die faschistischer Ungeist auszubrüten vermochte.

Die Tortur begann damit, daß die neu eintreffenden Häftlinge grausam verprügelt wurden. Sie wurden beim Haareschneiden meist ihrer gesamten Barschaft beraubt, die sie bei sich führten. Beim Deckenfassen in der Kammer wurden sie wieder verprügelt oder zusammengeschlagen. Danach wurden sie unter Schlägen in ihre Unterkunft gejagt. Bekannte antifaschistische Häftlinge mußten auf Befehl Heinickers Spießruten laufen. Kurz, die in der faschistischen Presse gerühmte »politische Umerziehung der Gegner Hitlers« bestand in brutalen Mißhandlungen am laufenden Band, besonders in den ersten vierzehn Tagen bis drei Wochen, in denen die neu eingelieferten Häftlinge nicht mit zur Arbeit am Straßenbau ausrückten, sondern von ihren Peinigern »Gehen und Stehen« beigebracht erhielten.

Einer der ehemaligen Häftlinge faßte die von der SA begangenen Grausamkeiten in zwei Sätzen zusammen. Es war der Zeuge Fabian. »Die SA-Leute – voran Jähnichen und Heinicker – waren keine Menschen mehr, sondern Bestien in brauner Uniform. Die Burg Hohnstein hat wohl noch nie, davon bin ich überzeugt, nicht einmal im Mittelalter, Grausamkeiten in solcher Masse gesehen.«

Zeuge Wachsmuth: »Erkennst du mich, Heinicker?«

Heinicker sieht auf und nickt: »Ja.«

Zeuge Wachsmuth: »Herr Vorsitzender, dieser Heinicker, der hier sitzt und den ich nach langen Jahren wiedererkenne, hat mir bei einer Vernehmung acht Zähne ausgeschlagen. So ging es in Hohnstein damals zu! Das vergißt man nicht, und Leute wie Heinicker, die so etwas fertigbrachten, erkennt man noch nach Jahren wieder.«

Vorsitzender: »Angeklagter. Wissen Sie, daß den Häftlingen in der Frisierstube nach der Einlieferung beim Haarschneiden ganze Haarbüschel samt Teilen der Kopfhaut ausgerissen wurden? Wissen Sie, daß verschiedene Häftlinge diese Haare zu je zwölf Stück bündeln mußten und dabei noch geschlagen wurden?«

Heinicker schweigt.

Vorsitzender: »Äußern Sie sich dazu, Angeklagter! Waren Sie bei solchen Vorkommnissen dabei?«

Heinicker (nach einigem Zögern, leise): »Ja.«

Vorsitzender: »Haben Sie die Häftlinge gepeitscht?«

Heinicker: »Ja.«

Vorsitzender: »Warum taten Sie das?«

Heinicker: »Ich war der damaligen faschistischen Weltanschauung verfallen. Fortwährend wurde uns von unseren Vorgesetzten der Haß gegen die Gegner, vor allem gegen die Kommunisten, eingepaukt.«

Aber nicht nur ehemalige Häftlinge kommen als Zeugen zu Wort. Auch ein ehemaliger SS-Mann, der in einem vorangegangenen Prozeß zu zehn Jahren Zuchthaus verurteilt worden ist, wird gehört.

Vorsitzender: »Zeuge Walther. Sie gehörten dem SA-Sturm 14/100 an, der im Konzentrationslager Hohnstein die dort inhaftierten Gegner Hitlers bewachte. Was können Sie uns über die Ereignisse berichten, die sich Pfingsten 1934 im Konzentrationslager Hohnstein abspielten?«

Zeuge Walther: »Von uns SA-Angehörigen wurde dort auch der ehemalige sächsische Innenminister Liebmann bewacht. Er saß in Einzelhaft. Er gehörte bis 1933 der SPD an. Liebmann wurde eines Tages, noch vor Pfingsten 1934, auf Befehl des damaligen Sturmführers Heinicker in das SA-Kasino geholt, wo ein Trinkgelage stattfand. Das war, als Gauleiter Mutschmann die Burg besuchte. Heinicker hatte sich ausgedacht, daß Liebmann dort eine Rede halten sollte. Liebmann weigerte sich aber. Er wurde von den angetrunkenen Anwesenden umringt, niedergeschlagen und in den Bunker geschleift.«

Vorsitzender: »Was wurde bei der Mißhandlung Liebmanns an Werkzeugen verwendet?«

Zeuge Walther: »Der SA-Ehrendolch.«

An den Folgen der Mißhandlungen starb der Sozialdemokrat Liebmann ein Jahr später in einem Leipziger Krankenhaus. Ähnlich erging es dem ehemaligen Redakteur der »Plauener Volkszeitung«, dem Sozialdemokraten Josef Fritz. Der Prozeß brachte auch Aufschluß über die Ermordung des Antifaschisten Josef Ambroß. Auch Ambroß war von Heinicker so geschlagen, gepeitscht und in den Leib getreten worden, daß er kurz danach an den Folgen der erlittenen Verletzungen starb. Die Familie des Ermordeten nahm sich aus Kummer über den Tod des Mannes und Vaters das Leben.

Heinicker, vom Vorsitzenden zu diesen und anderen Fällen von Mißhandlungen und Folterungen mit tödlichem Ausgang, an denen er sich beteiligt hatte, befragt, erklärte: »Wir waren in der SA zum Haß gegen unsere politischen Gegner erzogen worden. Ich habe die Häftlinge in Hohnstein geschlagen, ich gebe es zu, mitunter schwer geschlagen. Es ist schwer gewesen dort in Hohnstein ...«

Vorsitzender: »Für wen? Für Sie?«

Heinicker: »Nein, für die Häftlinge.«

Vorsitzender: »Angeklagter Heinicker. Verhält es sich mit Ihrer Teilnahme an den im KZ Hohnstein üblichen Mißhandlungen an den dort inhaftierten politischen Gegnern so, wie es hier von den Zeugen berichtet wurde?«

Heinicker (fast unhörbar): »Ja.«

Vorsitzender: »Angeklagter Heinicker. Sprechen Sie lauter! Ist das, was die Zeugen hier vorgebracht haben, wahr?«

Heinicker: »Ja.«

Noch einmal wurde dann der Zeuge Walther in den Zeugenstand gerufen.

Vorsitzender: »Zeuge Walther. Was können Sie zu der Behandlung sagen, die Sie gegenwärtig während Ihrer Strafverbüßung erfahren? Wie unterscheidet sie sich von der Behandlung der seinerzeit in Hohnstein inhaftierten sogenannten Schutzhäftlinge?«

Zeuge Walther: »Ich bin wegen der Teilnahme an den Verbrechen, die wir als SA in Hohnstein begangen haben, zu zehn Jahren Zuchthaus verurteilt worden. In den zweiunddreißig Monaten meiner bisherigen Haftzeit wurde ich stets menschlich behandelt, ganz anders, als wir mit unseren damaligen Gefangenen umgingen.«

Damit war der stellvertretende Kommandant des Konzentrationslagers Hohnstein bereits moralisch von einem seiner ehemaligen Komplizen verurteilt. Niedergeschlagen erhob er sich zu dem ihm eingeräumten letzten Wort: »Ich bereue aufs tiefste«, sagte er leise und kaum vernehmbar, »was ich in Hohnstein getan habe.«

Das Urteil lautete antragsgemäß: »Der Angeklagte Heinikker wird zum Tode verurteilt.«

Ein schweres Urteil. Das schwerste Urteil, das über einen Menschen gefällt werden kann. In der Vergangenheit oft ein Urteil, in dem die Unmenschlichkeit über die Menschlichkeit siegte. Im Fall Heinicker ein Urteil, durch das die Menschheit von einem unmenschlichen faschistischen Scheusal befreit wurde.

Wie der Kriminalfall Braunschweig zum Kriminalfall Preusker wurde

Eben aus der zweiten Schicht nach Hause gekommen, saß der Transportarbeiter Martin Braunschweig beim späten Abendbrot, als Gestapokommissar Preusker, begleitet von einem uniformierten SS-Sturmführer, in einer Dezembernacht des Jahres 1944 mit den Worten die Küche betrat: »Da ist er ja, der Braunschweig! Aufstehn und mitkommen!«

Martin Braunschweig, ein etwas schwerfälliger, aber zäher Mensch, der manchem illegalen Kommunisten mit Quartier und vom Munde abgespartem Essen geholfen hatte, blieb sitzen und fragte: »Wieso denn mitkommen?«

»Dalli, dalli!« war die Antwort des Kommissars.

»Werde ich etwa zum Volkssturm geholt?« provozierte Braunschweig den Kommissar, da ihm daran gelegen war, daß die Frau hörte, warum er verhaftet wurde.

»Nein, weil du Feindsender gehört und deine Neuigkeiten weitergequatscht hast«, entgegnete der Kommissar barsch.

»Meine Neuigkeiten?« wandte Braunschweig ein. »Meine Neuigkeiten pfeifen doch die Spatzen von den Dächern!«

»Martin!« flüsterte die Frau beschwörend.

»Du, Täubchen, hältst die Fresse, oder du kriegst sie poliert, daß du dein Leben lang daran denkst!« schrie der Kommissar grob.

»Das brächten Sie fertig, eine Frau zu schlagen!« sagte Liesel Braunschweig empört.

»Ja, das bringt Kommissar Preusker fertig, du rotes Luder!« schrie der erboste Kommissar und schlug der Frau die Faust ins Gesicht.

Während sich Frau Braunschweig die Schürze an die blutende Nase hielt und ächzend auf das Sofa sank, sagte Martin Braunschweig höhnisch: »Tüchtig, tüchtig, junger Mann. Schade, daß das Ihre Frau nicht sehen kann!«

»Warte nur, du Lump, du kommst auch noch dran!« fauchte der Kommissar.

»Klar, ihr habt's ja auch eilig, denn in sechs bis acht Wochen ist die Rote Armee hier, und da ist's aus mit euch«, entgegnete Martin Braunschweig aufgebracht.

»Ja, so ist's«, der Kommissar lachte höhnisch, »und wenn wir dir bis dahin nicht die Rübe 'runtergehackt haben, wirst du Polizeipräsident in Dresden. Nun aber los! Vorwärts marsch und ab durch die Mitte!«

So etwa erzählte Martin Braunschweig, den ein Spitzel der Gestapo denunziert und ans Fallbeil geliefert hatte, den Mitgefangenen während der Untersuchungshaft den Hergang und die Umstände seiner Verhaftung. Und: »Als der Preusker mir sagte, daß ich Moskau gehört und das Gehörte weiterverbreitet hätte, da wußte ich, daß mich, wenn nichts Unvorhergesehenes dazwischenkommt, das Todesurteil erwartet. Ich hatte eine solche Wut auf den Kerl, der meine Frau zusammengeschlagen hatte, daß mir schon alles egal war. Und da habe ich dem Preusker noch mal richtig die Meinung gesagt.«

Martin Braunschweig saß während der Untersuchungshaft in der Gefangenenanstalt Dresden II an der Mathildenstraße. Die Voruntersuchung war rasch beendet und der Verhandlungstermin auf den 14. Februar 1945 festgelegt. Zu der Verhandlung sollte es aber nicht kommen, denn am späten Abend des 13. Februar 1945 griffen anglo-amerikanische Bombengeschwader die Stadt an der Elbe an, die im Feuer der Explosionen und der Brände in Schutt und Asche sank. Auch das Oberlandesgericht an der Pillnitzer Straße und das dahinter am Holbeinplatz gelegene Gefängnis mit seinem vierflügeligen Zellenbau wurden zerstört.

Das von Martin Braunschweig bezweifelte Unvorhergesehene trat ein. Entgegen der Anweisung des Leiters des sächsischen Gefangenenanstaltswesens, Oberlandesgerichtsrats Dr. Beyer, wonach bei Luftangriffen die Insassen der Gefängnisse in ihren Zellen eingeschlossen zu bleiben hätten, öffnete ein längst pensionierter, aber im letzten Kriegsjahr dienstverpflichteter alter Justizbeamter kurz nach Beginn des Luftangriffs die Türen der im Keller gelegenen Zellen. Martin Braunschweig, der eine Schlafdecke im Luftschutzwasserkübel naß gemacht und sich über Kopf und Schultern geworfen hatte, entkam aus dem brennenden Gefängnis, in dem die in den oberen Stockwerken eingesperrten Häftlinge in Feuer und Qualm erstickten. Er erreichte die Straße und schlug sich bis zur nächsten freien Fläche, dem Striesener Platz, durch. Dort wartete er den Morgen des 14. Februar und das Nachlassen der Feuersbrunst in den ringsum brennenden Häusern ab. In den frühen Vormittagsstunden erreichte er dann das Haus Anton-Graff-Straße 28. In der Kellerwohnung des Hausmeisters Braunschweig, seines Bruders, überstand er, von der Schwägerin beherbergt, beköstigt und bekleidet, die Zeit bis zum Einmarsch der Roten Armee. Das Wohnhaus in der Zinnwalder Straße fand er wenige Tage nach seiner Flucht als ausgebrannte Ruine vor. Von seiner Frau fand sich keine Spur und kein Hinweis, ob sie den Luftangriff überlebt hatte.

In der ersten Nacht nach dem Einmarsch der Roten Armee in die Stadt wurde Martin Braunschweig durch mehrere Schüsse geweckt, die in einer der oberen Etagen des Hauses fielen. Als er der Sache nachging und ihm auf sein Läuten die Tür des Oberlandesgerichtsrates Dr. Beyer, von dem hier schon berichtet worden ist, geöffnet wurde, fand er diesen, der seine Frau und sich erschossen hatte, blutüberströmt im Schlafzimmer liegen. In der Küche verröchelte die Mutter des Dr. Beyer an einer Dosis Gift, die ihr der Sohn verabreicht hatte. Der Schwager des Toten, Dr. Förster vom Sondergericht Leipzig, der in Leipzig ausgebombt und mit seiner Frau bei Dr. Beyer untergekommen war, beklagte tränenüberströmt den Selbstmord des Schwagers und den Tod der Schwägerin. Er aber »bringe es nicht übers Herz«, erklärte der faschistische Blutrichter dem Mann, der aus der

Kellerwohnung heraufgekommen war, »seine Frau und sich selbst zu erschießen, obwohl das zwischen ihm und dem Schwager abgesprochen worden sei«. Er müsse eben auf sich nehmen, was er als Richter verschuldet habe.

Hier ist nicht der Platz, über Schuld und Sühne des Blutrichters Dr. Förster zu berichten, sondern davon, wie aus dem Kriminalfall Braunschweig der Kriminalfall Preusker wurde. Wir stützen uns dabei auf den Bericht des unmittelbar beteiligten Martin Braunschweig. »Den Namen Preusker hatte ich mir gemerkt«, erzählte er später. »Und ich hatte mir auch fest vorgenommen, den Halunken zu suchen, vorausgesetzt, daß ich mich bis zum Einmarsch der Roten Armee in meinem Kellerversteck halten konnte. Aber als ich die ersten sowjetischen Soldaten auf der Straße vorbeimarschieren sah, gab es anderes zu tun. Die Leichen der Beyers mußten aus dem Haus. Ich habe sie am andern Tag mit einem geborgten Handwagen nach Tolkewitz in die Leichenhalle des Johannisfriedhofs gefahren. Den Dr. Förster, der völlig durcheinander war, ließ ich den Wagen schieben. Zu mehr war der Mann, der soviel Menschen auf dem Gewissen hatte, nicht zu gebrauchen. Anschließend habe ich den Dr. Förster gleich zur sowjetischen Kommandantur gebracht, die war damals auf der Wehlener Straße, wo sich jeder Faschist zu melden hatte. Am andern Tag bin ich nach Elstra gelaufen. Das liegt bei Kamenz. Dort wohnte eine Schwester meiner Frau. Dort, dachte ich, könnte meine Frau sein. Na, als ich, der Totgeglaubte, dort auftauchte, da war was los. Ein paar Wochen später sind wir zurück nach Dresden. Meine Frau sagte manchmal zu mir: ›Martin, du mußt den Kerl suchen!‹ Leicht gesagt. Ich hielt den Preusker für einen ausgekochten Burschen. Außer dem Namen Preusker wußte ich ja von ihm nichts. Er wird, dachte ich, wenn er überhaupt noch in der sowjetisch besetzten Zone ist, mit falschen Papieren irgendwo als ›Flüchtling aus dem Osten‹ untergetaucht sein. Da such mal! Im Sommer 1945 kam mir mal der Gedanke: Such doch mal im Adreßbuch nach seiner Adresse. Auch leicht gesagt. Erst hieß es mal, ein Adreßbuch zu finden. In Dresden war doch alles verbrannt, auch die Einwohnerkartei im Polizeipräsidium. Ich war schon dabei, die Sache aufzugeben, da kriegte ich eine Mandelentzündung. Der Doktor schreibt mir was zum Gurgeln auf, und ich setze mich auf das Fahrrad und fahre übers ›Blaue Wunder‹ von Striesen nach Loschwitz ’rüber. Dort gab es eine Apotheke, die am 13. Februar nichts abgekriegt hatte. Wie ich dort in der Reihe der Wartenden stehe, sehe ich auf einem Tisch so ’nen dicken Wälzer liegen. Ich denke, mir bleibt die Luft weg. Was lese ich: Dresdner Adreßbuch! Es muß die letzte Ausgabe der Nazizeit gewesen sein. Und da stand er drin, der Preusker, Kriminalkommissar Preusker. Ich kriege schließlich mein übermangansaures Kali oder wie das Zeug heißt, setze mich aufs Rad und fahre los, nach Löbtau! Ich klingle an der Wohnungstür. Eine Frau guckt ’raus und sagt: ›Zu meinem Mann? Der ist im Schrebergarten. Der muß aber jeden Augenblick zum Essen kommen. Es ist ja gleich Mittag.‹ Der ›harmlose Schrebergärtner‹ Preusker, der wegen eines schlechtverheilten Beinbruchs am Stock angehumpelt kam, hat aber kein Mittagessen mehr von seiner Frau gekriegt. Ich hatte eine neue Wut im Bauch und hätte ihm am liebsten zum Empfang ein paar gelangt, aber ich hab’s runtergeschluckt und habe ihn ordnungsgemäß im Hofe verhaftet. Dabei war ich damals noch gar nicht bei der Volkspolizei. Der Preusker wollte mich erst nicht erkennen. Wahrscheinlich hat er geglaubt, ich wäre am 13. Februar in meiner Zelle verschmort. Aber dann hat’s bei ihm wahrscheinlich doch gedämmert, wer ihn da am Wickel hatte. Ich habe ihn mein Fahrrad schieben lassen und zu ihm gesagt: ›Wenn du versuchst, die Kurve zu kratzen, knallt’s!‹ Aber der Preusker ist ganz brav, drei Schritt Abstand, vor mir hermarschiert. Dabei konnte ich gar nicht schießen, denn ich hatte kein Knalleisen bei mir. Die Freunde in der sowjetischen Kommandantur haben nicht schlecht gestaunt, als ich ihnen sagte, wer der Vogel ist, den ich ihnen da angeschleppt bringe. Als sie ihn hinter Schloß und Riegel hatten, ist mir richtig ein Stein vom Herzen gefallen. Später, bei der Volkspolizei, haben wir noch manchen Faschisten verhaftet, aber so gefreut wie bei dem Preusker hab’ ich mich später nie.«

Der Doppelmord im Schatten der Martin-Luther-Kirche

In den Abendstunden des 12. Dezember 1946, einem jener kalten Wintertage, die dem Dresdner Elbtalkessel oft feuchten Nebel bringen, machte sich die Arbeiterin Frieda Lehmann von ihrer Wohnung in der Talstraße 9 auf den Weg in die Betriebschorsingestunde des Dresdner Glühlampenwerkes, in dem sie als Wicklerin arbeitete. Als sie von den Mitgliedern des Betriebschors gefragt wurde, warum ihre Freundin Käthe Stiehler, die schon am Morgen nicht zur Arbeit erschienen war, nicht zur Singestunde gekommen sei, antwortete Frieda Lehmann: »Vielleicht ist was mit ihrem Jungen.«

Auch während der Betriebsweihnachtsfeier erkundigte man sich nach Käthe Stiehler, die seit dem 12. Dezember 1946 der Arbeit ferngeblieben war. Man erhielt zwischen Tanz und dünnem Nachkriegsbier von der vergnügten Freundin aber wieder nur die Antwort: »Was weiß ich! Vielleicht ist sie verreist.«

Käthe Stiehler, vierzig Jahre alt, und Frieda Lehmann, vierunddreißig Jahre alt, die eine Kriegerwitwe mit einem siebenjährigen Sohn, die andere kinderlos und mit einem Mann verheiratet, der seit 1944 vermißt wurde, waren seit einiger Zeit befreundet. Im selben Betrieb mit der gleichen Arbeit beschäftigt, durch den faschistischen Raubkrieg der deutschen Monopolisten um den Ehegefährten gebracht, hatten sich beide Frauen mehrfach gegenseitig besucht und bei auf dem schwarzen Markt erworbenen Kaffee zusammengesessen. Kein Wunder und verständlich genug, wenn Frieda Lehmann nach Tagen äußerte: »Ich kann nur staunen, daß mir die Käthe nicht gesagt hat, wo sie hinfahren will.« Da von Käthe Stiehler kein Lebenszeichen einging, meldete die Betriebsleitung des Glühlampenwerkes den Fall der Volkspolizei, zumal auch von den Wohnungsnachbarn der der Arbeit Ferngebliebenen nichts über ihren Verbleib zu erfahren war.

Am 28. Dezember 1946 veröffentlichten die Dresdner Tageszeitungen eine amtliche Bekanntmachung, in der es hieß: »Seit dem 11. Dezember werden Frau Käthe Stiehler und ihr siebenjähriger Sohn Heinz vermißt. Beide verließen an diesem Tag gegen 16 Uhr ihre Wohnung auf der Großenhainer Straße 106 und sind seitdem nicht mehr gesehen worden.« Dieser Mitteilung folgte der übliche Hinweis, »wer Angaben über den Verbleib der Vermißten machen kann, teile dies dem Kriminalamt Dresden, Landhausstraße 17, Fachabteilung I, Zimmer 22, mit«.

Mit dieser Vermißtenanzeige begann die Suche nach Käthe Stiehler und ihrem Sohn Heinz. Wenig später, am Freitag, dem 3. Januar 1947, teilte die »Sächsische Zeitung« – ebenso wie alle anderen Dresdner Blätter – ihren Lesern mit: »Durch eine erstaunliche Leistung unserer neuen Kriminalpolizei ist ein grausames Verbrechen aufgeklärt worden. Die vermißte Mutter, Käthe Stiehler, und ihr Sohn Heinz sind von der vierunddreißigjährigen Frieda Lehmann in deren Wohnung, Dresden-Neustadt, Talstraße 9, auf bestialische Weise ermordet und zerstückelt worden.«

Die alten, vom anglo-amerikanischen Bombenhagel des 13. Februar 1945 verschont gebliebenen Wohnviertel von Dresden-Neustadt verfügen über zwei Wahrzeichen: den weithin sichtbaren Turm der am 13. Februar 1945 ausgebrannten Drei-Königs-Kirche zwischen Friedrich-Engels-Straße und Straße der Befreiung sowie den ebenso nicht zu übersehenden spitzen Turm der von Bomben verschonten Martin-Luther-Kirche zwischen Louisen- und Bautzner Straße. Vom Hause Talstraße 9, das im vorigen Jahrhundert gebaut wurde, sind es keine fünf Minuten bis zur Martin-Luther-Kirche.

Die Talstraße, zwischen Louisen- und Schönfelder Straße, ist kurz und hat nur wenige Häuser. Von dort bis zum früheren Exerzier- und Paradeplatz sind es nur wenige hundert Schritte. Hier auf dem Alaunplatz (heute Platz der Thälmannpioniere – W. F.) wurden am 17. Dezember 1946 – nach der vermißten Käthe Stiehler und ihrem siebenjährigen Sohn wird noch nicht gesucht – »im Schutt der ehemaligen Exerzierhalle zwei an den Knien losgetrennte und in Zeitungspapier gewickelte weibliche Beine gefunden«.

Die Dresdner Mordkommission der eben erst geschaffenen Volkspolizei steht vor einer schweren, fast unlösbar erscheinenden Aufgabe. Wer ist die Ermordete, der die Beine abgetrennt wurden? Wer ist der oder wer sind die Mörder? Der Weg zu dem Mörder muß über die Feststellung von Name und Wohnung der ermordeten Frau gehen. Aber es gibt kaum Spuren. Da ist nur ein Sack, halb vermodert, und ein Packen Zeitungspapier, in das die Leichenteile gewickelt sind; auf dem Zeitungspapier ein winziger grüner Tintenklecks. Aber dieser unscheinbare winzige Farbtupfen wird, so klein er ist, zum Ausgangspunkt der Fahndung nach dem unbekannten Mörder. Wo findet sich die grüne Tinte oder Chemikalie, der einzige schwache Hinweis, der die Spur zum Mörder weisen könnte? Eine langwierige Suche setzt ein. Nach Tagen angestrengter Recherchen stellt sich heraus, daß mit der gesuchten grünen Substanz auch im Dresdner Glühlampenwerk gearbeitet wird, in dem die seit dem 11. Dezember 1946 verschwundene Käthe Stiehler beschäftigt war. Der Umgang der Vermißten wird nun in die polizeilichen Ermittlungen einbezogen.

In der Wohnung der Freundin der Vermißten, in der Talstraße 9, findet sich solche grüne Tinte. Damit ist zunächst eine der vielen Spuren gefunden, die zum Mörder der Unbekannten führen könnten, der Mord aber ist noch nicht aufgeklärt. »Dieser Fund war aber«, wie es in einem Bericht der Mordkommission kurz und knapp heißt, »der Ausgangspunkt komplizierter Nachforschungen, deren Resultat ergab, daß Frau Stiehler und ihr Sohn Heinz von ihrer Arbeitskollegin Frieda Lehmann ermordet worden sind. Die Mörderin hat nach langem, hartnäckigem Leugnen unter dem Druck der Beweisstücke ein volles Geständnis abgelegt.« Beweisstücke waren weitere Leichenteile, die sich in der näheren Umgebung der Talstraße 9 fanden.

Hier lag, wie sich herausstellte, »ein Verbrechen vor, das die moralische Entartung und Verkommenheit eines Menschen zeigt, wie sie kaum vorstellbar sind«, wie es in einem Pressebericht heißt. Diese Feststellung wurde bestätigt, als der Prozeß gegen Frieda Lehmann begann und die Angeklagte die Tat schilderte. Die Lehmann besuchte nach ihrer eigenen Darstellung ihre Freundin Stiehler mehrmals in deren Wohnung. Sie sah dort einen geordneten Haushalt, gute Leib- und Bettwäsche sowie einige Kleider und Mäntel aus solidem Stoff; nach mehr als fünf Jahren Krieg und fast zwei

Jahren Nachkriegszeit waren das Kostbarkeiten, die in der Lehmann Habgier weckten und damit das Verlangen, die Sachen in ihren Besitz zu bringen und sie auf dem schwarzen Markt oder auf dem Lande bei den Bauern gegen Butter, Speck, Fleisch und Mehl einzutauschen. Nun waren die Lebensmittelrationen Ende 1946 zwar knapp, aber nicht so knapp, daß das Karl-Marx-Wort zuträfe, wonach »die Gesellschaft in einen Zustand gerät, in dem es dem einzelnen nur möglich ist, sein Leben durch Tausch oder Verbrechen zu fristen«. Das Wenige wurde gerecht verteilt. Aber die Lehmann wollte mehr.

Bei ihrem letzten Besuch in der Wohnung Käthe Stiehlers faßte sie den Plan, sich die Sachen ihrer Freundin zu verschaffen, koste es, was es wolle, und dabei, im wahrsten Sinne des Wortes, über Leichen zu gehen. Sie erklärte der Freundin, sie habe für deren Sohn Heinz ein schönes Weihnachtsgeschenk beschafft. Das solle die Freundin am zeitigen Abend des 11. Dezember bei ihr auf der Talstraße 9 abholen. Dabei rechnete sie skrupellos damit, Frau Stiehler werde ihren Jungen mitbringen, was dann auch geschah. Um das geplante Verbrechen und das Verschwinden der Mutter möglichst lange zu verschleiern, beschloß sie, auch den siebenjährigen Heinz umzubringen. Die Lehmann hatte fünf Jahre bei Fleischermeister Hirschfeld in Leubnitz-Neuostra als Hausmädchen gearbeitet und den dort tätigen Gesellen einiges vom Fleischerhandwerk »abgeguckt«, wie sie vor Gericht berichtete. Dort entwendete sie auch am Tage vor der Mordtat ein langes, scharfes Fleischermesser.

Zur vereinbarten Stunde klingelte die ahnungslose Frau Stiehler an der Wohnungstür der Lehmann und trat mit ihrem Sohn in die Wohnung, die sie lebend nicht mehr verlassen sollte. Mit leiser Stimme schilderte die Angeklagte den Hergang der Tat. Sie habe der Frau Stiehler »in der Küche einen Stuhl angeboten, am Gasherd, nach einer Weile den Kopf der Arbeitskollegin von hinten umfaßt und zurückgebogen und ihr mit dem gestohlenen Fleischermesser den Hals von der Kehle bis auf die Halswirbel durchgeschnitten. Frau Stiehler sei noch, stark blutend, aufgesprungen, aber gleich darauf zusammengebrochen. Einen Laut habe sie nicht mehr von sich gegeben.« Und das siebenjährige Kind der Ermordeten? Es wurde von der Mörderin aus der Stube in die Küche gerufen und kaltblütig ermordet.

Die Mörderin zerstückelte die Leichen und brachte sie unauffällig aus der Wohnung. Als sie glaubte, alle Spuren ihres grausigen Verbrechens verwischt zu haben, plünderte sie die Wohnung der ermordeten Freundin aus, ohne daß sie von den Wohnungsnachbarn bemerkt wurde. Die geraubten Wäschestücke, Kleider, Mäntel, Eßbestecke und andere in den ersten Nachkriegsjahren in dem zerbombten Dresden besonders wertvollen Gegenstände stellte sie bei Bekannten unter. Auf die vom Staatsanwalt geäußerten Zweifel, daß sie die Tat nicht allein ausgeführt haben könne, schwieg sie bis zuletzt, erklärte aber, ihre Tat zu bereuen. Sie wurde auf Antrag des Staatsanwalts wegen Mordes in zwei Fällen zum Tode verurteilt.

Späte Sühne

Es waren sechzig Mitglieder und Funktionäre der KPD aus dem Stadtteil IV in Dresden und fünf Genossen aus Radeberg, die am 8. Juli 1934 »wegen Fortführung einer verbotenen Partei« zu mehrjährigen Gefängnisstrafen verurteilt wurden. Der Prozeß vor dem Sondergericht Sachsen lief unter der Bezeichnung Reinhold Rossig und Genossen.

Keiner von den sechzig Dresdner Genossen konnte sich erklären, wieso er verhaftet worden war. Das blieb fast anderthalb Jahrzehnte lang ein Rätsel. Fast jedesmal, wenige Stunden nachdem dem einen oder anderen von ihnen illegales Material durch den Stadtteilkurier ausgehändigt worden war, erschien plötzlich die Geheime Staatspolizei, durchsuchte die Wohnung, den Keller und die Bodenkammer und fand meist alles oder wenigstens einen Teil von dem, was sie suchte. War das Material nicht mehr vollzählig, dann prügelten die Gestapokommissare Weser und Geißler mit Stahlrute und Gummiknüppel die Namen der Genossen heraus, an die das Material inzwischen weitergegeben worden war. Mancher Genosse wurde auf diese Weise vier- bis fünfmal »verhört«. Im Herbst 1933 bis zum Frühjahr 1934 wurde mit diesen Methoden der Stadtteil Striesen »nach und nach ausgekehrt«, wie sich Kommissar Geißler einem der Verhafteten gegenüber brüstete.

Die Verhafteten wurden in einem Erdgeschoßzimmer des Polizeipräsidiums an der Schießgasse vernommen. Von da war es nicht weit zur Brühlschen Terrasse, die alle Verhafteten jahrelang nicht wiedersehen sollten. Wer nicht zugab, was ihm die Gestapokommissare Weser und Geißler vorhielten, mußte in die »Schokoladenkammer«, wie es im SS-Jargon hieß. Das war ein Nebenzimmer des Vernehmungsraumes, in dem sich ein paar uniformierte SS-Leute aufhielten. Wer dort als Verhafteter hineinmußte, wurde erbarmungslos zusammengeschlagen oder – wie die Folterknechte sagten – »weichgemacht«. Was die Gestapo aus den einzelnen Mitgliedern der KPD herausprügelte, wußte sie aber schon vor Beginn des »Verhörs«. Nur die Verhafteten wußten nicht, wieso der Gestapo alles bekannt war. Mancher der Verhafteten mußte annehmen, daß ihn der beste Freund und Genosse verraten habe. Als sie dann, von der Gestapo als »Volksfeinde« und »kommunistische Untermenschen« beschimpft, in das Untersuchungsgefängnis am Münchner Platz oder in das in der Sächsischen Schweiz gelegene Konzentrationslager Hohnstein verlegt wurden, stellte es sich heraus, daß keiner der Empfänger des illegalen Materials sagen konnte, warum es zu seiner Verhaftung gekommen war.

Anfang Juli 1934 trafen sich die sechzig Genossen aus Dresden und die fünf Radeberger Genossen im großen Verhandlungssaal des Oberlandesgerichtsgebäudes an der Pillnitzer Straße in Dresden wieder. In dem Prozeß führte ein Dr. Friesecke, ein Scharfmacher, der kurz vorher zum Landgerichtsdirektor befördert worden war, den Vorsitz. Die Anklageschrift trug das Aktenzeichen SG 333/34. Das faschistische Sondergericht stützte sich, ausgenommen bei drei der Angeklagten, auf das von der Gestapo herausgeprügelte »Geständnis« der »kommunistischen Verbrecher gegen Führer, Volk und Reich«.

In Sachen der drei Genossen, die bis zuletzt »böswillig geleugnet hatten«, war ein Zeuge in der Anklageschrift gegen sie aufgeführt: der Stadtteilkurier. Der Zeuge erschien aber nicht vor Gericht. Seine Aussage wurde in der Beweisaufnahme verlesen. Jeder der Angeklagten, nicht nur die drei, die von ihm belastet wurden, glaubten, daß er nicht erscheinen könne, weil ihn die Gestapo vernehmungsunfähig geschlagen habe. Man nahm an, sicher sei das Verfahren gegen ihn abgetrennt worden und ihm werde später der Prozeß gemacht.

Der Prozeß gegen die 65 Kommunisten wurde in der faschistischen Presse nur kurz erwähnt. Er lief »wie am Schnürchen«. Die Vernehmung der 65 Angeklagten zur Person, zur Sache, die »Beweisaufnahme«, die Plädoyers des Staatsanwalts, das kurze Gestammel der Offizialverteidiger, das letzte Wort der Angeklagten, die Urteilsverkündung und -begründung wurden im Eiltempo innerhalb von zwei Tagen erledigt. Am Ende wußte jeder Angeklagte, welches Strafmaß er zu erwarten hatte. Wie es zu der Verhaftungswelle gekommen war, blieb unerklärlich – fast anderthalb Jahrzehnte lang.

Erst einige Jahre nach dem Ende des faschistischen Terrorregimes begann sich das Dunkel, das über dem nun weit zurückliegenden Prozeß lag, zu lichten. Zwei Leipziger Genossen, Dose und Panier, erstatteten Strafanzeige gegen den ehemaligen Stadtteilkurier. Dose und Panier hatten, wie sie zu Protokoll gaben, die Verbindung der Unterbezirksleitung Dresden zu dem Stadtteil IV gehalten. Bis ins Frühjahr 1934 hinein übergaben sie dem Stadtteilkurier illegales Material, das für die Leiter der Straßenzellen bestimmt war. Die meisten Betriebszellen der KPD waren infolge fristloser Entlassungen oder Verhaftung ihrer Mitglieder zerschlagen. Die Last der illegalen Arbeit lag auf den Straßenzellen. Der Mann, dem Dose und Panier vertrauten, teilte bei jedem Treff mit, daß »das Material ordnungsgemäß übergeben worden sei«. Aber auch über Verhaftungen wurde ihnen von Zeit zu Zeit berichtet.

Im Sommer 1934, als die Tätigkeit der KPD im Stadtteil IV durch die rätselhaften Massenverhaftungen von Funktionären und Mitgliedern der KPD für einige Zeit fast lahmgelegt worden war, trafen sich Dose und Panier mit dem Verräter vor dem Restaurant »Sachsenklause« (heute HO-Kaufhaus – W. F.) an der Schandauer-, Ecke Bergmannstraße. Entsprechend den Regeln der Konspiration war jeder pünktlich auf die Minute da. Dose und Panier ahnten nicht, daß dies der Beginn ihrer letzten Stunde Freiheit sein sollte. Ihr Gesprächspartner drängte, den dichten Verkehr auf der Schandauer Straße zu meiden und über Gruna nach dem Großen Garten zu gehen. Nachdem er scheinheilig über »die letzten Aktionen der Striesner Genossen« berichtet hatte, der Genossen, die er der Gestapo längst ans Messer geliefert hatte und die inzwischen nach ihrer Verurteilung in den faschistischen Kerkern in Bautzen, Zwickau und Waldheim saßen, übernahm er neues illegales Material und die Anweisungen für die weitere illegale Arbeit. Schließlich fragte er, wie er sich zu verhalten habe, wenn sie – Dose und Panier – »mal nicht am vereinbarten Treffpunkt erscheinen würden, wohin und an wen er sich dann wenden solle, die politische Arbeit gegen die Faschisten dürfe doch nicht abreißen«. Im Laufe einer knappen Stunde, auf dem Wege von der »Sachsenklause« durch den Großen Garten zum Ausstellungsgelände an der Stübelallee, kam er immer wieder auf diese Frage zurück. Sie wurde ihm aber nicht so, wie er und die Gestapo es wünschten, beantwortet. Außer einem mageren »Das wirst du in dem Fall, daß wir verschüttgehen, rechtzeitig erfahren. Die Partei weiß ja nicht nur deinen Decknamen«. Mehr war aus Dose und Panier nicht herauszubringen. Der Mann, der neben ihnen durch den Dresdner Großen Garten schlenderte, war enttäuscht, hatte ihm doch die Gestapo aufgetragen und zugetraut, konkrete Angaben über die Bezirksleitung zu erfahren. Die Gestapo wollte an die »Ersatzleute« der beiden Funktionäre herankommen. Als Gestapokommissar Geißler annahm, daß sein Mann die ihm gestellte Aufgabe gelöst und »die Sache geklappt« habe, wurden Dose und Panier auf der Stübelallee am Taxihalteplatz Ausstellungsgelände verhaftet, in ein Taxi gestoßen und zur Gestapoleitstelle im Polizeipräsidium gebracht. Dort wurde ihnen der Verräter gegenübergestellt, der sie mit allem belastete, was er über ihre Verbindung mit dem Stadtteil IV wußte. Dose und Panier wurden ein paar Wochen später zu je viereinhalb Jahren Zuchthaus verurteilt, auf Grund der Aussage des Zeugen, der von der Gestapo im Jahr zuvor »umgedreht« worden war. Dose und Panier verbüßten ihre Zuchthausstrafe in Waldheim, sie wurden aber danach nicht entlassen, sondern auf Anordnung der Gestapo ins Konzentrationslager Buchenwald gebracht.

Erst im Mai 1945 kamen sie, aus dem Konzentrationslager befreit, nach Leipzig zurück. Sie versuchten lange, den Mann ausfindig zu machen, der sie an die Gestapo verraten hatte. In dem im Februar 1945 von den anglo-amerikanischen Bombengeschwadern zu großen Teilen in einen Trümmerhaufen verwandelten Dresden gelang es ihnen lange Zeit nicht, die Wohnung des Verräters festzustellen. Er war ausgebombt und verzogen. Da es anfangs keine Einwohnerkartei in Dresden gab, konnte der Verräter auch als Soldat gefallen oder bei den Luftangriffen auf Dresden umgekommen sein.

Nach langem Suchen war es dann aber doch möglich, den Aufenthalt des Verräters zu ermitteln. Er wurde verhaftet, vor Gericht gestellt, leugnete aber hartnäckig jede Schuld. Er war ja »makellos«, weil nicht vorbestraft. Aber gerade diese Tatsache wurde ihm zum Verhängnis. Seine Verhaftung hatte sich in Dresden-Striesen herumgesprochen. Alte Mitglieder der KPD, die im Prozeß gegen Reinhold Rossig und Genossen im Jahre 1934 vom Sondergericht verurteilt worden waren, saßen als Zuhörer im Gerichtssaal, als gegen den Verräter verhandelt wurde. Einer der im Jahre 1934 Verurteilten war noch im Besitz der Anklageschrift. Er übergab das reichlich vergilbte Dokument in einer Verhandlungspause dem Staatsanwalt.

Nachdem die Verhandlung wieder eröffnet worden war, wandte sich der Staatsanwalt an den Angeklagten. »Sie haben bestritten, die Zeugen Dose und Panier 1934 an die Gestapo verraten zu haben. Sie hätten nie als Zeuge den Verhandlungssaal im Oberlandesgerichtsgebäude Pillnitzer Straße betreten, wo der Prozeß gegen die 65 Angeklagten in der Sache Reinhold Rossig und Genossen stattfand. Das letztere stimmt. Wie kommt es dann aber, frage ich Sie, daß Sie in ebendieser im Jahre 1934 anhängig gewesenen Strafsache gegen Reinhold Rossig und Genossen, Aktenzeichen SG 333/34, als Zeuge schriftlich aufgeführt sind? Das geht aus dieser Anklageschrift des Sondergerichts Sachsen hervor, die ich Ihnen – treten Sie vor – vorhalte! Wollen Sie nun immer noch Ihre Schuld leugnen?«

Der Verräter gab auf. Eine alte Anklageschrift, mühsam über lange Jahre faschistischer Barbarei gerettet und aufbewahrt, war zum unwiderlegbaren Beweismittel gegen den Verräter und Kronzeugen der faschistischen Justiz geworden, der nun, endlich entlarvt, eine Strafe von fünf Jahren Zuchthaus erhielt, eine notwendige, wenn auch späte Sühne.

Die Todesfahrt der Anna Heinze

Im Sommer des Jahres 1948 packte die in Berlin wohnhafte Anna Heinze wieder einmal ihre Koffer und Taschen, um – wie sie den Nachbarn sagte – »zu den Verwandten in die Zone zu fahren«. Solche Fahrten waren bei ihr nichts Ungewöhnliches oder gar Seltenes. Im Gegenteil: Es schien der Frau ein Herzensbedürfnis zu sein, ihre »Verwandten, die armen Teufel in Meißen«, ein bißchen zu unterstützen, zum Beispiel mit Zigaretten, Kaffee und Kakao, von weniger teuren Dingen wie Brot, Mehl und Puddingpulver gar nicht zu reden.

So fuhr die Anna Heinze eines schönen Tages trotz überfüllter Eisenbahn, von ihrem »guten Herzen getrieben«, von Berlin los und – kam nicht wieder. Den Nachbarn, die die Wohnung der Verreisten hüteten, fiel das lange Ausbleiben der guten Anna Heinze merkwürdigerweise nicht auf. Freilich, die Heinze hatte auch Verwandte im Westen, die sie, da sie nun einmal unterwegs war, mit einem Besuch überrascht haben konnte. Und da bleibt man, wenn man sich lange nicht gesehen hat, unter Umständen schon ein paar Wochen oder noch länger fort. Diese Gedanken hegten die Nachbarn auch noch eine ganze Zeit, nachdem in der in Dresden erscheinenden »Sächsischen Zeitung« vom 2. Februar 1949 unter der Überschrift: »Furchtbares Verbrechen« die folgende Notiz erschienen war:

»Ende August vorigen Jahres wurde eine in Decken gehüllte weibliche Leiche aus dem Winterhafen Meißen geborgen. Die Tote konnte als die Anna Heinze, wohnhaft gewesen in Berlin, identifiziert werden. Nach umfangreichen Ermittlungen der Mordkommission Dresden nahm man im

Oktober 1948 das Ehepaar Ebischbach wegen dringenden Mordverdachts in Haft. Nach anfänglich hartnäckigem Leugnen legte Otto Ebischbach im Januar dieses Jahres ein Geständnis ab. Danach brachte Anna Heinze im Auftrag einer Berliner Schieberbande im Laufe eines Jahres etwa $3^1/_2$ Zentner Bohnenkaffee, $^1/_2$ Zentner Kakao, größere Mengen Feuersteine, Rasierklingen und Seife zu Ebischbach, der sie dafür unter anderem mit Meißner Porzellan belieferte. Da Ebischbach sich von Anna Heinze betrogen glaubte, ermordete er sie in einem Gartengrundstück. Er zertrümmerte ihr mit einem Hammer die Schädeldecke, danach schnürte er die Leiche in eine Decke und versenkte sie mit ihren Gepäckstücken in die Elbe. Bei Ebischbach handelt es sich um einen mehrfach mit Gefängnis und Zuchthaus vorbestraften Menschen. Der Ehefrau des Ebischbach konnte keine Beteiligung an der furchtbaren Mordtat nachgewiesen werden.«

Weniger als ein Vierteljahr nach dem Erscheinen dieser Notiz über das an Anna Heinze verübte Verbrechen fand der Prozeß gegen den Mörder statt. Der große, schwere Hammer, mit dem der Mörder zugeschlagen hatte, lag dem Gericht als Tatinstrument vor. Der gerichtlich bestellte Sachverständige gab an, »daß der Täter mehrere Schläge mit dem Hammer geführt haben müsse, denn der Kopf der Erschlagenen wies schwere Zertrümmerungen auf, die sich bis tief ins Gehirn bemerkbar machten«.

Ebischbach hatte die Bluttat in seinem Garten, der als Umschlag-, Stapel- und Verteilerplatz der Schieberware diente, verübt. Er hatte sich mit der Botin aus Berlin, die im Auftrag einer Schieberbande tätig war, über den Verrechnungsmodus von Ware und Geld nicht einigen können und, um die Sache »aufs rechte Gleis zu rücken«, das heißt, um sich Schieberware und den daraus zu erzielenden Erlös anzueignen, die Anna Heinze aus Habsucht kaltblütig erschlagen.

Es wurde festgestellt, daß Ebischbach in eine ganze Reihe illegaler Warenschiebereien einer aus Berlin stammenden Verbrecherbande verwickelt war. Im Auftrag dieser Bande hatte die Anna Heinze ihre »Verwandtenbesuche in die Zone« nach Meißen angetreten. Ebischbach hatte im Zeitraum eines Jahres für rund 100000 Mark Ware, die er von der Anna Heinze erhalten hatte, umgesetzt. Und seinen »Schnitt« dabei gemacht, »fette Prozente eingestrichen«, die ihm gestatteten, »ein verhältnismäßig üppiges Leben zu führen ... Der Schwere des Verbrechens gemäß verurteilte das Gericht den Angeklagten Ebischbach, den es für voll verantwortlich hielt, zum Tode.«

»Herr Schulz« und das »Mädchen mit Brief«

Unter den zahlreichen Bildern der Dresdner Gemäldegalerie, die nach dem Ende des zweiten Weltkrieges als vernichtet oder verschollen galten, befanden sich auch das »Mädchen mit Brief«, das der 1715 geborene Charles Hutin 1769 gemalt hatte, sowie »Ein Flügel eines zweiflügeligen Altars«, um 1460 von einem unbekannten Meister in Frankfurt am Main »von Holz auf Leinwand übertragen«.

Während ein großer Teil der von den Faschisten vor Kriegsende in abgelegene Schlösser wie Weesenstein und in die Höhlen des Kalksteinbruchs von Rottwerndorf ausgelagerten Gemälde mit sowjetischer Hilfe bereits im Frühjahr 1945 geborgen und sichergestellt werden konnte, schienen die oben erwähnten unter den Nummern 791 und 808 amtlich registrierten Kunstwerke der Dresdner Gemäldegalerie für immer verloren.

Fünf Jahre waren seit Kriegsende vergangen, da erhielt kurz vor Weihnachten 1950, mit dem Poststempel vom 19. Dezember 1950, die Direktion der Staatlichen Museen in Dresden-Pillnitz einen Brief aus Leipzig. Der Absender, auf der Rückseite des Briefumschlags mit Kurt Schulz, Berlin, Friedrichstraße 110, angegeben, erwies sich als fingiert, wie sich bald herausstellen sollte. Aber der Inhalt des Briefes war echt, wenn er auch nur aus dem Hinterlegungsschein Nummer 00719 der Gepäckaufbewahrung des Berliner Ostbahnhofes bestand. Einen schriftlichen Hinweis, was es mit der Übersendung des Hinterlegungsscheines auf sich habe, enthielt der Briefumschlag nämlich nicht.

So wurde der merkwürdige, unscheinbare Zettel nach Berlin an die Hauptverwaltung der Staatlichen Museen gesandt, mit der Bitte, das hinterlegte Gepäckstück auszulösen. Das geschah. Anstandslos erhielt der beauftragte Angestellte ein Paket, ohne zu ahnen, welche Kostbarkeiten er da eben an der Gepäckaufbewahrungsrampe erhalten hatte.

Wenige Tage später ging in Dresden ein Brief von der Hauptverwaltung der Staatlichen Museen ein, der die mysteriöse Angelegenheit mindestens zu einem Teil aufklärte. In dem Schreiben hieß es: »Auf den oben genannten Hinterlegungsschein sind seit dem 12. 12. 1950, in Packpapier unsachgemäß verpackt, zwei aus dem Rahmen genommene wertvolle Gemälde aufbewahrt. Es handelt sich dabei, wie festgestellt wurde, um ehemalige Galeriebilder, die entwendet oder unterschlagen wurden ...« Hiernach wurden die zwei am Beginn dieses Beitrages genannten Bilder aufgeführt.

Der Weg der beiden Kunstwerke nach Dresden zurück läßt sich an Hand einiger Aktennotizen verfolgen. Da heißt es in einer Aktennotiz vom 11. Januar 1951, geschrieben von einem Mitarbeiter des Ministeriums für Volksbildung in Berlin, Referat Bildende Kunst: »Mit dem Dienststellenleiter der Gepäckabfertigung, Herrn Geyer, wurde vereinbart, daß die beiden wertvollen Gemälde im Panzerschrank der dortigen Dienststelle deponiert werden und einem Bevollmächtigten nach Vorweisen des Hinterlegungsscheines, einer Vollmacht des Ministeriums für Volksbildung, zur Übernahme ... ausgehändigt werden.«

Das geschah dann auch, wobei kurioserweise die Aufbewahrungsgebühren für 30 Tage à 0,40 Mark, also zwölf Mark, ordnungsgemäß beglichen werden mußten. Im Sommer 1951 konnten das »Mädchen mit Brief«, das von Herrn »Kurt Schulz« auf so ungewöhnlichem Wege an die Staatlichen Museen zurückgegebene Kunstwerk, und »Ein Flügel eines zweiflügeligen Altars« in Schloß Pillnitz von den zahlreichen Besuchern bewundert werden. Wie aber waren sie in das Paket und in die Gepäckaufbewahrung des Berliner Ostbahnhofes geraten?

Es stand – wie es schien – zweifelsfrei fest, daß sie in Pillnitz entwendet worden waren. Deshalb wurde eine Anzeige gegen Unbekannt erstattet, vielleicht in der Annahme, mit der Feststellung des Täters auch nach dem Verbleib anderer gestohlener Kunstwerke forschen zu können. In der Regel werden Diebstahlsanzeigen erstattet, um der Diebe und ihrer Beute habhaft zu werden. Hier aber war die Diebesbeute vom Dieb freiwillig zurückgegeben worden. Indessen wurde der Anzeige nachgegangen.

Als einziges Indiz existierte neben dem Gepäckhinterlegungsschein der Briefumschlag vom 19. Dezember 1950 aus Leipzig. In Pillnitz gab es im Museum nur eine Schreibmaschine, deren Typen mit der Maschinenschrift des Herrn »Kurt Schulz« nicht übereinstimmten, denn im Bericht des Sachverständigen hieß es: »Zur Klärung der gestellten Fragen wurden sowohl von der Schrift des Kuverts als auch von der vorliegenden Schriftprobe Analysen angefertigt, deren Ergebnisse miteinander verglichen worden sind. Der Vergleich der Analysenergebnisse brachte folgendes Resultat: Die Schriftproben der in Betracht kommenden Schreibmaschine weichen von der Tatschrift in bezug auf Typenformen und Typenschädigungen ab.«

Von der Schreibmaschinenschrift führte also keine Spur zum Täter. Auch das Packpapier, in das die beiden gestohlenen Gemälde so unsachgemäß eingeschlagen worden waren, wurde »auf Herz und Nieren« untersucht. Hier schien sich ein Erfolg anzubahnen, denn »auf dem Verpackungsmaterial der Gemälde (war) eine Anschrift angebracht, von der noch die Ortsbezeichnung Pillnitz zu lesen war«. So nahm man an, daß der Dieb in Pillnitz wohnte oder sonst mit Pillnitz in irgendeiner Verbindung stand. Der Verdacht richtete sich zunächst gegen die Bewohner des Schlosses, die in einer Vielzahl von Vernehmungen Rede und Antwort stehen mußten. Schließlich stellte sich heraus, »daß die beiden fraglichen Bilder zwar im Katalog der Dresdner Gemäldegalerie von 1930 verzeichnet waren, daß sie aber weder in den Beständen der nach der Sowjetunion gebrachten Gemälde aufgenommen noch in der Aufstellung, mit der im Jahre 1946 die Bestände im Pillnitzer Museum erfaßt worden waren«.

Nun stand fest, daß die beiden Gemälde vor dem 8. Mai 1945, also bevor die Suchkommandos der Roten Armee tätig geworden waren, aus einer der von den Faschisten angelegten Auslagerungsstätten gestohlen wurden.

In der Geschichte der Gemäldediebstähle gilt der Raub des »Mädchen mit Brief« und des »Flügels eines zweiflügeligen Altars« sowie die Rückgabe des Diebesguts durch den unbekannten Herrn »Kurt Schulz« als besonderes Kuriosum. Die Anzeige gegen Unbekannt wurde inzwischen zu den Akten gelegt.

Kriminalsekretär Beyerleins letzter Fall

In den letzten Apriltagen des Jahres 1945 stieß ein polnischer Truppenverband, der in den Reihen der Sowjetarmee kämpfte, bis kurz vor Radeberg bei Dresden vor. In dem kleinen Dörfchen Wachau bei Radeberg beriet sich der Bürgermeister Heinze, der der Nazipartei angehörte, mit dem Bauern Kunath und dem Arbeiter Erich Wehner, was zu tun sei, damit das Dorf nicht noch in den letzten Tagen des Krieges, der längst verloren war, zerstört werde.

Man war sich einig, daß auf keinen Fall um den Ort gekämpft werden durfte. Heinze, Kunath und Wehner sorgten dafür, daß an den Häusern weiße Fahnen gehißt und die Panzersperren an den Ortseingängen geöffnet wurden. Damit retteten sie das Dorf vor der Zerstörung. Kurz nachdem Heinze, Kunath und Wehner diese Maßnahmen veranlaßt hatten, traf Waffen-SS in Wachau ein. Heinze und Kunath wurden aufgespürt und nach Radeberg transportiert, wo sich eine Außenstelle der Dresdner Gestapo im Sachsenwerk befand.

Die Frauen der zwei festgenommenen Wachauer erkundigten sich mehrfach telefonisch im Sachsenwerk Radeberg nach ihren Männern, um deren Schicksal sie begreiflicherweise sehr besorgt waren. Wehner war der SS entkommen. Nach langem Warten wurde der Frau des Bürgermeisters Heinze schließlich gesagt: »Sie können Ihre Männer abholen.« Nichtsahnend fuhr die Tochter Heinzes mit einem Pferdegespann ihrem – wie sie meinte – lebenden Vater entgegen, den sie schon auf dem Weg nach Wachau glaubte. Aber sie traf ihn unterwegs nicht an. Im Sachsenwerk Radeberg wurden ihr kurzerhand zwei Leichen auf den Wagen geworfen. Heinze und Kunath waren dort erschossen worden. Der Gestapobeamte, der die Verhöre der Bauern durchgeführt und ihren Tod befohlen hatte, hieß Beyerlein …

Er war ein nicht allzugroßer, kräftiger Mann, der den Nachbarn zunächst kaum auffiel und in Dresden-Strehlen, in der Lockwitzer Straße 71, im ersten Stockwerk wohnte. Man wußte, ohne viel Aufhebens davon zu machen, »daß er bei der Polizei war«. Das war in den zwanziger Jahren. Wem aber bekannt war, wo sich der unauffällige Mann nach 1933 sein Brot verdiente, der schwieg. Hätte man, etwa im letzten Jahr vor dem Ende des zweiten Weltkrieges, das »Dresdner Adreßbuch für 1943/44« zu Rate gezogen, wäre man auch nicht viel klüger geworden. Denn da hieß es hinter dem Namen Beyerlein nicht gerade vielsagend Kriminaloberassistent. Hätte die Dr. Güntzsche Stiftung Gelegenheit gehabt, den nächsten Adreßbuchjahrgang herauszubringen, dann wäre dort zwar Kriminalsekretär zu lesen gewesen, aber über die Art der kriminalistischen Tätigkeit Beyerleins hätte das nichts ausgesagt. Das besorgten fünf Jahre später, im Juni 1950, zahlreiche Zeugen in einem Prozeß, der in Waldheim stattfand.

Wer den Gang in das Dresdner Stadtarchiv nicht scheut, kann dort in der »Sächsischen Zeitung« vom 28. Juni 1950 nachlesen, was es mit dem »Kriminalisten« Beyerlein auf sich hatte. »Die 4. Große Strafkammer des Landgerichts Chemnitz verurteilte den ehemaligen Gestapobeamten der Gestapoleitstelle Dresden, Friedrich Beyerlein, zum Tode. Bei dem ehemaligen Gestapobeamten Beyerlein hatten die Aussagen von 19 vereidigten Zeugen ergeben, daß er seine Opfer, darunter zahlreiche Kommunisten, Sozialdemokraten, parteilose Antifaschisten und ausländische Zwangsarbeiter, bei seinen sogenannten Verhören nicht nur unmenschlich gequält hatte, sondern auch am Tode mehrerer Opfer des Naziregimes schuldig ist, die entweder seinen Mißhandlungen erlagen oder auf Grund der Ergebnisse der von Beyerlein angestellten ›Vernehmungen‹ erschossen wurden.«

Wer war dieser Beyerlein? Schon im Jahre 1921, mit zweiundzwanzig Jahren, war er Angehöriger der sächsischen Landespolizei geworden, die ihre Schlägerkolonnen gegen die Arbeiterklasse in der Polizeischule Meißen ausbildete. Damals durften die rechten SPD-Führer in vielen Orten, so auch in Dresden, den Polizeipräsidenten stellen, der für

»Ruhe und Ordnung« zu sorgen hatte, im Auftrag und im Sinne der im November 1918 nicht entmachteten Monopolherren und Junker. Die Konjunktur nutzend, trat Beyerlein der Partei des Dresdner Polizeipräsidenten bei. Als er seine Zeit bei den Überfallkommandos der sächsischen Landespolizei abgedient und sich als verläßlicher Schläger gegen revolutionäre Arbeiter bewährt hatte, wurde er in die Dresdner Kriminalpolizei übernommen.

Gleich nach dem von den Faschisten inszenierten Reichstagsbrand wechselte Beyerlein von der SPD zur NSDAP über. Für ihn machte sich die Rolle des politischen Überläufers bezahlt. Gleich nach dem Eintritt in die NSDAP wird er in die politische Abteilung B übernommen, deren Beamte besser eingestuft und bezahlt werden. Beyerlein erwies sich als sehr brauchbar. Er kannte sich in der SPD aus. Und auch die KPD war ihm nicht unbekannt. Jetzt, nach dem Reichstagsbrand, der den Kommunisten angelastet wurde, kam es auf keinen besonderen kriminalistischen Scharfsinn an, sondern auf eine reichliche Portion robuster Brutalität. Die KPD und die SPD zu zerschlagen war die Aufgabe, der sich nun auch der nicht zimperliche »Kriminalist« Beyerlein widmete. Man verhaftete die bekannten Funktionäre und Mitglieder der Arbeiterparteien, verprügelte sie und schob sie danach »zur Umerziehung« in die »Schutzhaftlager« nach Hohnstein, Königstein und Colditz ab.

Später, als sich neue antifaschistische Widerstandsgruppen bildeten, schlich sich Beyerlein als angeblicher Antifaschist in eine solche Widerstandsgruppe ein, um sie dann bei einer illegalen Zusammenkunft in Dresden-Tolkewitz, an der alle Mitglieder der Gruppe teilnahmen, verhaften zu lassen.

Der zweite Weltkrieg pfercht Tausende ausländischer Zwangsarbeiter in die Barackenlager der Betriebe in und um Dresden. Neue Kräfte des antifaschistischen Widerstandes formieren sich. Und wieder bewährt sich Beyerlein und tut sein möglichstes, die aktiven Gegner des Hitlerregimes in den Reihen der ausländischen Zwangsarbeiter zu vernichten. Während der zwölf Jahre Faschismus macht er seinen Dienst, eifrig und brutal. Als das Quartier der Gestapoleitstelle Dresden beim anglo-amerikanischen Bombenangriff auf Dresden in der Nacht des 13. Februar 1945 in Flammen aufgeht und ausbrennt, kriecht die Gestapo im Gasthof zur Linde in Rockau in ein Ausweichquartier unter.

Der größte Teil der Dresdner Gestapoleute setzt sich beim Herannahen der Sowjetarmee nach dem Westen ab. Beyerlein, erkrankt und nicht marschfähig, bleibt zurück. Nach dem Einmarsch der Roten Armee wird er erkannt, festgenommen und den sowjetischen Militärbehörden übergeben. Im Frühjahr 1950 wird Beyerlein vor ein Gericht der inzwischen gegründeten Deutschen Demokratischen Republik gestellt.

Noch zu Beginn der Verhandlung sucht er den »anständigen Beamten alter Schule« zu spielen, der »menschlich« mit den in seine Hände geratenen Häftlingen umgegangen ist. »Jawohl«, so erklärt er mehrfach, »ich habe zwar antifaschistisch eingestellte Leute verhaftet, aber keinen mißhandelt.« Daß er gar am Tode eines seiner Opfer schuld sein soll, bezeichnet er als »absurd«. Zeugen werden ihm gegenübergestellt. Aber er bleibt bei seiner Taktik, alles abzustreiten. Einem Aufgebot von fast 20 Zeugen sieht er sich gegenüber. Seine stereotyp wiederholte Entgegnung auf jede Zeugenaussage: »Ich kenne den Zeugen nicht.« Oder: »Ich habe den Vorgang, von dem der Zeuge spricht, nicht bearbeitet.«

Typisch für die Haltung des ehemaligen Gestapomannes ist seine Reaktion auf den Zeugen Vogel, der aussagt: »Ich wurde verhaftet, weil ich verdächtigt worden war, einer illegalen Widerstandsgruppe anzugehören. Beyerlein vernahm mich. Er hatte aber keinen Beweis gegen mich. Ich bestritt, mich illegal betätigt zu haben. Ich wußte doch, daß es um meinen Kopf ging.«

Vorsitzender: »Was erfolgte darauf seitens des Angeklagten?«

Zeuge Vogel: »Da Beyerlein mit den Faustschlägen nicht zum Ziele kam, wurde ich in den Keller gebracht. Dort wartete ein gewisser Albert auf mich. Der stürzte sich auf mich und drosch mit dem Gummiknüppel auf mich los, bis ich zusammenbrach.«

Vorsitzender: »Es heißt, daß es anderen Häftlingen ebenso erging. Können Sie dazu etwas sagen?«

Zeuge Vogel: »Ja. Ich habe gesehen, mit eigenen Augen,

wie der Häftling Pietsch von Beyerlein so geschlagen und zugerichtet wurde, daß er an den Folgen dieser Schläge kurz danach gestorben ist.«

Beyerlein (auf Vorhalt des Vorsitzenden): »Ich kann nur sagen, den Zeugen kenne ich nicht, und von dem, was er behauptet, weiß ich nichts.«

Danach wird der Zeuge Wieczorep aufgerufen.

Vorsitzender: »Aus den Akten geht hervor, daß Sie von dem Angeklagten Beyerlein mißhandelt worden sind. Geschah das etwa, weil Sie den Angeklagten durch provozierendes Auftreten besonders gereizt hatten?«

Zeuge Wieczorep: »Herr Vorsitzender, um von Beyerlein und den anderen Gestapoleuten verprügelt zu werden, brauchte man sie nicht zu reizen. Das Prügeln gehörte bei der Gestapo zum System. Wer in ihre Hände geriet, der machte das übliche durch, was es dort an Mißhandlungen gab. Jeder, der leugnete, galt als verstockt. Manche überstanden die Mißhandlungen, manche nicht.«

Vorsitzender: »Kennen Sie solche Fälle?«

Zeuge Wieczorep: »Ich entsinne mich an den Tod des Häftlings Pietsch. Der wurde eines Tages zur Vernehmung geholt. Ein paar Stunden später wurde er, völlig zusammengeschlagen, zurückgebracht. Ich fragte ihn, wer ihn so fertig gemacht hat. Da sagte er: ›Der Beyerlein.‹ Offenbar hatte Pietsch schwere innere Verletzungen, denn er starb kurz danach in unserer Zelle und wurde als Toter weggebracht.«

Auch hier antwortete Beyerlein auf den Vorhalt des Vorsitzenden wie bei allen anderen Fällen vorher und nachher: »Das alles stimmt nicht.«

Beyerlein leugnet alles. Nichts will er wissen. Nichts will er getan haben. Niemand will er kennen. Niemand ist ihm je vor Gummiknüppel und Stahlrute gekommen. Schließlich gibt er sich im Kreuzverhör durch den Vertreter der Anklage doch eine Blöße.

Staatsanwalt: »Angeklagter Beyerlein. Ende April 1945, also vor reichlich fünf Jahren, waren Sie noch als Angehöriger der Gestapo tätig. Stimmt das?«

Beyerlein: »Jawohl, das stimmt.«

Staatsanwalt: »Können Sie sich entsinnen, welche Aufgaben Sie damals in Radeberg hatten?«

Beyerlein: »Es ist schwer, dazu etwas zu sagen.«

Staatsanwalt: »Warum ist das schwer? Weil Sie sich nicht entsinnen können oder weil Sie befürchten, eine strafbare Handlung zu gestehen?«

Beyerlein zuckt die Schultern und schweigt.

Staatsanwalt: »Wurde Ihnen damals ein Bürgermeister zur Vernehmung vorgeführt, der beim Anmarsch der Roten Armee die weiße Fahne im Dorf aufziehen ließ?«

Beyerlein schweigt.

Staatsanwalt: »Ich will es Ihnen sagen. Der Bürgermeister hieß Heinze. Er wurde Ihnen mit einem gewissen Kunath zur Vernehmung vorgeführt. Beide stammten aus Wachau bei Radeberg. Die beiden hatten die Panzersperren im Dorf wegräumen lassen. Was geschah mit den beiden?«

Beyerlein: »Es lag eine Anzeige gegen sie vor. Die SS brachte sie. Ich war verpflichtet, sie zu vernehmen.«

Staatsanwalt: »Unternahmen Sie etwas zu ihrer Rettung?«

Beyerlein schweigt, auch auf mehrere Aufforderungen des Staatsanwaltes, zu sprechen, bleibt er stumm.

Darauf der Staatsanwalt: »Sie lieferten der SS die Begründung für die Ermordung des Bürgermeisters Heinze und des Bauern Kunath. Sie verurteilten diese beiden Männer zum Tode, die nichts weiter wollten, als ihre Heimat vor sinnlosem Blutvergießen und Zerstörung zu bewahren. Dabei wußten Sie ebenso wie die beiden, daß der Krieg für die Faschisten verloren war. Mit Ihrer Hilfe und durch Sie wurden so bis in die letzten Tage des faschistischen Staates unschuldige Menschen ermordet!«

Der ehemalige Gestapobeamte wurde antragsgemäß zum Tode verurteilt und wenig später hingerichtet.

So wurde Kriminalsekretär Beyerleins letzter Fall sein eigener Fall, der einzige in seiner langen Laufbahn, in dem nicht das Unrecht, sondern das Recht triumphierte …

Das Mädchen und die Feldmütze mit dem roten Stern

Hier ruht in Frieden
unsere liebe
Annelies Göttlich
* 9. 4. 1924
† 25. 2. 1954
Die Trennungsstunde schlug,
doch Gott, der Herr, bestimmte sie

Nichts deutet darauf hin, daß es mit dem Grab der Annelies Göttlich, eines von vielen gut gepflegten Gräbern auf dem Dorffriedhof von Ottendorf-Okrilla, etwas Besonderes auf sich hat. Doch »bestimmte Gott, der Herr«, wirklich, daß ihr so früh »die Trennungsstunde schlug«?

Man schreibt den 27. Februar 1954. Es geht auf den Abend zu. Da findet ein Rentner aus Ottendorf-Okrilla, der einen Spaziergang macht, in einer Kiefernschonung unweit des Ortes eine weibliche Leiche. Der erschrockene Alte erkennt das Mädchen, das durch einen Schuß in den Hinterkopf getötet worden ist, nicht. Neben ihr liegt eine sowjetische Feldmütze, ein Stück weiter entfernt eine automatische Pistole englischen Fabrikats. Der Alte eilt in den Ort und meldet, was er entdeckt hat. Bald trifft die Mordkommission aus Dresden ein und beginnt mit der Arbeit. In der Pistole, die neben dem toten Mädchen liegt, steckt noch eine Patrone im Lauf, vier Schuß befinden sich noch im Magazin. Die Ermordete ist, was sofort auffällt, hochschwanger. Es ist Annelies Göttlich aus Ottendorf-Okrilla. In der Morgenfrühe des 28. Februar 1954 wird der vierundzwanzigjährige Großbauernsohn Werner Thieme verhaftet. Am Abend dieses Tages, es sind kaum 24 Stunden nach dem grausigen Fund vergangen, gesteht Werner Thieme vor der Mordkommission in Dresden den Mord an Annelies Göttlich. Die Mordwaffe ist, wie er zugibt, sein Eigentum. Er hat sie von seinem Freund Kreutzer erhalten. Dessen Vater, ein alter Nazi, hat noch mehr solcher »Schießeisen« in seinem Gehöft versteckt. Beide, Kreutzer senior und Kreutzer junior, werden später wegen unbefugten Waffenbesitzes zu mehrjährigen Zuchthausstrafen verurteilt.

Nachdem Werner Thieme sein Geständnis schriftlich niedergelegt hat, findet die Rekonstruktion des Mordes am Tatort statt. Vertreter der Dresdner Tageszeitungen sind dabei anwesend und erfahren hier im Walde von Ottendorf-Okrilla, wie das Verbrechen ausgeführt wurde. Der Mörder schildert und demonstriert im einzelnen jede Phase der Untat. Am 4. März 1954 berichtet die »Sächsische Zeitung« darüber unter anderem: »Warum mußte Annelies Göttlich sterben? Auch das erfuhren wir (die anwesenden Pressevertreter – W. F.) vom Mörder. Sie mußte sterben, weil sie ihm im Wege stand. Thieme wollte eine Frau heiraten, die bereits ein zweijähriges Kind von ihm hatte. Deshalb versuchte er, Annelies Göttlich zu überreden, seine Vaterschaft an dem Kinde, das sie von ihm erwartete, abzustreiten. Aber die Ermordete war keine Lügnerin. Sie blieb standhaft, weil sie – eine beliebte Arbeiterin – die Wahrheit liebte. Durch eine hinter ihrem Rücken abgefeuerte Kugel aus der Mordwaffe Thiemes fand sie um die Mitternachtsstunde des 25. Februar den Tod. Zwei Leben fielen einem gemeinen Verbrechen zum Opfer. In wenigen Wochen hätte Annelies Göttlich ihr Kind zur Welt gebracht.«

Eine ungeheuerliche Bluttat war geschehen. Die Einwohner der nördlich von Dresden gelegenen Gemeinde wurden Zeugen der Rekonstruktion des Verbrechens. Die Umgebung des Tatortes mußte während dieser Zeit polizeilich abgesperrt werden, um den Mörder vor dem Zorn der Menge zu schützen. Folgen wir noch einmal dem Bericht der »Sächsischen Zeitung« über das Verhalten des Mörders nach Ausführung seiner Tat:

»Der Mörder wiegte sich nach der Tat in Sicherheit. Er glaubte, alles getan zu haben, um von seiner Spur abzulenken. Das Hauptmittel war eine Feldmütze der Sowjetarmee, die er neben die Tote legte. Aber er hatte vergessen, daß Winter ist und die Angehörigen der Sowjetarmee Feldmützen (Käppis) bekanntlich nur im Sommer tragen. Die Mordkommission fiel nicht auf den plumpen Schwindel Thiemes herein, sondern arbeitete rasch, gründlich und überlegt auf der richtigen Fährte.

Wie aus dem umfassenden Geständnis Thiemes hervorgeht, trug er die sowjetische Feldmütze am Tage des Verbrechens vorsätzlich bei sich. Warum er das tat? Er wollte seinen gemeinen geplanten Mord auf einen Angehörigen der Sowjetarmee abwälzen. Er versuchte durch seine Handlungsweise, die Armee der Helden von Stalingrad und Berlin zu diffamieren, deren Beste ihr Blut für die Befreiung unseres Volkes von der Hitlerbarbarei vergossen. Es gehört zu den Methoden der Feinde unseres Volkes, den Versuch zu unternehmen, die von einzelnen Deutschen begangenen Verbrechen der Sowjetarmee in die Schuhe zu schieben. Einer ebenso niederträchtigen, gemeinen Methode bediente sich auch der Mörder Thieme.«

Als Anfang April 1954 der Prozeß gegen Werner Thieme vor dem Bezirksgericht in Dresden stattfand, wurden die Ermittlungen der Kriminalpolizei bestätigt. Es wurde zweifelsfrei klargestellt, daß sich Thieme, in der einen Joppentasche die durchgeladene Pistole, in der anderen Joppentasche die sowjetische Feldmütze mit dem roten Stern, am Spätabend des 25. Februar 1954 mit Annelies Göttlich getroffen hatte, die im achten Monat schwanger war. Er log ihr vor, daß er, wenn sie darauf bestehe, daß das Kind von ihm anerkannt werden müsse, »nicht weiterwisse« und sich, wenn sie auf ihrem Standpunkt beharre, »beseitigen müsse«. In Wirklichkeit hatte er nicht vor, Selbstmord zu begehen, sondern einen Mord zu verüben an dem Mädchen, das ihm eben noch nach der Kinovorstellung des Films »Es geschah aus heißer Jugendliebe« erzählt hatte, welch starken Eindruck der Film auf sie gemacht hatte. Unbeeindruckt von dem Gefühl des Mädchens zog Thieme die automatische Pistole aus der Tasche und feuerte sie aus nächster Nähe hinterrücks auf seine Begleiterin ab.

Nun stand der Mörder vor Gericht. Jede Antwort auf die Fragen des Gerichtsvorsitzenden mußte ihm mühsam abgerungen werden.

»Wohin haben Sie gezielt?« wird der Mörder gefragt.

»Nach dem Kopf«, antwortet er nach langem Zögern.

»Wann faßten Sie den Entschluß zur Tat?«

»Zwei Tage zuvor.« Also ein vorsätzlicher Mord!

»Warum?«

»Weil ich meine Braut nicht verlieren wollte.«

Aller Mut hat nun den Mörder verlassen, der mehrmals wehleidig beteuert, »er habe seinem herzkranken Vater die Aufregung ersparen wollen«, die er ihm »bereitet hätte, wenn dem die Folgen seines Verhältnisses, das unerwünschte Kind, bekannt geworden wären«. Aber im Leumundszeugnis dieses »besorgten« Großbauernsohnes, das verlesen wird, heißt es bezeichnenderweise: »Seinem Vater hat er nicht gehorcht. Er ist ihm oft über den Mund gefahren. Das Vieh hat er roh behandelt. Er ist lässig, vorlaut, schlaksig.«

Nun, da er vor seinen Richtern steht, macht er sich klein. Man hat den Eindruck, daß er sich hinter der Anklagebank verstecken möchte. Und er spielt, zur Verwunderung der anwesenden Einwohner des Ortes, den »Dummen«, der sich bei allem »nichts weiter gedacht haben will«. Dabei greift er immer wieder nach dem Taschentuch, mit dem er sich das tränennasse Gesicht abwischt. Vergießt er Tränen der Reue? Nicht ein einziges Mal nennt er während der Beweisaufnahme die Ermordete, die ein Kind von ihm unter dem Herzen trug, anders als »die Göttlich«. Die Zuhörer vernehmen es entsetzt. Und nicht ein einziges Wort des Bedauerns über die Bluttat bringt er über die Lippen. Er, der als Angehöriger der faschistischen Armee bereits am 11. Mai 1945 von der Roten Armee nach Hause geschickt worden war, »dankte« den Soldaten des ersten Arbeiter-und-Bauern-Staates der Welt die erwiesene Großmut, indem er sich ein Waffenlager anlegte, in dem er Handgranaten, die als Mordwaffe benutzte automatische Pistole, die dazugehörige Munition und faschistisch-militaristische »Literatur« aus der BRD aufbewahrte.

»Bei uns«, erklärt der Staatsanwalt in seinem Plädoyer, »hat nur eine Waffe Daseinsberechtigung: die Waffe zur Verteidigung unseres Arbeiter-und-Bauern-Staates. Unsere Republik ist kein Staat des Sterbens und Mordens, sondern ein Staat des Friedens und Lebens. Ich beantrage im Interesse der Sicherheit unserer Werktätigen und zum Schutz des ruhigen Schlafes unserer Kinder für den Angeklagten die Todesstrafe und die Aberkennung der bürgerlichen Ehrenrechte auf Lebenszeit.«

Am 12. April 1954 wurde der Mörder der Annelies Göttlich entsprechend dem Antrag des Anklägers zum Tode verurteilt.

Inhaltsverzeichnis

Demnächst erscheint in unserem Verlag der Erzählungsband „Geschichten der K“ von Günter Radtke.

Hier eine Leseprobe:

Als sie abends bei Erna das Schweißgerät abholten und Pennewitz die Schweißerbrille von Max aufprobierte, sagte Erna: „Überlaß das Brennen Eddy!“

„Warum?“ fragte Pennewitz, obwohl er den Grund kannte. „Dann denkt daran, was Max immer gesagt hat. Das Verblaken kostet dir einmal Kopf und Kragen!“

Erna spielte damit auf eine Geschichte der dreißiger Jahre an. Bei einem Einbruch hatte Max ihn einen Schrank aufmachen lassen. Max war mit der Arbeit mehr als unzufrieden. Trotz seiner Unterweisung hatte Pennewitz beim Brennen mit Sauerstoff gespart. Den Schrank bekamen sie auf, aber er war völlig verrußt.

„Paß das nächste Mal auf“, hatte Max geraten, „die Bullen haben auch Spezialisten. Wenn einer mit dem Brenner nicht umgehen kann, merken die es sofort.“

Die Warnung des Alten hatte Pennewitz ärgerlich überhört. Es rächte sich. Etwa ein Jahr später, er hatte eine Serie von fünf aufgeschweißten Schränken hinter sich, wurde er festgenommen. Ein Mittäter beim fünften Einbruch hatte ihn verpfiffen. Er mußte seine Täterschaft zugeben und auch die anderen vier Einbrüche. Seine Arbeit am Schrank, das Verblaken, hatte ihn überführt wie hinterlassene Fingerabdrücke.

Kurz vor Mitternacht parkte Markgraf seinen Lieferwagen neben dem Eingang zum Schlachthaus. Eddy öffnete mit einem Nachschlüssel das Schloß des Holztores. Während Markgraf im Auto blieb, erforschten die beiden anderen den Weg in das Zimmer, wo der Schrank stand.

Einfacher ging es beinahe nicht. Sie mußten nur durch

zwei Räume, deren Türen nicht verschlossen waren. Eine halbe Stunde später lagen die Gasflaschen im Nebenzimmer, und Pennewitz zündete den Brenner. So schnell, wie Pennewitz geprahlt hatte, fiel das Schloß des Schrankes nicht herunter. Vielleicht lag es auch mit daran, daß Pennewitz nicht das richtige Gas-Sauerstoff-Gemisch eingestellt hatte. Bevor Markgraf mit einem Eisen die Tür des Schrankes aufdrückte, sah sie aus, als hätte sie wochenlang in einem Kamin gehangen.

Im Innern des Schrankes befanden sich zwei kleine Stahlfächer. Dem Brenner konnten sie so wenig widerstehen wie die Tür. Nur etwas Vorsicht war geboten, um die Scheine in den Fächern nicht anzukohlen.

„Besorge einen Topf mit Wasser zum Abkühlen, wenn ich durch bin“, verlangte Pennewitz von Eddy.

Bevor Eddy mit dem Wasser zurückkam, ertönte das auf- und abschwellende Heulen einer Polizeisirene. Es wurde immer lauter.

„Weg hier!“ rief Pennewitz im Aufspringen, „nicht zur Straße, nach hinten raus. Wenn die weiterfahren, treffen wir uns hier, sonst bei Erna!“

Seine letzten Worte vernahmen die beiden schon nicht mehr. Sie hörten auch nicht auf seine Warnung und stürmten durch das Tor auf die Straße, um den Lieferwagen zu erreichen. Dabei liefen sie direkt in die Arme der Streifenpolizisten. Pennewitz gelangte auf den Hof und von dort aus in den Garten des Nachbargrundstückes. Er konnte nicht helfen, als seine Kumpane breitbeinig mit den Händen an der Hauswand des Schlachthofes standen und nach Waffen durchsucht wurden.

Mit der ersten Morgendämmerung kam er in Reinickendorf an. Er wartete lange, ehe er ans Fenster klopfte. Nichts rührte sich. Am Küchenfenster hing das Rollo in halber Höhe. Das bedeutete, in der Wohnung ist alles in Ordnung.

Erna sah in seinem Gesicht alles. „Die anderen …?“ fragte sie, ohne den Satz zu beenden.

Pennewitz nickte.

„Ich hatte den Schrank schon auf und wollte mit den Fächern beginnen, als die Bullen kamen. Sie haben nicht auf mich gehört, wollten zum Auto. Ich habe es gerade noch über die Hofmauer geschafft."

„Hat euch einer verpfiffen?" erkundigte sie sich argwöhnisch.

„Kommt mir bald so vor, die Bullen waren zu schnell da. Aber außer uns vieren und Wuhme wußte keiner davon."

„Eddy war in der vorigen Nacht bei seinen Nutten. Dort kann er gequatscht haben", äußerte Erna ihren Verdacht.

Tatsächlich hatte Eddy Schuld am Mißlingen ihres Vorhabens, aber anders, als Erna es annahm.

Während Markgraf und Pennewitz das Schweißgerät fertig machten, sah Grass sich in den anderen Räumen um. Die herabgelassenen Jalousien der Schaufenster und der Ladentür ließen keinen Blick nach außen zu. So sah er das Pärchen nicht, das eng umarmt im Ladeneingang stand. Das Pärchen hörte Geräusche im Laden. Eddy hatte einen der eingemauerten Kühlschränke geöffnet. An den Seiten der Schaufensterjalousien fiel genug Licht von der Straßenbeleuchtung in den Laden, um seinen Schatten zu erkennen. Von der nächsten Telefonzelle alarmierte das Pärchen die Polizei.

„Ich muß fort, Erni, haste 'ne Decke für mich?"

„Du kannst hierbleiben", bot sie ihm an.

„Lieber nicht! Hier ist es zu brenzlich. Erst abwarten, ob sie hinter mir her sind. Ich bleibe vorläufig im Büro. Du kannst morgen mal gucken kommen. Paß aber auf, daß du nicht verfolgt wirst."

„Wenn, dann höchstens bis zur Friedrichstraße", versicherte Erna, „an der Sektorengrenze müssen die Bullen von hier umkehren. Und mit denen von drüben arbeiten die nicht zusammen. Ich hab' ja immer gesagt, solange wir hin und her können, wie wir wollen, kann uns nichts passieren."